Bayerisch Kongo

Lutz Kreutzer, 1959 geboren, stammt aus dem Rheinland und hegt als Bergsportler und Geowissenschaftler eine große Liebe zum Alpenraum. Am Wissenschaftsministerium in Wien hat er ein Büro für Öffentlichkeitsarbeit gegründet, weshalb im Hörfunk und TV zahlreiche Beiträge über seine Arbeit gesendet worden sind. Seine beruflichen Reisen und die damit verbundenen Abenteuer nimmt er zum Anlass, komplexe Sachverhalte in spannende Literatur zu verwandeln. Heute arbeitet er als Marketing-Experte einer Technologieschmiede in München mit weltweiter Geschäftsausrichtung. Er hat bisher zwei Spannungsromane veröffentlicht, die als E-Books erfolgreich sind.

LUTZ KREUTZER

Bayerisch Kongo

ALPEN KRIMI

emons:

Bibliografische Information der Deutschen Nationalbibliothek
Die Deutsche Nationalbibliothek verzeichnet diese Publikation in der Deutschen Nationalbibliografie; detaillierte bibliografische Daten sind im Internet über http://dnb.d-nb.de abrufbar.

FSC
www.fsc.org
MIX
Papier aus verantwortungsvollen Quellen
FSC® C083411

Umschlagmotiv: © Andreas Strauss/LOOK-foto
Umschlaggestaltung: Tobias Doetsch
Gestaltung Innenteil: César Satz & Grafik GmbH, Köln
Druck und Bindung: CPI – Clausen & Bosse, Leck
Printed in Germany 2014
ISBN 978-3-95451-276-8
Alpen Krimi
Originalausgabe

Dieser Roman wurde vermittelt durch die Literatur-Agentur
Rose Bienia, Tübingen.

Send me to the Congo, I'm free to leave
There's always somewhere anybody can lead.
Send me to the Congo you have to believe
You can do it if you wanna, just do what you please.

Aus: »Congo« von Genesis

MACHETE

Sperbers Fuß klatschte auf den Lehmboden. Ein Knacken draußen hatte ihn aufschrecken lassen. Das Moskitonetz klebte an seinem Unterarm. Sein Gesicht war nass vom Schweiß. Wieder eine Nacht, in der seine Träume Rallye gefahren waren. Es war über vierzig Grad heiß, dazu diese lähmende Feuchtigkeit. Er verfluchte diesen Morgen, genau wie jeden Morgen, seit er in diesem Zelt hauste.

Er setzte sich im Feldbett auf, legte den Kopf in die Hände und stöhnte. Seine Zunge klebte wie Kleister. Die klammen Haare warf er nach hinten. Er zog die Arbeitsschuhe an, ohne sie zu schnüren. Dann erhob er sich und streckte den Oberkörper. Das Geräusch des Skorpions, den er versehentlich zertrat, ließ ihn nicht einmal aufschrecken. Er hob den Fuß und betrachtete den Brei aus Chitin, Blut und weißem Schleim. Das ist die Rache am Dschungel, dachte er grimmig. Nie wieder Kongo!

Er knöpfte sich die Hose zu und trat vors Zelt. Diese Mine hier war eine Katastrophe, wie alles im Kongo. Überall Hunger, Hass und Krieg. Aber er wurde gut bezahlt für die Exploration. Coltanerz war gefragt in der Welt, alle wollten das Zeug. Handys, Laptops, Spielkonsolen: Ohne Coltan lief gar nichts.

Jetzt fiel ihm der Streit von gestern Abend wieder ein, bei einer Flasche Scotch. Sein kanadischer Kollege McMullen hatte mal wieder rummoralisiert. Hatte sich vor Sperber aufgebaut wie ein Bulldozer vor einer Gartenschaufel. »Wie das Coltan aus diesem Scheißdschungel herausgeholt wird«, hatte er gewettert, »das interessiert da draußen niemanden! Und schon gar nicht die verdammt miese Lage der Kongolesen. Die kriegen von dem Reibach nichts ab.« McMullen setzte sich, dass der Holzstuhl krachte. »Es sei denn, sie gehen zu den Rebellen und Kindersoldaten. Was für ein Mist! Und dein Deutschland steckt tief drin in diesem Dreckshandel.«

»Na und? Dein Kanada vielleicht nicht?«, hatte Sperber gekontert. McMullen, dieser ewige Nörgler! Soll ihn doch der

Teufel holen. Und meinen Kater auch! Sperber kratzte sich den brummenden Schädel, gähnte und schob beide Hände tief in die weiten Hosentaschen.

Die drei Jungen kamen barfüßig und ohne Lächeln auf ihn zu. In dem Moment, als er den größten fragen wollte, was sie hier zu suchen hatten, erkannte er, dass da nichts Gutes kam. Zu spät sah er die Machete des kleinsten Jungen durch die Luft wirbeln. Mit einem dumpfen Knall wie bei einem feuchten Stück Holz, das man mit einer Axt zerteilte, krachte sie auf seinen Rücken. Sperber sah den Kleinen fragend an und dachte: Arschloch! Er sank zur Seite und fiel in den Dreck.

Der älteste der Jungen beugte sich hinab, legte seinen Kopf quer und belauerte kalt Sperbers Augen. Tot stellen, dachte Sperber. Er starrte ins Leere. Hörte auf zu atmen. Bewegte sich nicht. Es vergingen Sekunden. Eine Ewigkeit.

Die Augen des Jungen rollten kaum merklich. Er war berauscht. Er rüttelte an Sperbers Arm. Schneidender Schmerz blitzte durch Sperbers Rücken. Doch sein Gesicht blieb reglos. Dann gingen die drei wieder, auf dem Weg, den sie gekommen waren. Sperber holte Luft und sah, wie der Älteste dem Jüngsten mit der Machete wortlos auf die Schulter klopfte und der Dritte voller Erregung auf ihn einredete. Der Kleine hatte seine Mutprobe bestanden.

FRUST

Sperber hielt sich am Tresen fest. Seine Eins neunundsiebzig wankten. Die linke Hand umklammerte ein Whiskyglas. Es war gefüllt mit einem billig riechenden Gesöff, obwohl es aus einer Single-Malt-Flasche an der Wandhalterung ausgeschenkt worden war. Er trank aus und schüttelte sich. Neben ihm an der Bar standen drei ältere Herren, die einer dunkelhaarigen Frau in den Ausschnitt starrten. Einer versuchte sich an langatmigen Witzen, die Frau lachte gequält. Der Zweite himmelte sie an, die Frau warf den Kopf zurück. Der Dritte machte sich an dem Ausschnitt zu schaffen, die Frau zierte sich. Sperber spürte trotz des lasziven Blicks der Dunkelhaarigen, dass ihr der Kerl unangenehm war. »He, Finger von die Dinger!«, mischte er sich ein und hob den Zeigefinger. Die drei hielten inne. Sperber grinste sie an, bereit zum Gefecht. Zwei schauten weg, der Dritte sah Sperber mit dem Blick eines unterbelichteten Wasserbüffels strafend an. Die Frau warf ihm ein Lächeln zu, das ihm den Haaransatz aufheizte.

Wie konnte er bloß so tief sinken! Karriere weg, Geld weg. Seit Jahren hielt er sich mit irgendwelchen Leiharbeitsjobs über Wasser. Auf allen Kontinenten hatte er gearbeitet. Gold in Kanada, Zink in Schweden, Silber und Zinn in Brasilien, Eisen in Australien und Edelsteine in Burma. Und, hatte es ihn reich gemacht? Nein, allenfalls an Erfahrung. Seine Abenteuer waren herrlich und fürchterlich gewesen. Sein Beruf hatte ihn mit Leidenschaft erfüllt. Aber dann kam Afrika, dann kam der Kongo. Verdammt, er war zu alt für diesen Scheiß!

Selbstmitleid, dem wollte er sich jetzt so richtig hingeben. Und dazu brauchte er Whisky. Auch wenn er schlecht war, wie er fand. Er fixierte den Barkeeper und bestellte noch einen. Sein lallendes Kölsch, die einzige Sprache, die hieß wie ein Bier, kam in dieser Bar gar nicht gut an. Diese geschniegelten Münchner mochten Nordwestlichderweißwurschtgrenzpreißn nicht. Und der Barkeeper mit dem Blick eines strengen Ballettmeisters war so ein Münchner. Die anderen vier Kellner in ihren akkurat gebügelten Hemden standen aufgereiht wie Salzsäulen hinter der Theke. Sie hatten keine Kundschaft in diesem abgehalfterten Promi-Lokal und ließen Sperber mit jeder ihrer spärlichen Bewegungen spüren, dass er nicht hierhergehörte.

Sperber war das alles scheißegal. Wie war er eigentlich hier reingeraten? Er lachte brummig und machte dem Kerl hinter der Bar klar, dass, wenn da kein Whisky mehr kam ... Jeck am Hals! Der Whisky kam schneller als erwartet.

Ja, die verdammte Geschichte mit dem noch verdammteren Kongo! Die Machete hatte ihm eine Bandscheibe zertrümmert. Er hatte noch Glück gehabt, dass der kleine Scheißkerl nicht kräftiger und die Machete stumpf gewesen war. Seine Kollegen hatten ihn notdürftig verbunden und geschient. McMullen wollte ihn so schnell es ging nach Goma bringen. Doch dort hackten sich die Tutsi und die Hutu mal wieder die Köpfe ein, und deshalb ging, wie aus dem Radio zu erfahren war, alles drunter und drüber. Die Krankenhäuser in Goma waren hoffnungslos überfüllt, und zudem hatte ein Vulkanausbruch den Verkehr und die Versorgung im Norden Gomas lahmgelegt. Viele Menschen waren auf der Flucht. Der Flughafen war unbrauchbar, weil die Rollbahn mit Lava bedeckt war.

Auf dem Weg nach Goma trafen sie auf einen Konvoi des Technischen Hilfswerks, der gerade aus Nairobi kam und die Trinkwasserversorgung in Goma wiederherstellen sollte. Als McMullen die Leute vom THW anhielt und um Hilfe bat, zeigte sich, dass sie zwei Ärzte ohne Grenzen an Bord hatten. Die beiden schwitzenden Männer machten zwar klar, dass ihre Möglichkeiten doch nur begrenzt waren, aber sie ließen ein Zelt aufbauen. Dann legten sie Sperber vorsichtig auf einen frisch desinfizierten mobilen Operationstisch. Der große Arzt mit dem schiefen Mund reichte McMullen einen dunkelblauen Kittel und forderte ihn auf, ihm beim Anziehen zu assistieren. »Eigentlich der Amputationskittel«, sagte er mit der Leidenschaft einer Tragbahre. »Da sieht man die Blutflecken nicht so.«

Nach der Narkosespritze wurde Sperber schummerig. Die Wand des weißen Zelts schwamm und waberte vor seinen Augen, die Fragen der Ärzte waren so weit weg wie seine Stammkneipe, ihre Stimmen wurden abwechselnd lauter und leiser. Ihm wurde schlecht. Dann operierten sie ihn und schraubten ihm zwei Halswirbel zusammen.

Als Sperber wieder bei Bewusstsein war, lag er in einem aufblasbaren Streckverband, der ihn vollkommen starr hielt. Selbst sein Kopf war komplett geschient. McMullen stand wie ein Wachhund an seiner Seite, gab ihm einen Klaps und grinste.

»Können Sie Ihre Hände bewegen?«, war die erste Frage des Arztes. Ja, er konnte. »Wenn er wieder auf dem Damm ist, sehen Sie zu, dass er so schnell wie möglich nach Deutschland zurückkommt«, sagte der Arzt fürsorglich zu McMullen. Dann wandte er sich wieder an Sperber und legte ihm die Hand auf den Arm. »In dem Land hier werden Sie nicht mehr glücklich. Davon …«, der Arzt deutete mit dem Kopf auf Sperbers Hals, »… werden Sie noch 'ne Weile was haben.« Sperber hatte nur eine Antwort gegeben: »Ich muss kotzen!«

Scheiß Kongo! »Noch 'n Whisky«, rief er und schob das Glas über den Tresen. Der Barkeeper zog blasiert die Augenbrauen hoch und goss langsam ein. Sperber legte einen Fünfer hin und sagte, das Trinkgeld sei für die außerordentliche Patientenfreundlichkeit in dieser geriatrischen Anstalt, und warf einen schrägen Blick auf die drei Herren neben ihm.

Der Whisky wirkte endlich, der Schmerz in seinem Nacken ließ nach. Kurz streifte ihn der Blick der Frau, er lächelte zurück. Dann trank er aus und ging zur Tür.

Als er sie öffnen wollte, legte sich eine Hand auf die seine. Es war die Dunkelhaarige, die ihn spöttisch fragte: »Wollen wir noch etwas trinken gehen, mein trauriger Held?«

Sperber musterte sie kurz und sagte leise: »Ich bin pleite!«

»Das will niemand wissen. Komm!«, sagte sie.

Sperber grinste, und sie verschwanden in der Münchner Winternacht.

MURÄNE

Jean Colteaux war der einzige Gast in der Pommes-Boutique in Schwabing. An dem kleinen Tisch wirkte sein Körper mit den riesigen Muskelpaketen verloren, das kantige Gesicht stierte ins Leere. Seine schwarze Haut glänzte wie blauer Stahl im fahlen Licht der Lampen. Vor ihm stand ein riesiger Berg Pommes. Die belgische Imbissstube war der einzige Ort, an dem er sich wohlfühlte in dieser Stadt.

Jean Colteaux mochte München nicht. Zu sauber, zu ordentlich, zu gesund und zu beschaulich. Und er liebte fette belgische Fritten über alles, am besten mit einem Riesenklatsch Mayonnaise drauf. So wie in Lüttich, wo er als junger Mann gelebt hatte. Als er damals in den Kongo zurückging, nahm er als einzige Erinnerung an seine belgischen Zieheltern die Fritteuse mit. Nachdem er die beiden kurzerhand umgebracht und in der Maas versenkt hatte.

Jean Colteaux hatte seinen Namen aus Kindertagen längst abgelegt, zu schmerzhaft waren die Erinnerungen. Im Kongo hatte er mit seinen leiblichen Eltern direkt an der Grenze zu Ruanda gelebt. Bescheiden und glücklich. Bis im Juni 1994 – er war fünfzehn Jahre alt – marodierende Hutu aus Ruanda auftauchten. Die Tutsi-Vorfahren seiner Eltern waren vor zwei Generationen in den Kongo ausgewandert, das hatte den aufgestachelten Hutu schon gereicht, um über seine Eltern herzufallen. Mit Macheten verstümmelten sie die beiden und schlugen mit Stöcken auf sie ein, bis sie tot waren. Er hatte aus seinem Versteck zugesehen. Sie hätten auch ihn massakriert, wenn sie ihn bemerkt hätten.

Als die Mörder weg waren, rannte er voll Panik davon, in Richtung Ruanda. Jenseits der Grenze erhoffte er sich Rettung von der Befreiungsarmee der Tutsi. Er lief geradewegs ein paar UNO-Soldaten in die Arme und stammelte fast unverständlich hervor, was er soeben durchgemacht hatte. Man brachte ihn in das Lager der Blauhelme. Unter den Soldaten waren viele Belgier, Oberst Léon Colteaux nahm sich seiner an. Er adoptierte den Jungen, den er Jean nannte, und nahm ihn mit nach Lüttich.

Dort führte Jean ein tristes Leben. Er ging zur Schule, musste unsinnige Dinge lernen, und immer war ihm kalt. Er war kräftig und groß, und er litt unter ständigem Bewegungsdrang. Die Menschen in Lüttich kamen ihm lethargisch und beinahe verstört vor, sie machten ihn traurig bis zur Schmerzgrenze. Wie sehr sehnte er sich nach dem Kongo zurück! Er war einsam und zutiefst unglücklich.

Sein Adoptivvater und dessen Frau stritten sich oft. Meistens ging es um ihn, »den Wilden«, wie die Frau sich ausdrückte. Mit weit aufgerissenen Augen schlug sie ihn, wenn er sie nicht verstand, wenn er zappelte oder wenn er nicht tat, was sie von ihm wollte. Erst fürchtete, dann hasste er sie, eine Mutter war sie für ihn nie. Sie hatte den bösen Blick. Als Kind hatte er von seiner leiblichen Mutter gelernt, solche Menschen zu erkennen.

Bald stand die Frau stellvertretend für all die fremden Menschen in diesem fremden Land. Einzig der große Flohmarkt an den Ufern der Maas schenkte ihm ein bisschen Glück. Die Tiere, die es hier gab, die verrückten Sachen, die man kaufen, und die köstlichen Fische und herrlichen Pommes frites, die man für wenig Geld essen konnte!

Nach einem Jahr in Lüttich machte er mit der Schule eine Radtour. Etwa fünfundzwanzig Kilometer fuhren sie an dem kleinen Fluss Weser entlang, dann machten sie Pause an einem aufgelassenen Steinbruch. Eines der Mädchen war von oben her unvorsichtig hinabgeklettert. Jetzt stand sie zitternd auf einem Felsvorsprung, der wie ein schmaler Balkon ohne Geländer so hoch wie sechs Stockwerke über dem Erdboden hing, und konnte weder vor noch zurück. Der Lehrer lief nervös hin und her, rief ihr zu, sie solle sich beruhigen, er werde Hilfe holen. »Dort bleiben, nicht rühren!«, kiekste er immer wieder. Sie weinte und schluchzte. Von den anderen unbemerkt ging Jean zu der Felswand und kletterte hinauf. Erst zaghaft, dann schneller und bald schon gewandt und sicher.

Als er bei dem Mädchen angekommen war, beruhigte er sie, reichte ihr die Hand und zog sie zu sich heran. Der Weg nach oben war viel einfacher, als es von unten ausgesehen hatte. Jean behielt die Ruhe, er redete ihr gut zu und half ihr, aus eigener

Kraft wieder hinaufzusteigen, erklärte ihr jeden Tritt und jeden Griff. Oben angekommen, legte sie dankbar ihren Kopf an seine Brust, roch seinen Schweiß. In der Schule war er von da an ein Held, das Mädchen wurde seine erste Freundin. Doch ihre Eltern und die Frau seines Adoptivvaters piesackten ihn und das Mädchen so lange, bis die Freundschaft daran zerbrach.

Doch Jean hatte das Klettern entdeckt. Fortan fuhr er, wenn sich seine Zieheltern stritten, mit dem Rad zum Steinbruch. Bei jedem Wetter. Er kletterte barfuß und ohne Sicherung, maß sich an den Felsplatten aus glattem Kalkstein, die elegant und fast senkrecht nach oben gingen. Probierte jede Möglichkeit aus, beherrschte irgendwann jede Schwierigkeit. Im Steinbruch fand er ein ausrangiertes Bergseil und nahm es mit nach Hause. Er kaufte sich ein gebrauchtes Buch über Seil- und Knotentechnik, und jede freie Minute übte er die Knoten und wie man sich direkt in ein Seil einband. Bald war er den dort kletternden Alpinisten als Seilpartner sehr willkommen. Sie mochten ihn und schenkten ihm abgelegte Kletterschuhe und Gurtzeug. Er war dankbar, freundlich, zurückhaltend und stark. Seine dunkle Hautfarbe und seine weißen Zähne verliehen ihm eine exotische Vertrauenswürdigkeit, vor allem, wenn er leise lachte. Er wurde von den Bergsteigern geliebt. Bald war er der Beste unter ihnen.

Nachts aber, wenn er im Bett lag, träumte er vom Kongo. Von der Hütte, von seinem Namen, von seinen geliebten Eltern und von der Zeit vor ihrem Tod.

Jean machte einen überraschend guten Schulabschluss und ging – wie sein Adoptivvater – zum belgischen Militär. Er war stark und intelligent. Schnell kam er zur Special Forces Group nach Flawinne. Hier gefiel es ihm. Er durfte während der Dienstzeit an den spektakulären Kalkfelsen im nahen Maastal trainieren, wo sich seit jeher die gesamte belgische Bergsteigerelite traf. Seine Kameraden mochten ihn, er nahm sie mit in die Wand. Ohne etwas dafür zu tun, wurde er so etwas wie ihr Anführer. Sie sahen zu ihm auf. Er lernte den Umgang mit modernsten Waffen, lernte den Nahkampf, lernte das Überleben und das Töten ohne Zögern. Inzwischen sprach er neben Französisch und Niederländisch auch Deutsch und Englisch. Er war hart und verfügte über unglaubliche Kräfte. Schließlich entdeckte ein Offizier seine Talente und machte ihn zum Ausbilder. Ihm ging alles leicht von der Hand. Bei der Truppe konnte er endlich seine Vergangenheit verdrängen, seine Zieheltern vergessen. Er lernte, durch Ruhe und Güte zu führen, aber auch, seine Soldaten hart ranzunehmen. Schließlich wurde er Offizier und beherrschte bald, sich durch Eloquenz, Täuschung und Geschick Vorteile zu erkämpfen. Trotzdem lebte er zurückgezogen und schloss kaum Freundschaften. Wenn er allein war, sprach er mit sich selbst in seiner Muttersprache. Denn er wusste, dass er nicht bleiben würde. Aber er war glücklich, für kurze Zeit.

Irgendwann erfuhr er von dem belgischen Radiomann, der damals in Radio Ruanda zum Völkermord gegen die Tutsi aufgerufen hatte, der die Génocidaires der Hutu zu ihren Massakern beglückwünscht hatte. Sein Hass wuchs ins Unermessliche. Und niemand holte ihn ab in seinem Hass.

An Weihnachten 2002 besuchte er wie jedes Jahr seinen Adoptivvater. Schließlich hatte er ihn, den Jungen ohne Eltern, damals gerettet und ihn selbst nie schlecht behandelt. Aber Jean verachtete ihn dafür, dass er sich gegen seine schrecklich kalte Frau nicht zu wehren wusste. In ihrer Gegenwart wurde der Oberst ein anderer Mensch.

Sie begrüßten sich freundlich. Es gab Weihnachtsgeschenke, ein gutes Essen und Bordeaux. Vom Essen und Trinken verstanden die Belgier etwas. Nachdem die Frau seines Adoptivvaters eine halbe Flasche Rotwein getrunken hatte, verzog sich ihr Gesicht mal wieder zu einer maskenhaften Grimasse mit weit aufgerissenen Augen und gekräuselten Lippen, die bei jedem Satz zitterten. Sie beklagte sich, dass ihr Mann ihr noch immer nicht diese goldene Halskette mit dem Smaragd geschenkt hatte. Sie wünsche sich dieses Schmuckstück schon lange, und so teuer sei es auch wieder nicht. Der Vorwurf löste eine dieser unsäglichen Streitereien zwischen den Eheleuten aus, die beiden keiften und schrien um die Wette. Jean saß traurig daneben. Er wollte Frieden. Doch allmählich, ganz langsam, verwandelte sich seine Traurigkeit in Wut.

Irgendwann war es so weit: Mit irrem Blick und sich überschlagender Stimme warf seine Ziehmutter Léon Colteaux vor, für Jean, den wilden Neger, habe er immer Geld gehabt, ihm habe er Zucker in den Hintern gepustet. Dieser Blick. Diese Stimme. Beides löste bei Jean etwas aus, was er selbst nicht für möglich gehalten hätte. Doch seit Jahren hatte diese Tat in ihm geschlummert wie eine hässliche Muräne, die plötzlich und unerwartet aus ihrer Höhle schießt. Er sprang auf und brach der gehassten Frau mit einem knackenden Ruck den Hals.

Als Léon das sah, begann er zu zittern. Er wimmerte. Jean war empört. Léon war Soldat wie er. Und er wimmerte? Wie erbärmlich, wie widerlich. Jean gab ihm eine Ohrfeige. Doch Léon jammerte weiter, wehrte sich nicht. Jean geriet in Rage und schlug erneut zu. Schrie: »Hör auf!«, prügelte auf ihn ein. »Hör auf, du Waschlappen!« Er schlug ihn wieder und wieder, das Jammern und Wimmern des Mannes vor ihm trieb ihn zu völliger Raserei. »Wehr dich!«, schrie er voller Verachtung. »Na los, wehr dich!« Schließlich holte er aus und versetzte Léon Colteaux einen letzten Schlag, bevor er ihn am Hals packte und gelassen zu Tode würgte.

Jean fühlte nichts. Das war es, was ihn am meisten überraschte. Er legte die beiden Leichen aufeinander und wickelte sie in einen Teppich. Dann holte er aus dem Keller zwei ausrangierte Zeltplanen aus Militärbeständen, knüpfte die Planen aneinander und rollte den Teppich darin ein. Am Schluss zog er noch Bandschlingen um das Paket. Es war kein Problem für ihn, die hundertfünfunddreißig Kilogramm zu seinem Kombi zu schleppen.

Er fuhr nach Westen in Richtung Amay. Direkt an der Maas hob er das Bündel über das Geländer, packte noch ein paar Steine in die Planen und stieß das Paket ins Wasser. Die Leichen von Léon Colteaux und seiner Frau wurden nie gefunden.

LUST

Sperber graute vor der Reise. Klassentreffen! Die Jungs hatten sicher Glatzen, die Mädels Kinder und die Lehrer Arthrose. Er hatte sich nur dazu überreden lassen, weil ein alter Kumpel ihn angerufen hatte. Dreißig Jahre nach dem Abitur.

Sein Schulfreund hieß Herbert Sondermann und arbeitete seit ewigen Zeiten bei der Kripo. Klein, dick, schmale Augen, Schnurrbart. Er hatte wenigstens immer tolle Geschichten auf Lager, dieser Kerl, und unverschämt laut konnte er sein. Er redete jeden, der ihm zu nahe kam, an die Wand. Meinte es aber nie böse. Er konnte zutraulich sein wie ein Cockerspaniel und so bissig wie ein Pitbull.

Sperber saß träge im ICE München – Hamburg, neben ihm eine ältere Dame, die sich über die schlechte Luft im Zug aufregte. Sperber ignorierte sie, er hörte ihr einfach nicht zu und las in seinem technischen Magazin über Energiegewinnung aus piezoelektrischen Fasern in der Kleidung. Sie quatschte die Leute vor sich an, die hinter sich, und dann wieder ihn.

»I krieg kei Luft net!«, keifte die Frau. Sie stupste Sperber an. »Ja, merken S' des denn net? Hier ist kei Luft net!« Die Alte keuchte und schnaufte wie eine Dampflok. Aufmerksamkeit ist der Sex des Alters, dachte Sperber. »Luuuuft«, röchelte sie und ließ sich gegen ihn sinken.

»Die schreiben hier von Kleidern, mit denen man Strom gewinnen kann«, sagte Sperber zu ihr. »Man zieht sie an und bewegt sich. Nur durch die Bewegung kommt dann Strom aus dem Pullover. Tja, so was gibt's schon! Man kann zum Beispiel ein Musikgerät anschließen. Oder ein Telefon. Oder auch einen Herzschrittmacher – wenn die Luft mal schlecht ist. Man kann sich sogar als Testperson bewerben.«

Die alte Dame starrte ihn an, als hätte er sie unsittlich angefasst. Sie setzte sich gerade hin und sagte bis Köln kein Wort mehr.

Der Anblick des Kölner Hauptbahnhofs ließ Sperbers Herz höherschlagen. Kölsch und gebratene Blutwurst! Was gibt es

Besseres auf dieser Welt, dachte er. Er ging geradewegs ins Früh, stellte sich an die Theke und trank zwei Stängchen. Lust auf Durst! Der Köbes erzählte einen Witz über das Kölner Stadtarchiv, und Sperber war sofort mittendrin im Gespräch mit den Umherstehenden. Die Tür ging auf, und Herbert stand vor ihm, einen Kopf kleiner und einen Bauchumfang breiter als bei der letzten Begegnung. Sie umarmten sich und klopften einander auf die Schultern. »Na, du alter Verbrecher!« Sperber lachte den Hauptkommissar an.

Nach einer Stunde hatten sie zehn Kölsch getrunken. »In München hält man sich 'ne Stunde oder so an einer Mass Bier fest«, bemerkte Sperber und bewunderte sein Kölschglas. »Aber Münchner Bier schmeckt auch noch, wenn es warm ist«, ergänzte er.

»Das gibt es in Köln nicht. Hier fließen die Kölschstangen durch die Kehlen, dass es nur so rauscht. Frisch und kalt.« Sondermann nahm einen beherzten Schluck. Dann erzählte er von dem Fall, wo ein Mann versucht hatte, nach Jahren der Enthaltsamkeit seine Frau beim Kochen von hinten zu beehren. »Als er ihr endgültig an die Wäsche gegangen ist, hat die Frau sich umgedreht und ihm die heiße Bratpfanne ins Gesicht gedrückt«, schloss er ungerührt und wartete Sperbers Reaktion ab.

Der verzog schmerzvoll das Gesicht. »Und dann?«

»Er hat seine Frau anschließend doch tatsächlich wegen versuchten Mordes angezeigt. Jetzt sieht er aus wie ein Eierpfannkuchen, viel knuspriger als vorher!« Sondermann quiekte verzückt. Sie tranken noch eins.

Zwei Tage später saß Sperber wieder im Zug nach Süden. Das Klassentreffen war genauso gewesen, wie er erwartet hatte. Die Schulkameraden hatten alt ausgesehen, die Mädels Bilder ihrer Kinder herumgereicht, und die Lehrer konnten sich nur noch bedingt bewegen. Na ja, war dennoch ganz lustig geworden. Bis in die Morgenstunden.

Sperber hatte Sondermann vom Kongo und der Machete erzählt. Plötzlich war Sondermann ins Grübeln geraten. »Hm … Kongo sagst du …« Und dann hatte er ihm von diesem

Job in Bayern erzählt. Beim Landeskriminalamt in München. Er kenne den zuständigen Polizeidirektor, Sperber solle sich mal bei ihm melden. »Irgendwas ist da mit dem Kongo …«

»Was soll ich denn bei den Bullen?«, hatte Sperber abschätzig gefragt, aber er war doch interessiert.

»Die suchen einen unbequemen Wissenschaftlertypen mit einer Riesenmacke. Wenn möglich Physiker oder so. Soll mit Computern auf Du und Du sein, aber vor allem ein analytischer Kopf. Aber bloß kein Stubenhocker. So ein Querdenker, nicht polizeilich ausgebildet, nicht behördengeschädigt. Mit Blick für das, wo niemand draufkommt. Und die haben in Bayern irgendwas mit dem Kongo laufen. Aber Maul halten, das mit dem Kongo hab ich dir nicht erzählt!«

»Haben die denn keine eigenen Leute, die da in Frage kommen?«

»Der neue Chef wird einiges ändern. Er kommt ursprünglich aus Duisburg und hat schon jetzt frischen Wind reingebracht. Er will die Engstirnigkeit des Apparats aufbrechen. Meld dich mal bei ihm. Ich ruf ihn an und sag ihm, dass du kommst.«

Herbert wartete auf eine Reaktion. »Na?« Er stieß Sperber den Ellbogen in die Seite. »Komm schon! Sturer Bock. Los, sag was!«

Sperber nickte vorsichtig. »Okay, ich meld mich bei ihm. Nächste Woche.«

Beim Abschied hatte Sperber dem Kommissar angeboten, ihn doch mal in München zu besuchen. »Vielleicht über Karneval?«

»Ja, könnte ich gut gebrauchen. Abwechslung von dem ganzen Tamtam hier. Mal ausspannen, statt feiern«, sagte Sondermann mit einem verschmitzten Lächeln. »Und München wär gut, ist ja bekannt für seine Enthaltsamkeit!«

FRITURE

Das Münchner Bier schmeckte ihm zwar, aber es war nicht wie das belgische. Jean Colteaux trank seine dritte Halbe aus und rülpste voller Inbrunst.

Die drei jungen Mädchen am Nebentisch sahen empört zu ihm herüber. Ihm war das egal, denn er mochte sie nicht. Jean riss die Augen auf und machte »Buh!«, sodass sie schnell wieder wegsahen. Sie zahlten und gingen. Verzogen und dämlich sind sie, dachte er. Er winkte dem Kellner zu und bestellte mit seinem französischen Akzent noch eine Portion Pommes. »Mit viel Mayonnaise!«, rief er mit Nachdruck. »Und noch eine Halbe.«

Er liebte das Bier, wenn es ihm in den Kopf stieg und ihn allmählich wie mit Watte einpackte. Wieder sah er die Szenen seiner Flucht aus Lüttich vor sich, und ein grimmiges Grinsen stand ihm im Gesicht.

Eigentlich hatte er diese Flucht schon immer geplant oder zumindest für möglich gehalten. Léon Colteaux hatte ihm eine heruntergekommene Garage neben dem Haus als sein Reich überlassen. Léons Frau hasste das alte Gebäude sowieso, sie ging nie dorthin. Jahrelang hortete Jean das gebrauchte Frittieröl seiner Ziehmutter in dieser Garage, ihm gefiel die Idee, das stinkende Zeug irgendwann einmal einzusetzen. Es war eine kindische Phantasie, aber sie hatte seinem Leben etwas Konspiratives gegeben. Insgesamt waren es dreißig Blechkanister, etwa dreihundert Liter, die er über die Jahre angesammelt hatte.

Nachdem er Oberst Léon Colteaux und seine Frau in der Maas versenkt hatte, war der Moment gekommen. Jean fuhr zurück ins Zentrum von Lüttich und parkte den alten Jeep Cherokee mit dem unverwüstlichen Dieselmotor, den er seit dem Beginn seiner Militärzeit fuhr, an der Kathedrale. Seelenruhig betrat er die Friture »La Frite Gourmande«, die er regelmäßig besucht hatte. Man kannte ihn hier. Er bestellte ein Stella Artois und eine große Portion Pommes mit Mayonnaise. Als er ging, verabschiedete er sich nicht. Er war das letzte Mal hier.

Dann fuhr er wie elektrisiert zu seiner Garage und belud die Ladefläche des Jeeps. Als Erstes stellte er die Fritteuse seiner verhassten Ziehmutter ganz nach vorn wie eine Trophäe. Daneben legte er einen Schlafsack, seinen Seesack und ein paar Decken. Dann folgten die Kanister. Alle dreißig.

Gegen Mitternacht brach er auf. Er raste über die Autobahn bis Aachen, dann fuhr er nach Süden. Hinter München sah er zum ersten Mal die Alpen und lachte vor Freude. Über Salzburg fuhr er nach Graz, weiter nach Belgrad, durchquerte den Balkan und Griechenland bis zur türkischen Grenze. Zwei Zöllner hielten ihn auf. Als sie die Kanister kontrollierten, ließ er sie daran riechen. Sie rümpften die Nase. Sie fragten, wohin er wolle. Er sagte: »Kongo!« Ihnen fiel keine Vorschrift ein, die eine Transiteinfuhr von ausgedientem Frittieröl untersagte. Sie ließen ihn weiterfahren.

Mit den Stempeln der Türkei im Pass durchquerte er Syrien, Jordanien, Israel und dann Ägypten, endlich. Nur ab und zu hatte er zum Tanken, Essen, Trinken und Pinkeln gehalten. Nach fünf Tagen fast ohne Schlaf war er an der Grenze zum Sudan. Jetzt wurde es ernst.

Er aß zwei Müsliriegel, erleichterte sich, legte seinen Beifahrersitz um und schlief auf einem Parkplatz. Als er erwachte, kontrollierte er den Tank. Er war so gut wie leer. Er füllte die ersten achtzig Liter Frittieröl in den Dieseltank und warf die leeren Kanister weg. Als er startete, trat eine schwarze Wolke aus dem Auspuff, als würde er die Schmach seiner letzten Jahre verbrennen.

Der Sudan war für ihn das schlimmste Land, das es gab. Es musste einfach ein schlimmeres geben als das, aus dem man selbst stammte. Dreimal hielt er im Sudan zum Betanken an, dann waren alle Kanister aufgebraucht. Er hatte dieses Scheißland tatsächlich ohne Zwischenfälle durchquert. Mit Frittieröl. Er lachte und lachte und freute sich wie ein kleiner Junge. Kongo! Endlich war er wieder zu Hause. Er war mit Frittieröl durch den Sudan in den Kongo gefahren!

Er war zurück. Aber nicht als der, der damals dieses Land hatte verlassen müssen. Er war jetzt stark und ein Special-Forces-Soldat der Belgier. Niemand konnte ihm Angst machen. Er wollte nur eines: Rache für alles, was sie ihm und seinen Eltern angetan hatten. Um einen Schlusspunkt zu setzen. Denn tief in seinem Herz schlummerten Anstand und so etwas wie Liebe. Das wusste er. Er musste einen Ausweg aus seinem Hass finden. Und das ging nur hier. In Kivu, dem Land des Coltans.

Und jetzt saß er in Schwabing, in München. Das letzte Bier trank er nur halb aus, genug war genug. Er war immer noch Soldat, kein Säufer. Von Kivu aus war er hierhergekommen. Er hatte einen Auftrag zu erledigen, und dazu brauchte er einen klaren Kopf. Er schlurfte zur Theke, rülpste noch einmal laut und zahlte seine Zeche. Dann ging er zu den fünfzehn Soßenspendern an der Wand, drückte sich eine Portion der Sauce Americaine in die linke Hand und leckte sie im Hinausgehen auf.

HANDTUCH

Ephraim Ngonsomo war zweiundvierzig Jahre alt und von gedrungener Gestalt. An diesem Morgen war er früh aufgestanden. In Deutschland war er zu einem reichen Mann geworden. Und seit er in München lebte, hatte er das Joggen entdeckt. Diese Europäer, hatte er gelacht, sie laufen, um Gewicht zu verlieren. In Afrika lief man, um zu jagen. Oder wenn einen jemand umbringen wollte. Hier lief man in der Freizeit, einfach so. Viele in seinem Alter joggten, darum hatte er es auch einmal ausprobiert.

Inzwischen hatte er erkannt, wie schön es war, aus Spaß zu laufen. Und er war besser darin als die ständig schwitzenden, verbissenen Deutschen, denn er tänzelte. Die Deutschen liefen sehr ernsthaft, so wie sie alles taten. Merkwürdig waren diese Leute. Alles wollten sie messen. Um sich selbst zu beweisen, wie gut sie waren. Ein großes, berühmtes Volk ohne Selbstvertrauen. Er hatte geglaubt, wer so erfolgreich war, der müsste doch bereits von Geburt an mit Souveränität ausgestattet sein.

Die Geschäfte mit den Deutschen liefen allerdings gut. Seine Wohnung lag in Bogenhausen an den Isarauen, einer der besten Wohngegenden in München. Um hier als Schwarzer akzeptiert zu werden, musste man zeigen, dass man sich mehr leisten konnte als andere. Er fuhr einen Mercedes S, trug eine Jaeger-LeCoultre und ließ seine Anzüge beim besten Schneider der Stadt nähen. Und seine Schuhe wurden handgefertigt von einem Schuhmacher in der Maximilianstraße.

Er trank Davidoff-Kaffee und aß eine Scheibe Toast mit österreichischer Marmelade. Nach einer kalten Dusche zog er einen neuen Slazenger-Trainingsanzug und Nike-Laufschuhe an und legte sein Versace-Handtuch um den Hals. Er nahm sein iPhone, stöpselte die weißen Knopfhörer in die Ohren und ließ afrikanische Popmusik krachen. Als er das Haus verließ, war es Viertel nach sieben. Es war ein diesiger, kalter Dienstagmorgen.

Nach zwei Minuten kam er an die Isar. Er kannte den Weg gut, der Nebel störte ihn nicht. Das Leben in München war für ihn purer Luxus, anders als während seiner freudlosen Kindheit. Nachdem die Weltgemeinschaft die belgische Kolonialmacht aus dem Kongo hinausgeekelt hatte, war der Kongo von Mobutu in Zaïre umbenannt worden. Ephraims Vater war damals Abgeordneter, und das hieß, er war ein verdammt korrupter Teufel. Seine Untergebenen trat er mit Füßen. Seine Frau hatte er so oft gedemütigt und vergewaltigt, dass sie nicht einmal mehr weinen konnte. Und um seine Kinder auf den rechten Weg zu bringen, verprügelte er sie, wenn er mal die Zeit dazu fand.

Die Stellung seines Vaters hatte jedoch den Vorteil, dass er seine Kinder auf eine gute Schule in Kinshasa schicken konnte. Ephraim lernte dort neben Französisch und Lingala auch Englisch und Deutsch. Nach der Schulzeit konnte er sogar studieren, Wirtschaftswissenschaften. Das war im Kongo damals nur wenigen Privilegierten vorbehalten.

Und heute ging er joggen. Weil es viele taten, die ihn dabei sehen konnten. Er hatte ein herrliches Leben. Jeden Abend nahm er sich eine andere Frau mit nach Hause. Weiße Frauen mit blonden Haaren. Dünn und hochgewachsen sollten sie sein, am besten größer als er. Er liebte es besonders, wenn sie knabenhaft aussahen, keine Brüste hatten und ein mageres Gesicht. Von diesen Frauen gibt es in München so viele wie Affen im Kongo, dachte er glücklich. Er bestellte sie oft über einen Escortservice. Er ging mit ihnen zum Essen und brachte sie anschließend zu sich nach Hause. Zumeist tranken sie erst eine Flasche Champagner, dann zog er sie aus, trug sie ins Bett und legte sich daneben. Er machte mit ihnen, was sie zuließen. Nie hatte er einer von ihnen Gewalt angetan. Sie kamen alle gern wieder zu ihm. Nach ihrem Namen fragte er sie nicht mehr, er konnte sie einfach nicht unterscheiden. Für ihn sahen sie alle so gleich aus, diese weißen Frauen! So ging das seit zwei Jahren fast jeden Tag. Bis auf montags. Denn am Dienstag ging er joggen und arbeitete.

Außer ihm war hier kein Mensch an diesem Morgen. Ein paar Raben krächzten, und weit entfernt brummten Autos. Er passierte gerade eine hohe Kastanie, als er hinter sich einen dumpfen Aufprall hörte. Er blieb stehen und drehte sich um. Vor ihm stand ein großer, kräftiger Mann mit weit aufgerissenen Augen, er hielt eine Machete in der Hand. Ein zweiter sprang gerade von einem anderen Baum. Auf Lingala fragte ihn der erste: »Kurz- oder langärmelig?«

Ephraim wusste, was das bedeutete. Er wollte wegrennen, doch der zweite Mann hielt ihn fest. Er stank so bestialisch, dass es Ephraim den Atem nahm. Er wollte schreien, doch der Mann stopfte ihm das Versace-Handtuch in den Mund. Der andere nahm ihm das iPhone ab. Mit einem kleinen Fotoapparat schoss er Bilder. Ephraims Angst war so groß, dass er sich in die Hosen machte. Dann ging alles schneller, als er gedacht hätte.

Ephraim starb mit einem sündhaft teuren Handtuch auf dem Gesicht.

MARTHA

Das Gebäude in der Maillingerstraße war ein Klotz mit grauer Natursteinfassade. Die Farbe passte zu den Hunderten von vermodernden Bürokraten, die Sperber hinter dieser Fassade vermutete. Er blieb kurz stehen und sah hoch, um einen letzten Blick in den frischen blauen Himmel mitzunehmen.

Sperber ging durch eine Glastür mit der Aufschrift »Dezernat 62 – Organisierte Kriminalität und Besondere Deliktsformen«. Hier war er richtig. Er betrat das Sekretariat. Als die Sekretärin an die Tür ihres Chefs klopfte, fiel ihr auf, dass Sperbers Schuhe nicht geputzt waren. Er bemerkte ihren kritischen Blick, sah hinunter, sah sie an und lächelte verlegen. Macht keinen guten Eindruck, dachte er. Was soll's! Sie würden ihm den Job nicht wegen seiner Schuhe verweigern.

Sie öffnete die Tür. Vor ihm saß in einem großen Büroraum ein gemütlich wirkender Beamter, leicht untersetzt, dunkelroter Pullover, Mitte fünfzig, Typ Pfeifenraucher. Das war also der Dezernatschef.

»Tag! Sperber mein Name.«

»Ah, Sie sind Herr Sperber. Man hat Sie schon angemeldet«, sagte der Mann in breitem Ruhrpott-Tonfall und stand auf. »Äh … Müller. Heinz Müller!« Er reichte Sperber die rechte Hand und zeigte mit der linken auf den leeren Holzstuhl vor seinem Schreibtisch.

»Sie haben sicher auch einen Vornamen?«, fragte Müller väterlich.

»Friedrich«, erwiderte Sperber.

»Was können Sie denn, Friedrich Sperber?« Müller setzte sich wieder hin.

»Oh, sehr direkt. Find ich gut. Ich kann schreiben, rechnen, lesen, und denken kann ich auch.«

»Und Computer, kennen Sie sich damit aus?«

»Ich wurde quasi im Silicon Valley geboren«, gab Sperber süffisant zurück.

»Starke Ansage«, erwiderte Müller, lachte und machte eine Pause. Seine Miene wurde ernst, aber er ließ Sperber nicht aus den Augen.

Der Kerl ist nicht zu provozieren, dachte Sperber.

»… und wo wurden Sie zuletzt fürs Denken gebraucht?«, wollte Müller wissen.

»Verschiedene Jobs als Leiharbeitskraft.« Sperber lehnte sich zurück.

»Was haben Sie genau gemacht?« Müller machte das Gleiche.

»Mal hier, mal da, Internet, Software, IT. Was man heute so macht.«

»Klingt unzufrieden«, bemerkte Müller.

»Bin unzufrieden.«

»Und davor?«

»War ich im Kongo.«

»So, im Kongo. Sie meinen im richtigen Kongo?«, fragte Müller und zog eine Augenbraue hoch.

»Gibt es denn auch einen falschen?« Sperber machte ein fragendes Gesicht.

»Ja, gibt es. Der ist nämlich links daneben.« Müller grinste.

Mann, schon wieder diese Sache mit den zwei Kongos. Die meisten Leute konnten das nicht auseinanderhalten. Okay, Müller hatte recht.

»Also, ich war im richtigen Kongo, früher Zaïre. Nahe Goma.«

Müller pfiff durch die Zähne. »Heiße Gegend! Was macht man dort?«

»Geophysiker. Exploration auf seltene Erden.«

Das beeindruckte den Dezernatschef. Er hob anerkennend die Augenbrauen und senkte die Mundwinkel. »Sicher 'ne Scheißzeit gewesen, was?« Müller klopfte mit einem Lineal auf seinen Oberschenkel.

»Ich hab's überlebt«, sagte Sperber nüchtern.

»Ja, Sie haben's offensichtlich überlebt«, stellte Müller versonnen fest. »Und Sie glauben, dass Sie für uns was tun können?«

Sperber fixierte ihn und hob die Schultern. »Was gibt's denn zu tun?«, wollte er wissen. »Ich meine, außerhalb des Kongo.«

Müller hielt inne, dann klopfte er wieder auf seinen Oberschenkel. »Sagen wir mal so: Ab und zu haben wir ein paar merkwürdige Sachen hier in Bayern. Delikte, mit denen die normale Polizei überfordert ist. Eigenartig zugerichtete Leichen, organisierte Kriminalität. Mit einem Hintergrund, für den man einen Spezialisten braucht. Wenn wir freie Mitarbeiter für einen Fall benötigen, greifen wir oft auf Leute aus der IT-Branche zurück. Aber wir haben auch Biologen, Mediziner und Ingenieure, deren Rat wir ab und zu einholen. Aber viele von den Leuten kann man heutzutage ja nur noch vor einen Bildschirm setzen.« Er seufzte mit einem Gesichtsausdruck, als trauerte er einer anderen Zeit nach. »Ich brauche aber jemanden, der denken kann. Jemanden, der die Welt kennt. Jemanden, der weiß, wie es ist, wenn man tief gesunken ist. Jemanden, der weiß, dass man eine Fünf manchmal durchaus geradebiegen kann.« Er verschränkte die Hände, stützte die gestreckten Zeigefinger gegeneinander und wippte damit auf und ab. »Also: Ich brauche jemanden, der Gefühl für Menschen und gleichzeitig eine gute Ausbildung hat. Und der sich bisher kaum mit Polizeiarbeit beschäftigt hat. Einen frischen Geist sozusagen.« Er schürzte die Lippen und legte die Spitzen der Zeigefinger nachdenklich an seine Unterlippe. Als er Sperber dann direkt in die Augen sah, sagte er: »Ihr Freund, Hauptkommissar Sondermann, hat Sie empfohlen.«

Sperber hatte aufmerksam zugehört und nickte. »Tja, ob ich der Richtige für Sie bin, kann ich nicht sagen …«

»Wärmstens empfohlen!«, betonte Müller und ließ sich nicht irritieren. »Er sagt, Sie seien schwierig und nicht sehr höflich. Aber klug. Was meinen Sie dazu?«

»Guten Freunden widerspricht man nicht.« Sperber grinste.

Eine Weile betrachtete ihn Müller schweigend. Sperber hielt seinem Blick stand und hielt ebenfalls den Mund.

»Gut, ich probiere es mit Ihnen.«

»Wie, das war's schon? Einstellungsgespräch beendet?«

»Beendet!«, schloss Müller und stand auf.

»Ähm …« Sperber war peinlich berührt und lächelte so gequält, als hätte er eine Banane quer verschluckt. »Das ging mir jetzt aber ein bisschen zu schnell. Also … wieso hat denn das LKA keine eigenen Leute, die so was machen können?«

»Das ist gut gedacht und zugleich eine Scheißfrage!«, gab Müller ärgerlich zurück. »Das können Sie natürlich nicht wissen«, sagte er ruhiger und setzte sich wieder hin. »Also …« Müller richtete sich auf. Er schwieg ein paar Sekunden und fixierte Sperber so eindringlich, dass es fast wehtat. »Wir haben kein Geld.«

»Kein Geld?«, fragte Sperber erstaunt. »Ja, wollen Sie mich denn mit Hosenknöpfen bezahlen?«

Müller grinste. »Nein, nein, natürlich nicht. Bezahlung angelehnt an den öffentlichen Dienst. Aber Sie sind einfach billiger. Ich nehme Sie nur, wenn ich Sie wirklich brauche.«

»Hm, das heißt, zwischendurch muss ich mir eventuell wieder was anderes suchen?«

»Eventuell. Keine Angst, wenn Sie gut sind, werd ich Sie schon nicht ziehen lassen.« Er räusperte sich. »Die geringeren Kosten sind aber nur ein Grund. Der andere Grund ist, dass die Wissenschaftler, die wir hier fest anstellen oder sogar verbeamten, dass die Leute irgendwann faul werden. Die sehen das hier als gemütliches Nest. Und hören irgendwann auf, gut zu sein. Verstehen Sie? Kein Interesse mehr an der wissenschaftlichen Arbeit. Zunehmende Gleichgültigkeit. Die Uhr schlägt halb fünf, und sie lassen den Griffel fallen. Das ist der Hauptgrund. Beschissene Gleichgültigkeit. Die kriegt man in so einem Amt einfach nicht ausgemerzt. Im Gegenteil, die Gleichgültigkeit ekelt die guten Leute irgendwann so an, dass sie auch gleichgültig werden. Das ist wie eine Epidemie.«

Sperber stutzte. »Ja, und ich? Was soll ich tun?«, fragte er und hob ratlos die Hände.

»Sie sollen die Leute ein wenig auf Trab bringen. Frischen Wind reinlassen …«

»… der durch die heiße Luft entsteht, wenn ich verheizt werde, was?«, spottete Sperber.

»Ich hab ein paar brauchbare Leute hier. Mit denen mach ich Sie bekannt. Sie kommen in ein gutes Team.«

»Kompetenzen?«

»Bekommen Sie.«

»Welche?«

»Natürlich keine polizeilichen, keine Waffe, keine Exekutivgewalt. Aber weitgehende Sondervollmacht und Bewegungsfreiheit.«

Sperber nickte. Nach ein paar Sekunden fragte er: »Wann muss ich mich entscheiden?«

»Jetzt.«

Sperber wand sich in seinem Stuhl. »Au Mann. Sie sind ein harter Knochen.«

»Mit einem weichen Drumherum!« Müller klopfte auf seinen Bauch und lächelte.

Eines ist klar: Dieser Kerl ist schwer in Ordnung, dachte Sperber. Er vertraute ihm. Er entschied sich, das Angebot zu testen. Immer noch besser, als selbst ernannten IT-Spezialisten als Leiharbeitssklave zu dienen, dachte er grimmig.

»Okay, ich mach's. Aber erwarten Sie nicht von mir, dass ich für Sie den ganzen Laden auseinandernehme.«

Müller ignorierte Sperbers Bemerkung. »Kommen Sie, ich stelle Ihnen Oberkommissarin Kieninger vor. Alle hier nennen sie Martha. Sie wird immer dabei sein, wenn Sie arbeiten. Erst mal für drei Monate.«

»Für drei Monate ist sie bei mir?«

»Nein, Sie sind erst mal drei Monate bei uns. Probezeit als Freiberufler sozusagen. Danach sehen wir weiter.« Klare Ansage, dachte Sperber.

»Alles verstanden?«, fragte Müller und reichte Sperber die Hand.

»Warum nehmen Sie mich?«, fragte Sperber.

»Weil ich mich auf Sie verlassen kann.« Müllers Hand wartete.

»Einverstanden!«, gab Sperber zurück. So musste es sein: Der Mann hat Handschlagqualitäten, dachte Sperber zufrieden.

Einen Stock tiefer war das Büro von Martha Kieninger. Hochgewachsen, schlank, schicke Schuhe, dunkles Haar, Hochsteckfrisur, Lesebrille. Ende vierzig, also in seinem Alter. Kleidung irgendwie altmodisch, aber alles passte zu dem überzeugenden Blick über ihre Lesebrille hinweg und zu ihrem festen Händedruck. Mit der kann man Elefanten klauen, dachte Sperber.

»Martha, zeigen Sie ihm den Fall«, sagte Müller freundlich.

»Mach' ma scho!«, stellte Martha klar. Ein präzises Bayerisch, dachte Sperber.

Müller reichte Sperber die Hand und mahnte zum Abschied: »Und keine Mätzchen mit Martha, klar?« Uff, das war eindeutig.

Martha ging zum Aktenschrank und kam mit einer Mappe zurück. Sie holte ein paar großformatige Fotos heraus und legte sie nebeneinander auf den hellen Besprechungstisch im Nebenraum.

Das erste Bild zeigte eine männliche Leiche, die eigenartig verdreht auf Grasboden lag. Ein Handtuch steckte in ihrem Mund und bedeckte den Rest des Gesichts. »Gefunden von einem Jogger in den Isarauen in Bogenhausen«, sagte Martha. Der Tote lag auf dem Bauch. Ein weiteres Foto zeigte das Gesicht und den Hals der Leiche in Nahaufnahme. Ein Schwarzer. Am Hals klaffte eine blutende Wunde. Die Haut war blauschwarz und blutunterlaufen. Ein drittes Bild zeigte den rechten Arm des Toten. Die Hand fehlte. Ein paar Hautfetzen hingen am Unterarm. Die linke Hand war ebenfalls verstümmelt, hing aber zum Teil noch am Unterarm fest.

»Hat man die Tatwaffe gefunden?«, fragte Sperber angewidert.

Martha legte ein weiteres Bild auf den Tisch. Auf dem Bild war ein Schild mit einer Nummer zu sehen, das auf einem Labortisch stand. Neben dem Schild lag eine Machete. Sperber griff sich in den Nacken und spürte einen fast elektrischen Schmerz in seiner Wundnarbe.

»Die haben wir etwas weiter weg an der Isar gefunden, hatte sich in einem Gebüsch verfangen«, sagte Martha und beobachtete Sperber.

»Hat der Täter vielleicht weggeworfen und dachte, er hätte ins Wasser getroffen?«

»Warum dachte er das?«

Sperber machte ein nachdenkliches Gesicht. »Vielleicht neblig an dem Tag?«

Martha nickte verhalten. »So dichter Nebel wäre zwar außergewöhnlich in München, aber vielleicht haben Sie recht.«

»Der sieht übel aus«, sagte Sperber eher aus Verlegenheit. »Wissen Sie, wer der Mann ist?«

»Viel wissen wir noch nicht.«

»Sagen Sie, die Mordwaffe ... die ist doch eigenartig. Eine Machete. So was hat in Deutschland doch eigentlich niemand, oder?«, fragte Sperber.

»Ach, wissen Sie, da gibt es kaum etwas, was unvorstellbar wäre. Sie glauben nicht, was für unglaubliche Mordwerkzeuge es in Deutschland gibt«, gab Martha zurück.

»Ja, aber die Art und Weise ist erstaunlich. Hab ich schon gesehen, so was ...«

»Hm ... Darüber müssen wir später in Ruhe reden.« Sie packte die Bilder zusammen. »Jetzt führe ich Sie erst mal durchs Haus. Sie sollen ein Gefühl bekommen, wie wir hier arbeiten, und für das, was Sie erwartet. Mit dem Fall machen wir morgen weiter.«

Sperber nickte und hob die Hände. »Sie sind der Boss.« Martha lächelte.

Martha ist in Ordnung, beschloss Sperber. Er folgte ihr gern. An der Tür blieb sie kurz stehen, sah wieder über ihren Brillenrand und bemerkte: »Ihre Schuhe: Es schadet ihnen sicher nicht.«

»Was?«, fragte Sperber überrascht.

»Sie zu putzen.«

IKONE

Adele Gumumbali saß in ihrem Büro in Bukavu. Sie war klein, gut genährt und in traditionelle afrikanische Gewänder gehüllt. Hier im Gebiet der großen Seen in Kivu, in der Nähe der Grenze zu Ruanda, hatte sie ein gigantisches Imperium aufgebaut.

Jetzt saß sie an ihrem Schreibtisch aus dunklem Holz. Vor dem Tisch standen vier Hocker, eigentlich abgesägte Elefantenfüße, deren Sitzflächen mit dunklem Leder gepolstert waren. An der Wand hinter ihrem Schreibtisch hingen über Kreuz die prächtigen Stoßzähne des riesigen Bullen, den sie selbst erlegt hatte. Darunter befanden sich ein Büschel von seinem dunklen Nackenhaar und ein Foto von ihr in jüngeren Jahren, wie sie mit einer Elefantenbüchse neben dem toten Tier stand. Dieser Meisterschuss war ihr ganzer Stolz. Und der Grund, warum sie lange vor dem Kongokrieg hierhergekommen war. Ihre Erinnerung ließ sie leise lachen.

Als verwöhnte Tochter eines steinreichen indischen Industriemagnaten war sie in jugendlicher Abenteuerlust in den Kongo gereist, zu einer Großwildsafari. Sie wollte endlich einen afrikanischen Elefanten schießen. Mit der Jagd auf die kleineren indischen Elefanten hatte sie sich bereits in ihrer Heimat vergnügt.

Während der Jagd hatte sie sich verliebt, in einen der einheimischen Jagdbegleiter. Er war ein großer und hochgewachsener Tutsi-Kongolese von tadelloser Gestalt und mit dem Geruch eines Büffels. Sie hatte sich auf das Abenteuer mit ihm eingelassen und war in Kivu gestrandet. Gegen den Willen ihres Vaters. Der seine Tochter allerdings doch unterstützte, als sie eine eigene Firma gründen wollte.

Ihr Geliebter hatte sich bald als grausamer Schläger entpuppt. Seine Respektlosigkeit Frauen gegenüber war keine Ausnahme in Kivu. Er hatte Adele dreimal vergewaltigt, unzählige Male geschlagen und einmal die Treppe hinuntergeworfen. Damit war das Maß voll. Noch in der darauffolgenden Nacht brachte sie ihn mit einem Brecheisen um. Doch sie war so schockiert von ihrer Tat, dass sie noch immer zitternd und wie gelähmt in einer Ecke saß, als ihre Haushälterin sie am Morgen fand. Diese hatte selbst schon Bekanntschaft mit der Triebhaftigkeit dieses Mannes gemacht, und im Angesicht der Leiche wich ihre Angst dem Rachedurst. Sie schleppte die Leiche kurzerhand in die Küche, zerstückelte sie und verfütterte sie über vier Tage hinweg an die drei Haushunde. Erst danach hatte Adele endgültig begriffen, wie wenig ein Menschenleben in Kivu wert war.

Freundschaftliche Verhältnisse hatte Adele danach nur zu einigen Hutu aufgebaut. Aus ihrer Sicht waren sie die Unterdrückten, weil sie – wie auch sie selbst – körperlich klein gewachsen waren. Doch irgendwann verstand sie, dass viele Hutu-Männer auch nur brutale Mistkerle waren, die ihre Frauen schlugen. Sie machte zwar noch Waffengeschäfte mit ihnen, pflegte aber keine Freundschaften mehr.

Adele besaß ein gewinnendes Lächeln. Wer ihr einmal begegnet war, galt als verhext. Die Menschen schrieben ihr magische Kräfte zu, denn es gab praktisch niemanden, den sie mit ihrem Charme nicht überzeugen konnte. Auch die Sprache hier im Kongo hatte sie schnell gelernt. Es waren jedoch vor allem ihre Menschenkenntnis und ihre Persönlichkeit, mit der sie die Leute einfing. Außerdem verfügte sie über eine natürliche Begabung: die Fähigkeit zu spüren, wann der richtige Moment für einen Einwand oder eine Entscheidung war. Das konnten nur wenige. Sie beherrschte es perfekt.

Mit dem Handel von Tabakwaren und Tierknochen hatte sie angefangen, mittlerweile schmuggelte und verkaufte sie auch Erze und Waffen, was höchst gewinnbringend war. Vor allem war es das Coltanerz, das sie überaus schätzte. Mehr als neunzig Prozent im Kongo wurde in Handarbeit im tiefsten Dschungel abgebaut, direkt an der Oberfläche. Die Menschen dort waren auf die Rebellen oder auf Schmugglerringe angewiesen, die ihnen das Material abkauften und es abholten. Mit dem Mobiltelefon hielt Adele ihr weitverzweigtes Informationsnetz ohne Probleme aufrecht. Denn im Kongo, selbst in sehr schwer erreichbaren Gebieten, arbeiteten Mobilfunknetze zuverlässiger als in manchen abgelegenen Regionen Deutschlands.

Offizielle Regierungskräfte hatten kaum noch Einfluss in Kivu. Adele jedoch hatte sich mit Hilfe der Hutu ihr eigenes Reich aufgebaut. Sie war überaus gebildet und intelligent, reich und Männern gegenüber ohne Angst. Im Kongo war sie eine Ikone, wurde verehrt wie eine Heilige. Jeder hatte Respekt vor ihr, nur die Tutsi-Rebellen hassten sie bis aufs Blut. In westlichen Industrieländern galt sie als die wichtigste Handelspartnerin für Coltan aus dem Kongo. Natürlich inoffiziell.

Was Geschäfte anging, kannte Adele keine Skrupel. Die hatte sie im Kongo vollständig verloren. Ihr neuer Liebhaber war ein Bantu aus dem Westen, ein zivilisierter, kräftiger Mann, der ruhig, liebenswert und anhänglich war. Er hätte sein Leben für sie gegeben. Sie nannte ihn Leo, stark wie ein Löwe! Und sie liebte ihn. Es gab nur eine Bedingung: Adele stand immer an erster Stelle. Leo war zugleich ihr Bodyguard, ihr Sekretär und ihr Fahrer.

In ihren Lagerhallen hortete sie enorme Coltanvorräte. Sie konnte jederzeit mehr auf den Markt werfen oder das Material zurückhalten. Dadurch konnte sie die Preise diktieren und hochhalten. Ihr war allerdings bewusst, dass die Aufkäufer des Rohstoffs den Gewinn, den sie erzielte, noch einmal vervielfachten. Vor allem die deutsche Hartung AG tat sich darin hervor, was Adele sehr ärgerte. Das wollte sie zu ihren Gunsten verändern. Ihr schwebte immer noch vor, irgendwann den Nicht-Rebellen, den Nicht-Soldaten, den Müttern, den Kindern, dem einfachen Volk Gutes zu tun. In der Zwischenzeit war sie damit beschäftigt, das Erz illegal zu verkaufen sowie Waffen zu besorgen und an jeden zu verhökern, der zahlte. Waffen und Coltan hatten sie zur mächtigsten und reichsten Frau im Kongo gemacht.

RUHERAUM

Abteilung II, Kriminaltechnisches Institut. »SG 203 Serologie und Medizin«, las Sperber am Durchgang.

»Das Gerät wurde gerade erst geliefert«, sagte Martha, als sie einen größeren Raum betraten. »Gebraucht gekauft vom Klinikum Großhadern. Sparmaßnahmen!« Einige Zubehörkisten waren noch nicht ausgepackt.

Auf dem Tisch des Computertomografen lag eine nackte Frau, dunkelhaarig, von üppiger Gestalt und tot. Beine ausgestreckt, Hände zerschrammt. Die Lippen waren blau, die Fingernägel rot lackiert. »Heute Morgen frisch wie ein Fisch in der Isar gefunden. War bestimmt mal 'ne lässige Braut«, sagte der Mann im weißen Kittel mit Ossi-Akzent und bewegte sich behäbig um den Tisch herum. Martha beachtete ihn nicht.

»Das CT-Gerät wird gerade getestet«, flüsterte Martha. Eine junge Ärztin und ein älterer Arzt saßen auf Drehstühlen und blickten konzentriert, aber ratlos auf einen Bildschirm. Daneben hockte wortlos und gelangweilt ein Techniker, der das Gerät offensichtlich einstellen und kalibrieren sollte. Der Arzt sah mit gerunzelter Stirn zu Martha hinüber und gab zu verstehen, dass er nicht gern gestört werden wollte.

Martha beugte sich trotzdem vor: »Darf ich kurz vorstellen: Dr. Wertheimer, er leitet die Medizin bei uns. Und das ist Dr. Sperber, unser neuer Mitarbeiter. Physiker, oder?«, fragte Martha und blickte verlegen über ihre Schulter.

»Geophysiker«, sagte Sperber lächelnd.

Martha sah wieder nach vorn. Die Ärzte erwiderten nichts, sie diskutierten das Tomografieergebnis. Wertheimer faselte etwas von einer Störung im Bild. »Die Bildverarbeitung macht mal wieder Zicken! Immer wieder so ein Mist! Schlechte Software, Lücken und Ausfälle, wie soll man da arbeiten!«, rief er ärgerlich und wurde dabei lauter.

Sperber sagte nichts. Die Ärztin nickte beflissen, der Techniker traute sich anscheinend nicht zu widersprechen. Sperber beobachtete die drei. Dieser Arzt verstand offensichtlich nicht viel von Computertomografie. Als Wertheimer den Arm bewegte, nahm Sperber einen tranigen Nachtgeruch wahr.

Wertheimer hatte wohl mit Sperbers höflicher Zustimmung gerechnet. Nun fragte er väterlich und von oben herab: »Oder was meinen Sie als …«, Wertheimer machte eine kurze Pause, »… Physiker dazu?« Anscheinend versuchte er, Sperber gleich an den ihm zustehenden Platz zu verweisen und die eigene Kompetenz zu wahren. Ein Profilneurotiker in seinem Zoo, dachte Sperber.

»Ich hoffe doch, dass Sie dieses Gerät nur bei Toten einsetzen«, antwortete Sperber.

»Wie bitte?«, fragte Wertheimer mit zur Schau gestellter Betretenheit.

»Computertomografie ist eine tolle Sache. Ein richtiger Patientengrill«, gab Sperber zurück.

»Wieso denn das?«, mischte sich der junge Techniker ein.

»Na ja, bei einer Thorax-Aufnahme werden so viele Strahlen ausgesendet, dass der Patient ungefähr so viel abkriegt, wie der Arbeitsschutz einem Angestellten wie Ihnen für ein ganzes Jahr gestattet. Viele Ärzte wissen das immer noch nicht. Geht ja nur um die Patienten«, schloss Sperber mit einem Schulterzucken.

Wertheimer atmete tief durch.

»Und ich bin übrigens Geophysiker.« Er löste seinen Blick nicht von Wertheimer.

»Ja … äh … sagen Sie ruhig etwas dazu. Nur los!«, forderte ihn der Arzt jetzt stotternd, aber provokant auf.

»Wozu?«, fragte Sperber.

»Na zu dem Bild!«, keifte Wertheimer und zeigte auf den Monitor.

Sperber fixierte ihn immer noch. Das Tomografiebild betrachtete er nur kurz. Es hatte offensichtlich zwei helle Schatten. Dann hob er die rechte Augenbraue und den linken Mundwinkel leicht an und sagte mit ausdrucksloser Miene: »Silikontitten.«

Die junge Ärztin kicherte. Wertheimer schwieg und sah mit wichtigem Blick zum Bildschirm. Martha riss die Augen auf.

»Die Leiche hat Silikontitten!« Sperber senkte seine Braue

wieder und nickte kurz. »Ich darf mich empfehlen«, sagte er lächelnd zu der jungen Ärztin, drehte um und entfernte sich.

Martha eilte ihm hinterher und lachte leise. »Na, das war ja eine perfekte Einführung bei den neuen Kollegen!«, bemerkte sie mit naiv klingendem Sarkasmus. Diesen Ton beherrschen nur Bayern, dachte Sperber.

Er erwiderte murrend: »Was für ein aufgeblasener Heini! Ich fand das gerade voll daneben.«

»Daneben fanden Sie's? Nein, nein, aufgeblasen war da was ganz anderes! Das war genau auf den Punkt! Ganz perfekt«, sagte sie frotzelnd. »Besser hätte es nicht laufen können, Herr Sperber. Ich gratuliere!« Martha ist wunderbar, wunderbar böse, dachte er.

»Darauf trinken wir jetzt einen«, fuhr sie fort, »einen ... Brusttee. Was meinen Sie? Das wäre doch sicher was für Sie.« Dann ging sie weiter. »Silikondinger!« Sie schüttelte den Kopf. »Na, des werden S' jetzt nimmer los.«

Er blieb stehen und grinste. »Und Sie werden das ganz bestimmt für sich behalten – schätze ich mal.«

Martha lächelte geschmeidig. »Kommen Sie, ich zeig Ihnen noch Ihr neues Reich. So einer wie Sie muss ja isoliert werden.« Sie führte ihn zu einer Tür schräg gegenüber von ihrem Büro und warf einen Blick in den Raum. »Das hier ist eigentlich ein Gemeinschaftsraum. Aber zu der Liege da werden wir auch noch Tisch und Stuhl für Sie auftreiben.«

»Die Liege allein tät's auch«, meinte Sperber.

An der Wand hing ein Medizinschrank. Martha zeigte darauf: »Wenn Ihnen mal übel wird oder so, Fritzzz ...« Sperber hatte die Kurzform seines Namens nie gemocht, Martha aber sprach ihn mit einem kurzen i und einem leisen und nicht enden wollenden Zischen am Ende aus. Das klang wie die Aufforderung, ein Schwert in die Hand zu nehmen und eine Dornenhecke niederzumähen. Sperbers Nackenhaar bebte, der elektrische Reiz breitete sich aus und floss direkt in seinen Solarplexus. Ihre Stimme war wie Balsam.

»Ah, des do g'hört noch ausgetauscht«, stellte Martha fest und wies mit ihrem Zeigefinger auf das Wandschild neben der Tür: Ruheraum.

PRINZENROLLE

Jean Colteaux betrachtete die Frau, die das Café am Wiener Platz betrat, und verglich sie mit dem Foto, das er in der Hand hielt. Er musste zweimal hinsehen. Wenn er sich nicht irrte, war sie genau die, die er suchte: die belgische Journalistin Desiré Delarue. Das Foto von ihr zeigte sie, wie sie vor fünf Jahren ausgesehen hatte, dicker und mit kurzen Haaren. Jetzt trug sie lange blonde Haare und hatte ein schlankes, intelligentes Gesicht. Sie war auffallend hübsch und sportlich. Ihr Anblick überraschte ihn. Er hatte eher mit einer feisten, nachlässig gekleideten Belgierin gerechnet, wie er sie aus Lüttich kannte.

Angeblich hatte die Journalistin längere Zeit im Kongo gearbeitet. Man sagte von ihr, dass sie die Zusammenhänge um den Coltankrieg ziemlich gut verstanden habe. Deshalb ist sie wohl jetzt auch hier in Deutschland gelandet, dachte er. Und vor allem hatte sie eines getan: Sie hatte Adele Gumumbali interviewt und offen mit ihr sympathisiert. Was sie allerdings wohl nicht verstanden hat, dachte Colteaux, ist die Tatsache, dass die offene Sympathie mit dieser indischen Hexe ihre Überlebenschancen auf die eine oder andere Art drastisch reduziert hat.

Er würde sich an Desiré Delarue ranmachen, sich als der ausgeben, der er war. Sie hatte in der Sache gründlich recherchiert. Daher musste er davon ausgehen, dass sie sein Gesicht kannte und wusste, welchen Job er im Kongo gemacht hatte. Aber er würde ihr vorgaukeln, von dort abgehauen zu sein. Mal sehen, was sie vorhatte. Er brauchte sie, um an jemand anderen heranzukommen. Deshalb hatte Lucien Ndenga ihn überhaupt hergeschickt. Was mit ihr passieren sollte, würde er dann später entscheiden.

Fünf Minuten später betrat auch er das Café und sah sie am Fenster sitzen. Schnurstracks hielt er auf ihren Tisch zu und rammte ihn mit seinem Oberschenkel so heftig, dass ihr der Kaffee über die Beine lief. Sie schrie einen Fluch. Jean nahm dem Kellner ein Handtuch ab und säuberte den Tisch. Als sie ihn erkannte, ließ sie sich mit offenem Mund auf den Stuhl sinken, ohne ihn aus den Augen zu lassen. Dann erst sprach er sehr höflich auf Französisch eine Entschuldigung aus.

Ihr stand noch immer der Mund offen. Schließlich schluckte sie. Offenbar wusste sie nicht, ob sie um Hilfe schreien sollte oder ob vor ihr gerade die einmalige Chance ihres Journalistenlebens stand.

»Jean Colteaux«, hauchte sie. Er bestellte sofort zwei neue Tassen Kaffee und setzte sich zu ihr an den Tisch.

»Sie … kennen mich?«, tat er überrascht.

»Jean Colteaux, der Söldner mit dem Kreuz aus Stahl!«

»So nennen mich einige«, sagte er charmant.

»Je suis Belge, comme vous! Desiré Delarue.«

Er nickte freundlich. Nach kurzem Schweigen fuhr sie fort: »Die langjährige rechte Hand von Lucien Ndenga, dem obersten Tutsi-Rebellen im Kongo. Leibhaftig und in voller Größe.« Ihr Hals war trocken.

Colteaux lächelte verlegen und abwartend, ohne etwas zu sagen.

»Koordinator der Tutsi- und Mai-Mai-Milizen«, ergänzte sie.

Er hob den Finger. »Tutsi stimmt. Mai-Mai sind Schweine. Die haben wir nur genommen, wenn es nicht anders ging. Ich habe sie eher bekämpft. Sie hatten nur selten dieselben Ziele wie wir.«

»Frauen zu vergewaltigen?«, fragte Desiré barsch.

»Hab ich nie gemacht«, sagte er ruhig. Desiré empfand etwas, was sie so schnell es ging aus ihren Gedanken wischen wollte: Sie glaubte ihm.

»Was machen Sie hier? Das ist doch kein Zufall, oder?«, fragte sie fest.

»Ich bin abgehauen. Will das alles nicht mehr machen.«

»Sie … Sie wollen mir erzählen, dass Sie ausgestiegen sind? Nach all dem, was Sie dort getrieben haben? Morden, Brandschatzen, Kinder rekrutieren«, sie geriet in Rage, »Bauern zur Arbeit in den Minen zwingen, Kriegsgefangene bis zum Tode schuften lassen, Aberglauben verbreiten, Leichtgläubige zu Werkzeugen formen, Unschuldige zu Monstern machen … Hab ich was vergessen?«

Die Leute ringsherum sahen zum Tisch und zeigten ihre Ablehnung für die Frau, die dort einen Schwarzen beschimpfte.

»Sind Sie fertig?«, fragte er lächelnd.

»Wollen Sie sich stellen?«, sagte sie jetzt im Flüsterton, aber mit bitterem Sarkasmus. »Der Internationale Gerichtshof ist allerdings in Den Haag, hier in München ist nur das Europäische Patentamt.«

Er lehnte sich zurück. »Sie nehmen mich nicht ernst. Schade. Ich hatte Sie anders eingeschätzt.« Er stand auf und spielte Enttäuschung vor.

»Warten Sie!« Sie legte ihre Hand auf seinen Unterarm. »Sie haben mich hier aufgesucht. Was wollen Sie von mir?«

Colteaux setzte sich wieder hin. »Kann ich Ihnen vertrauen?«

Sie schüttelte den Kopf und gab zurück: »Sie tauchen hier auf, wir kennen uns nur, weil Sie mir Kaffee über die Hose geschüttet haben, und Sie reden von Vertrauen? Das ist ein bisschen viel für den Anfang, finden Sie nicht?«

Er nickte. »Ich habe eine Story, die noch niemand hatte. Exklusiv, wenn Sie wollen.« Damit kriegte man jeden Journalisten, das wusste er.

»Und was wollen Sie im Gegenzug von mir?«

»Können Sie mir helfen, Asyl zu erhalten? Ich bin auch bereit, als Kronzeuge gegen alle im Kongo auszusagen.«

»Mal langsam. Sie stellen sich das ziemlich einfach vor. Ich bin nicht das Gericht, ich kann so was nicht entscheiden. Ich bin Journalistin. Eine ganz einfache Journalistin.«

»Für wen schreiben Sie?«, fragte er.

»Für den ›Focus‹, manchmal für den ›Stern‹.«

»Nichts in Belgien?«

»Nicht mehr.«

»Wieso können Sie so gut Deutsch schreiben?«

»Ich stamme aus Eupen, da lernt man das.«

Er nickte. »Was wissen Sie über Lucien Ndenga?«, fragte er dann.

»Exgeneral der kongolesischen Armee. Kämpft jetzt gegen die Regierung und deren Militärs. Heute ist er einer der bedeutendsten Warlords im Kongo. Beherrscht so gut wie ganz Nord-Kivu.

Gilt als strategisch brillant und skrupellos. Ist ein Tutsi und hat eine Erzfeindin: Adele Gumumbali.«

Sie war gut informiert.

Er warf ihr einen Köder hin. »Wollen Sie mehr über ihn wissen?«

Sie blieb ruhig und sah ihn an. »Natürlich«, erwiderte sie leise.

»Ich sag Ihnen alles. Was er gemacht hat, was er vorhat, seine Verbindungen, seine Geldquellen.«

»Sind keine Geheimnisse. Er lebt vom Verkauf von Coltan. Schafft das Zeug über die ugandische Grenze, von wo aus es über Mittelsmänner an die Industriestaaten verkauft wird.«

»Ja schon, aber wissen Sie, wie er das macht?«

»Ja, er stachelt seine Milizen auf. Die überfallen Dörfer im Kongo. Zwingen die Bauern, für einen Hungerlohn in den Minen zu arbeiten. Und Sie, Colteaux, Sie sind seine ausführende Hand. Wie haben Sie es eigentlich geschafft, sich so schnell bei ihm hochzudienen?«

Colteaux hielt kurz inne und beobachtete sie. Dann sagte er: »Ich bin an die ugandische Grenze gefahren, hab ein Camp der Lord's Residence Army aufgesucht …«

Sie unterbrach ihn. »Diese Leute aus Uganda, die einen Gottesstaat errichten wollen und dafür Tausende mit Macheten umbringen?«

»… nachdem sie ihnen zuvor Beine, Zähne und Arme zurechtgestutzt haben. Stimmt. Sie leben jetzt auch im Norden von Kivu.«

»Entschuldigung, bitte weiter.« Sie schüttelte sich. »Äh, darf ich mitschreiben?« Sie zog einen Block aus ihrer Tasche.

Er nickte. »Also, ich bin in ihr Camp gegangen, hab etwa sieben oder acht von diesen Idioten die Macheten abgenommen.«

»Wie haben Sie das gemacht?«

»Ich trug eine Spezialweste von den Special Forces. Als ich dem Ersten die Machete abnahm und ihm den Arm brach, hat ein anderer mit seiner Machete auf meinem Rücken herumgewirbelt. Der Weste und mir war das egal. Dann hab ich beide verdroschen, während sich wieder andere an meinem Rücken zu schaffen machten. Die hab ich dann auch erledigt. Alle anderen haben zugesehen.«

»Wieso haben die Sie nicht erschossen?«

»Ich wusste, dass sie nur schießen, wenn man wegläuft. Altmodisches Volk eben. Und schlecht ausgebildet. Schließlich hab ich mir von einem der Herumstehenden eine Maschinenpistole genommen und sie alle bis auf einen abgeknallt. Dann bin ich gegangen.«

»Warum haben Sie den einen leben lassen?«

»Ich hab ihm meinen Namen genannt und bin dann nach Bafwasende gefahren. Es dauerte nicht lange, bis Ndengas Männer nach mir suchten, man sprach von dem Söldner mit dem Kreuz aus Stahl. In den entsprechenden Kneipen verbreitete sich die Geschichte wie ein Lauffeuer. Der Rest war ein Kinderspiel. Mit meiner Ausbildung konnte ich fast jeden seiner Leute schlagen. Und die ich nicht schlagen konnte, bin ich irgendwie anders losgeworden. Ndenga ist intelligent und längst nicht so ungebildet wie der Rest seiner Meute. Er suchte einen Gesprächspartner und Freund. Er fand mich.«

»Und warum haben Sie das gemacht, ich meine, warum sind Sie zu ihm gegangen?«

Er rührte in seiner leeren Kaffeetasse und ließ dann den Löffel fallen. »Weil ich mich mit seiner Hilfe an den Hutu rächen konnte.«

»Und das haben Sie getan …«, sagte sie vorsichtig.

»Ja, das habe ich getan. Jahrelang und gründlich. Nicht wie Sie denken, mit der Machete und so. Nein. Ich habe dafür gesorgt, dass sie wieder aus dem Land verschwinden, das einst den Tutsi gehört hat, bevor sie von den Hutu umgebracht wurden.«

»Oh, Sie sind ein Held!«, ätzte sie.

Er blieb ungerührt. »Das vielleicht nicht. Nein, nein, das bin ich sicher nicht. Mittlerweile ist mir klar geworden, dass ich in diesem Land nicht mehr leben kann. Es ist nicht mehr das Land meiner Eltern. Ich hatte gehofft, meine Kindheit wiederzufinden, aber vergeblich. Das Land ist verbrannt, mit Hass und bodenloser Grausamkeit verseucht. Auf dieser Erde kann man nichts mehr anbauen. Dort wachsen nur noch Habgier und Gräuel.«

Sie war sprachlos. Dieser Mann zeigte Reue, echte Reue. Sie sprachen über den Reichtum des Kongo und waren sich einig, dass endlich etwas geschehen müsse, um den Leuten zu helfen. »Aber wir brauchen einen Repräsentanten, dem das Volk glaubt«, sagte Colteaux. Er wusste, dass er sie jetzt weichgekocht hatte.

Sie sah ihn an und empfand eine seltsame Verbundenheit mit ihm. »Dann stimmt das Gerücht also!«, sagte sie leise.

»Welches Gerücht?«, fragte Colteaux mit gespielter Überraschung.

»Dass Sie verschwunden sind. Wird im Kongo überall erzählt.«

Colteaux nickte und zuckte mit den Schultern. Sein Plan schien aufzugehen.

Schließlich sagte sie mit flammenden Augen: »Helfen Sie uns!«

Er tat überrascht. »Wie soll ich helfen? Ja, wem denn?«

»Hören Sie, was ich jetzt tue, ist höchst vertraulich.« Sie griff zum Telefon.

»Sind Sie sicher, dass Sie das tun sollten?«, fragte er und wusste, dass sie ihm dadurch noch mehr vertrauen würde.

»Er ist ein kongolesischer Prinz«, erklärte sie.

»Und welche Rolle spielt dieser Prinz?«, fragte Colteaux.

»Die Rolle des Prinzen in diesem Spiel ist es, Frieden zu schaffen.«

Sie wählte, wartete und sprach dann mit jemandem. Sie sei nicht allein, er sei hier, das Gerücht stimme wohl, und er könne ihnen helfen. Ja, er solle ihr vertrauen.

»Im Hofbräuhaus, in einer Stunde, ja?«, sagte sie. »Da fallen wir am wenigsten auf.«

SILIKON-FRITZ

Am nächsten Morgen prangte ein Name auf dem Schild neben seiner Bürotür. Sperber ahnte, dass er diesen Namen nicht mehr loswerden würde: Silikon-Fritz. Sauber eingefädelt, dachte er. Das musste das Ergebnis einer feinen Teamarbeit im neuen Kollegenkreis sein.

Sofort machte er sich auf den Weg zu Martha, um ihr eigenhändig den Kopf abzureißen. Martha stand am Aktenschrank und ließ sich gar nichts anmerken. Außer ihr waren noch zwei ziemlich schräge Vögel in ihrem Büro, lehnten an der Wand und grinsten. Sperber beschloss, Marthas Kopf an Ort und Stelle zu lassen.

»Na, ausgeschlafen?«, fragte sie und warf ihm einen Blick zu wie eine übernächtigte Eule.

»Schlecht geschlafen«, Sperber gähnte, »schlecht geträumt.«

»Wovon denn?«, wollte Martha wissen.

»Vom Niederrhein.« Sperber machte eine schnelle Bewegung mit der flachen Hand und durchschnitt die Luft. »Keine Hügel, keine Wölbungen, nur Horizont.«

Martha kicherte, die beiden Typen blieben völlig ungerührt. Schließlich sagte Sperber: »Genug gefreut! Was kann ich tun?«

Martha löste sich vom Aktenschrank, berührte ihn kurz am Arm und legte die Hoffnung auf ewigen Ablass und Vergebung in ihren Blick. Dann wurde sie geschäftig.

Sie ging zum Tisch in den Nebenraum und breitete erneut die Fotos von gestern aus. Jetzt erst fiel Sperber auf, dass die beiden Kerle an der Wand ziemlich durchtrainiert waren. Er musterte ihre Muskeln und zog anerkennend die Mundwinkel nach unten. »Coole Jungs«, sagte er.

»Ah, entschuldigen Sie: Huber eins und Huber zwei.« Martha machte eine präsentierende Handbewegung. »Direkt von der Polizeischule. Sind uns zugeteilt. Echte Prachtburschen.« Martha zwinkerte den beiden zu.

»Praktikanten, was?« Sperber grinste.

»Und du bist der Silikon-Fritz!«, gab Huber zwei ebenfalls grinsend zurück.

»Sperber ist mein Name!«, polterte Sperber und setzte eine Miene auf wie ein zerzauster Rauhaardackel.

Martha kramte ihr schönstes Lächeln hervor, zog die Augenbrauen hoch und hob wie verlegen die Schultern. »'tschuldigung. Aber der Chef findet das auch gut, weil Sie doch auch quasi in dem Silikon-Dingsda … äh … Silicon Valley geboren sind.« Sie zeigte einen unschuldigen Schmollmund.

Da konnte er tun, was er wollte, dieses Gefecht war verloren.

Ich glaub, ich brauch mal eine Pause, dachte er, die Frau haut mich glatt um. Sie steckt also mit Müller unter einer Decke. Lustige Vorstellung, er stellte sich die beiden unter einer Decke vor und bekam wieder Oberwasser.

Sein Grinsen irritierte Martha offensichtlich, aber sie schaute schnell auf den Tisch mit den Fotos.

»Also, machen wir da weiter, wo wir gestern aufgehört haben, ich meine, mit den Bildern?«, schlug Sperber vor.

Martha nickte und ordnete die Fotos. Sperber legte die rechte Hand um sein Kinn und zog die Stirn kraus. Die Bilder wirkten auf ihn genauso abscheulich wie gestern. Die Machete löste in ihm das Gefühl massiver Bedrohung aus. Ein Schauder durchlief ihn.

Huber zwei fragte: »Na, zerreißt's dich schon?«

Sperber ignorierte ihn.

»Die Frage ist: Wer tut so was?«, bemerkte Huber eins nachdenklich.

Huber zwei meinte: »Des kann doch nur irgend so ein Eingebor'ner g'wesn sein …«

Sperber frotzelte: »Ein Bayer? So was tut ein Bayer?«

Huber zwei sagte nichts mehr.

Huber eins mischte sich wieder ein: »Jetzt hat jeder sein Fett weg, oder? Aber mal im Ernst …«

Sperber unterbrach ihn: »So was macht man in Afrika. Kindersoldaten. Die kriegen so was beigebracht. Bringen ihre eigenen Familien um und hacken ihnen die Hände ab.«

Martha betrachtete angewidert das Bild. »Wieso denn das?«

»Weil sie dazu gezwungen werden. Damit sie entwurzelt sind und nicht mehr zurückkönnen. Da werden ganze Schulen überfallen, in Sierra Leone, Kongo, Uganda. Dann werden die Kinder entführt und kriegen eine Gehirnwäsche. Die Mädchen werden versklavt, und den Jungs drückt man Waffen in die Hand.«

»Sie sagten gestern, Sie hätten so was schon mal gesehen?«, fragte Martha.

»Ja, ich habe im Kongo gearbeitet. Da wird man mit solchen Sachen ständig konfrontiert. Mit so 'nem Ding wurde ich selbst mal angegriffen.«

Huber zwei zog die Luft ein, als hätte ihn selbst ein Schlag getroffen. Dann griff er nach Sperbers Arm und testete, ob dessen Hand noch festsaß.

Martha verdrehte die Augen. Dann rief sie: »Was sind das bloß für Zustände dort!«

»Jedes Jahr werden Abertausende Kinder im Ostkongo entführt. Die Machete ist die erste Waffe, mit der sie üben«, erläuterte Sperber.

Huber eins sah nachdenklich aus. »Viele Mörder benutzen oft ihr Leben lang die Waffe, mit der sie das Töten gelernt haben«, sagte er. »In diesem Fall wohl eine Machete.«

»Aber wie kommt man hier an eine Machete?«, fragte Sperber.

»Soll des a Witz sein?«, entgegnete Huber zwei.

Martha mahnte ihn mit einem strengen Blick zur Sachlichkeit. »Diese Machete auf dem Bild«, erläuterte sie, »hat vorn ein Loch, einen Rücken mit Sägezahnung und einen Kunststoffgriff. So was bekommen Sie im Internet für fünfunddreißig Euro.«

Sperber pfiff durch die Zähne. »Waffenscheinfrei?«

Martha nickte. »Diese hier ist noch ziemlich neu. Aber sie wurde vor Gebrauch noch geschliffen.« Martha legte ein weiteres Bild auf den Tisch, offensichtlich in einem Labor gemacht. »Hier. Nachträgliche Schleifspuren, man sieht sie deutlich. Die wussten also genau, was sie mit dem Ding machen wollten.«

Sperber nickte und wandte seinen Blick wieder dem Foto des Toten zu, das ihn nicht losließ.

»Aber warum kommen solche Leute gerade hierher?«, fragte Huber eins.

»Glaubt ihr, wir können rausfinden, wer der Kerl da war?«, wollte Sperber wissen.

»Sie meinen das Opfer«, korrigierte Martha.

»Von mir aus: das Opfer«, sagte Sperber. »Kriegen wir raus, wer er war?«

»Schon passiert«, sagte Huber eins. »Gültiger Personalausweis. Er hatte ihn bei sich. Deutscher Staatsbürger. Name: Ephraim Ngonsomo. Alter: zweiundvierzig. Wohnhaft in München.«

»Wissen wir, woher er stammt?«, fragte Sperber.

»Kriegen wir noch raus.«

»Seit wann ist er in Deutschland?«

»Ähm ... seit 2001, also seit neun Jahren«, erklärte Huber zwei. »Zuerst in Niedersachsen. Erster Wohnsitz in Hannover. War oft im Harz unterwegs, Salzgitter, Goslar und Rammelsberg«, wobei er Rammelsberg mit geschätzten zehn »m« aussprach. »Dort wurde er mehrfach beim Rasen geblitzt, mit einem Benz, der auf seinen Namen zugelassen war. 2007 wurde er Deutscher. Seitdem lebt er in München.«

Sperber schlug sich mit der rechten Faust in die Hand. »Coltan. Das Zeug ist ein Scheißfluch«, zischte er wütend.

»Können Sie uns aufklären?«, bat Martha.

Sperber hob den Blick. »Der Typ hier kommt ganz sicher aus dem Kongo!« Er machte eine Pause und sah die drei nacheinander an. »Hier bei uns ist erst einer gestorben. Im Kongo waren es bisher an die fünf Millionen.«

Sie fuhren mit einem Taxi. »Wer ist Ihr Prinz?«, fragte Colteaux.

»Das wird eine Überraschung. Jetzt müssen Sie mir vertrauen«, erwiderte sie lächelnd.

Sie hatte recht; wenn er jetzt Zweifel zeigte, war alles umsonst. Also ließ er sich darauf ein. Wenn sie die Wahrheit sagte, war er seinem Ziel sehr nahe. Wenn nicht, was konnte Jean Colteaux schon passieren? Aber sie würde ihn nicht verraten. Ihr Vertrauen war nicht gespielt.

Sie setzten sich an einen großen Biertisch, es war noch zwanzig Minuten Zeit. Sie bestellten jeder eine Mass, tranken und erzählten aus ihrer Jugend. Sie aus Belgien, er aus dem Kongo. Dann berichtete er von seiner Zeit in Lüttich. Vom Klettern im Maastal. Desiré fand das großartig, weil sie selbst in jungen Jahren gern in die Berge gegangen war.

Plötzlich stand er vor ihnen. Ein schlanker, großer, gut aussehender Mann. Und diesmal war Colteaux sprachlos. Der Mann sah viel eleganter und aristokratischer aus, als er ihn von Bildern her kannte. Der Sohn des Mwami von Mwenga, der es gewagt hatte, sich gegen Ndenga und alle anderen Warlords zu stellen. Der Mwami benannte sich jetzt nach dem letzten König des Kongo, aus der Zeit, bevor die Kolonialmächte das Land ins Verderben geführt hatten. Der Prinz küsste Desirés Wange und gab Colteaux die Hand. Sein Blick enthielt ein sanftes Lächeln, seine festen Züge zeigten natürliche Autorität.

Desiré war sichtlich ergriffen. Feierlich sagte sie: »Darf ich vorstellen: Prinz Alphonso Nkuwu.«

»Ich kenne Sie, Majestät. Es ist vielleicht eine etwas unwürdige Umgebung hier …«, sagte Colteaux beeindruckt. Dieser Mann hatte Ndenga lange die Stirn geboten. Sich an diesen Mann heranzupirschen war der Grund, warum Jean Colteaux nach Deutschland gekommen war. Dass es unerwartet so schnell gegangen war, erfüllte ihn mit euphorischer Freude.

»Lassen Sie, ist schon in Ordnung hier. Wissen Sie, zwei wie wir beide fallen in dieser Touristenhölle gar nicht auf. Das ist ein großer Vorteil!« Der Prinz lachte und bestellte ebenfalls eine Mass. »Ich habe Sie natürlich auch auf den ersten Blick erkannt, Monsieur Colteaux. Und ich weiß, dass Sie ein ergebener Mitarbeiter meines Widersachers waren … sind?« Sein Blick war durchdringend. Colteaux wusste, dass der Prinz ausgebildet war und in den Augen seines Gegenübers sofort erkennen konnte, ob er die Wahrheit sprach oder nicht.

Aber das konnte er auch. »Man erzählt, dass Sie sich von ihm abgewendet haben und dass der halbe Kongo hinter Ihnen her ist.«

»Zu viel der Ehre, so viele sind es nicht. Aber Ndenga ist sicher mächtig sauer auf mich.«

Der Prinz stellte Fragen, ohne dass es wie ein Verhör war. Und Colteaux gab Antworten, die nicht nach Ausreden klangen. Nach fünf Minuten bemerkte Colteaux, wie sich die Züge des Prinzen kaum merklich glätteten. Er hatte ihn von seinem Ausstieg überzeugt.

Der Kongo blieb das Gesprächsthema. Prinz Alphonso erzählte ihm vorsichtig von seinen Plänen. Über Möglichkeiten, die Warlords mit internationaler Hilfe zu entwaffnen, die Reichtümer des Landes dem Volk zukommen zu lassen, Frieden mit Ruanda zu schließen. Seine Beziehungen zu Adele Gumumbali erwähnte er mit keinem Wort.

Da stolperte ein volltrunkener Mann in Lederhose und rot kariertem Hemd durch den Raum, in der Hand einen Dirigentenstab. Gerade hatte er zur Belustigung seiner Freunde und der anderen Gäste die Musikkapelle des Hofbräuhauses dirigieren dürfen. Er trug Turnschuhe und ein lächerliches grünes Hütchen aus Pappe mit einer weißen Feder daran und wankte geradewegs auf ihren Tisch zu. Er donnerte dagegen, das Bier spritzte in alle Richtungen, und er sang lauthals *»Glory Glory Halleluja …«*, wobei ihn die Musikkapelle kräftig unterstützte.

Colteaux packte den Kerl bei der Lederhose und hob ihn hoch. »He, du Affe!«, schrie er auf Französisch.

»Glory Glory Halleluja …«

Colteaux hielt ihn immer noch in der Luft, drehte sich dann zur Seite und ließ ihn in den Gang fallen.

»Glory Glory Halleluhuja …« Der Mann stand auf. Er nahm vor Colteaux Haltung an und salutierte. *»Excuse me, Sir! We are not here to make war. Sometimes we only love to drink, Sir!«*

Colteaux salutierte ebenfalls und fragte in gestochenem Englisch: *»Where did you fight, soldier?«*

»US Marines, Afghanistan, Kabul, 2008 and 2009, Sir!«, schrie der Mann stolz zurück und rülpste.

»So long, my friend. Back to your line!«, sagte Colteaux freundlich, salutierte und lächelte.

Der Mann schlug erneut die Hacken zusammen, legte die Hände akkurat an die Nähte der Lederhose und machte auf einem Schuh kehrt, dass es nur so quietschte. Seine Freunde, die zwei Tische weiter saßen, nahmen den Gesang wieder auf: *»Glory Glory Halleluja …«*, während der Mann erhobenen Hauptes und mit schwenkenden Armen abmarschierte. Die Leute rundherum lachten und applaudierten, stießen mit ihren Krügen an und prosteten sich über die Tische hinweg lauthals zu.

Colteaux hatte diesem Mann sein Gesicht gelassen. Prinz Alphonso und Desiré Delarue sahen sich an. In ihren Blicken lagen Belustigung und Verwunderung zugleich. Und Jean Colteaux wusste jetzt, dass er die beiden in der Tasche hatte. Er war zuversichtlich, dass sein Plan gelingen würde.

Dann sagte der Prinz sachlich und klar: »Monsieur Colteaux, helfen Sie uns. Für unsere Idee brauchen wir starke Männer wie Sie! Ich weiß, was Sie in der Vergangenheit getan haben. Aber das kann ich akzeptieren. Sie haben jetzt die Möglichkeit, der guten Seite zu dienen!«

Colteaux jubelte innerlich, nun bekam er tatsächlich die Chance, sehr nahe an den Prinzen heranzukommen. Er nickte verhalten. »Wie gehen wir weiter vor?«, fragte er nahezu beiläufig.

»Wir sollten uns näher kennenlernen«, antwortete der Prinz.

Desiré suchte Blickkontakt mit dem Prinzen, er sah sie an, lächelte und drückte kurz ihre Hand. Dann nickte er ihr zu.

Desiré erklärte: »Sie sollten wissen, Prinz Alphonso ist ein spiritueller und frommer Mensch. Wir wollen morgen nach Süden fahren.«

»Wohin?« Colteaux richtete kurz seinen Oberkörper auf.

»Im Kongo habe ich oft auf einem Berg meditiert und gebetet«, sagte der Prinz. »Mein großer Wunsch ist es, das auch hier zu tun. Auf einem Berg beten. Für mein Land.«

»Nun, es ist Winter«, gab Colteaux zu bedenken.

»Aber es liegt kaum Schnee in den Bergen«, sagte Desiré. »Und ich kenne einen wunderbaren Ort, wo er das tun kann.«

»Und ich möchte es tun, bevor ich weitermache«, ergänzte der Prinz. »Es kommen schwere Dinge auf mich zu. Wie wäre es, wenn Sie uns begleiten?«

»Nun, das mache ich gern. Wohin soll es gehen?«

Desiré sagte freudig: »In den Chiemgau.«

»Wann geht es los?«, fragte Colteaux.

»Treffen Sie uns … sagen wir, in zwei Tagen? Um sieben Uhr morgens. Ich gebe Ihnen die Adresse.« Desiré war aufgeregt. Sie nahm einen Kugelschreiber aus ihrer Tasche, schrieb etwas auf einen Bierdeckel und gab ihn Colteaux. »Ein alter Bauer. Ich kenne ihn schon lange. Wir werden bei ihm wohnen. Ich bin dort wie zu Hause.«

Colteaux sah in ihren Augen, dass sie glücklich war.

ALMRAUSCH

Der Wallner Hias hatte schon in aller Früh gemolken, gefüttert und ausgemistet. Jetzt standen die Kühe zufrieden im Stall. Dann hatte er seine Hühner besucht und zehn Eier aufgesammelt. Und er hatte etwa eine Viertelstunde mit seinen Tieren gesprochen. Das machte er jeden Morgen. Danach ging er in die Küche, trank einen Milchkaffee und aß ein Speckbrot und ein Ei.

Der Wallner Hias war in der Gegend von Schleching ein geachteter Mann. Er war Bergführer und hatte als junger Bursch für seine Heimat bei internationalen Skirennen Medaillen eingefahren. Jeder, der an seinem Haus vorbeiging, grüßte ihn freundlich. Die meisten blieben stehen auf einen Plausch. Aber nur selten ließ sich der Hias auf ein längeres Gespräch ein. Er hatte schon alles erzählt.

Er freute sich auf den Frühling und auf seine Alm. Vor fünfundvierzig Jahren hatte er sie mit seiner Rosl zu einem kleinen Alpengasthof ausgebaut. Das Geschäft ging gut damals, besser, als sie es sich erträumt hatten. Er liebte seine schöne Rosl und sie ihren stolzen Hias. Sie lebten einen Traum. Bis zu dem Tag, als die Rosl auf der Alm zu Tode kam.

Sie hatte eine Kuh am Gatter angebunden, wie sie es immer tat, wenn sie die Kühe am frühen Abend melkte. Die Kuh war unruhig, sie trat den Melkeimer um, und die Rosl fluchte. Sie versuchte, den Eimer abzufangen, was ihr nicht gelang. Sie beugte sich vor und fiel seitwärts vom Schemel. Und dann zuckte die Kuh mit ihrem Huf derart, dass sie die Rosl hart an der Schläfe traf. Rosl war auf der Stelle tot. Sie wurde nur siebenundzwanzig Jahre alt.

Lange hatte er getrauert. Sein damals erst dreijähriger Sohn Flori vermisste seine Mutter so sehr, dass er, wenn der Hias ihn abends ins Bett brachte, nicht aufhören wollte zu weinen. Es dauerte Jahre, bis sich die beiden an den neuen Alltag gewöhnt hatten. An ein Leben ohne Frau und ohne Mutter. Aber das Schicksal und der Herrgott hatten es so gewollt. Der Hias musste seinen Mann stehen. Und der Hias würde niemals aufgeben.

Viele Frauen hätten ihn gern geheiratet, den Hias. Doch er tat es nicht, weil es seinem Flori das Herz gebrochen hätte. Der Junge reagierte allergisch auf jede Frau, die sich seinem Vater näherte. Als Kleinkind schrie er aus Leibeskräften. Später schlug er den Frauen gegen die Beine. Noch später reagierte er mit kalter Verachtung und Boshaftigkeiten. Und der Hias liebte seinen Sohn über alles.

Flori sprach wenig. In der Schule blieb er zurück. Die Leute hatten Mitleid mit ihm und hielten ihn für dumm. Mitleid! Das war das Schrecklichste, was sich der Hias vorstellen konnte. Mitleid mit ihm und dem Flori! Aber die Leute waren nun mal so. Dabei war der Flori nie dumm gewesen. Es gab allerdings nur wenige Momente, wo der Hias sah, dass der Flori auch glücklich sein konnte. Diese Momente waren der größte Schatz, den der Hias besaß. Immer, wenn er mit dem Flori auf die Berge wanderte, und später, wenn er ihn durch die Wände führte, lächelte der Flori auf dem Gipfel. Er lächelte und freute sich. Dann waren sie wieder zu dritt.

Und dann war auch noch der Florian von ihm gegangen, mit achtzehn. Der Arzt bescheinigte Unfalltod. Im eigenen Haus. Die Beerdigung war groß gewesen, noch größer als bei seiner Frau.

Er hatte es wahrlich nicht leicht gehabt, der Hias. Doch heute ging es ihm wieder gut. Lange war das alles her. Er war darüber hinweggekommen.

Heute wollte er auf die Alm. Es war kalt. Wenn er dort oben allein war, fand er so viel Glück, dass ihm alle Schwere von der Seele wich. Die Welt dort oben, die gehörte nur ihm. Zu dieser Jahreszeit kamen nur selten Gäste. Ab und zu ein Skitourengeher, ab und zu ein Wilderer, und manchmal besuchte ihn ein Freund von der Bergwacht. Der Hias kannte sie alle.

Er packte etwas zu essen und ein paar Flaschen Bier ein, steckte alles in seinen Rucksack und bestieg seinen Geländewagen. Es lag kaum Schnee, das war ungewöhnlich für diese Jahreszeit. Zu wenig Niederschlag, dachte der Hias. Und so war es bis hinauf zu den Gipfeln ringsherum grün.

Der Fahrweg war gut in Schuss, kaum Winterschäden. Ab und

zu ein kleines Schlagloch, doch das machte seinem Auto nichts aus. Über ihm stieß die Kampenwand, gelb von der Morgensonne, scharf in den blauen Himmel.

Nach zwanzig Minuten war er an seiner Hütte. In Kürze würde das Frühjahr da sein, dachte er. Er öffnete die Schlösser zur Tür der Hütte. Den Schlüssel legte er wie immer unter den Brennholzstapel zurück. Er öffnete die Fensterverschläge und zündete ein Feuer an. Holzvorräte hatte er genug.

Bald knisterte und prasselte es im Ofen, das Wasser wurde heiß, und der Tee dampfte. Er schloss die Fenster und sperrte die Wärme des Ofens in der Stube ein. Dann setzte er sich in die Sonne. Er zündete sich ein Pfeifchen an, trank den Tee und einen Enzianschnaps. Für den Hias gab es kaum etwas Schöneres als den Blick auf die Kampenwand. Einfach zuschauen, wie sich am Berg nichts veränderte. Bis zum Frühjahr und zur ersten Almrauschblüte. So saß er und genoss bis zum späten Nachmittag.

Plötzlich hörte er ein leises Rauschen, das allmählich zum Motorengeräusch wurde. Ein Auto? Hier um diese Zeit? Er stand auf und versuchte etwas zu erkennen. Von unten näherte sich tatsächlich ein dunkler Wagen. Er kroch sehr langsam den Berg herauf. Außergewöhnlich langsam. Es war ein teurer Wagen, das konnte er jetzt sehen. Aber er kannte die Marke nicht. Merkwürdig, was will denn der hier?, fragte er sich.

Der Wagen kam näher, blieb etwa fünfzig Meter vor der Hütte stehen. Ein Leihwagen einer Münchner Kette. Die Beifahrertür öffnete sich, heraus stieg eine Frau. Sie trug Wanderausrüstung. Die Frau streckte sich, sah sich um und kam dann winkend auf ihn zu.

Er bekam einen Schreck. Seine Hände zitterten und wurden schweißnass. Er konnte es nicht glauben. Nein, das war sie nicht. Oder doch? Sein Herz schlug höher. Seine Augen wurden feucht. Als Desiré vor ihm stand, bekam er erst kein Wort heraus, dann schluchzte er auf und fiel ihr um den Hals. Mit tränenerstickter Stimme sagte er: »Mei, Dirndl! Wo kommst denn du auf einmal her?« Er hielt sie fest an sich gedrückt. Seine Tränen flossen, und er kam sich vor wie ein Narr.

»Hias, wie geht es dir?«, rief sie voller Freude. Auch ihre Tränen kullerten.

Er hielt sie an den Armen auf kurzen Abstand und sagte: »Du weißt ja gar net, was alles passiert ist in der langen Zeit.«

Hias zitterte. Seine Ruhe war dahin. Alles kam wieder hoch, war wieder da. Wie früher. Er weinte und brachte kein Wort mehr heraus.

AUGENHÖHE

Das Telefon klingelte. Martha ging ran. Auf ihr Zeichen zog sie sich mit Huber eins und Huber zwei in ihr Büro zurück, zur internen Besprechung, wie sie sagte. Sperber war sauer. Als sie rauskamen, eilten sie an ihm vorbei.

»Kommen Sie, Fritz!«, rief Martha. Da war kein Widerspruch möglich.

Im Vorbeilaufen rief sie ihm noch zu: »Sagen wir Du?«

Sperber erwiderte mürrisch: »Ja, okay.«

Kurze Zeit später waren sie auf der Autobahn. Huber eins und Huber zwei waren bereits vorausgefahren. Martha saß am Steuer. Ihr rechter Fuß schien am Gaspedal festzukleben, sie war nicht ansprechbar. Der Audi raste mit zweihundert Sachen Richtung Süden. Holzkirchen, Weyarn, Irschenberg. Wie im Flug. Die Luft war klar, und das Gebirgspanorama stach in tiefes Blau. Inntal und Chiemgau lagen vor ihnen wie ein grünsilberner Teppich. Die Bergspitzen waren weiß, und die Wiesen mit eisigem Reif überzogen.

Martha hielt den Blick auf die Straße gerichtet. »Fritz, wie kamst du darauf, dass der Tote aus dem Kongo stammt und dass das alles mit Coltan zusammenhängt?«

»Wegen der Tötungsart und der Geschäftsreisen des Toten: Salzgitter, Goslar, Rammelsberg. Der Harz ist eine der Hochburgen im Rohstoffhandel. Dort wird das im großen Stil organisiert. Import–Export, weltweit. Sie nutzen ihre alten Geschäftskontakte aus der Zeit, als sie noch selbst gefördert und Erze aus dem Harz verkauft haben.«

»Du hattest recht. Der Mann ist aus dem Kongo.«

Mit hundertsiebzig Sachen fuhr Martha den Irschenberg hinunter, wo nur hundert erlaubt war. Sperber genoss den Blick auf den verschneiten Wendelstein.

»Wohin fahren wir eigentlich?«, fragte er schließlich.

»Schau mal weiter links. Da kann man diese Zacken sehen!«, sagte Martha und deutete mit dem Zeigefinger nach Südosten.

In der Ferne glichen die markanten Gipfel einem Hahnenkamm, der aus dem Wald herausragte.

»Das ist die Kampenwand«, stellte Sperber fest.

»Wir fahren nach Aschau, zum Fuß der Kampenwand. Dort gab es einen Vorfall«, antwortete Martha.

»Sag mal, wann habt ihr die Leiche von diesem Ngonsomo gefunden?«

»Vor sieben Tagen«, sagte Martha.

»Und wieso habt ihr das erst jetzt rausgekriegt, ich meine, dass der Mann aus dem Kongo stammt?«

Martha zögerte einen Augenblick, blinzelte kurz zu ihm hin und antwortete: »Ich habe dir nicht ganz die Wahrheit gesagt. Wir wussten es schon lange.«

»Aha«, sagte Sperber eher beiläufig.

»Wir wollten mal deinen Scharfsinn testen.«

»Test bestanden?«

»Ja. Entschuldige, das musste sein. Immerhin bist du kein ...«

»Kein Bulle. Oder kein Bayer?«

Martha lachte beschämt. »Polizist.«

»Wisst ihr, für wen er gearbeitet hat?«, fragte Sperber.

»Nein, noch nicht. In seiner Wohnung haben wir keine Hinweise gefunden. Nichts. Auch kein Handy oder so was. Wir tappen ein wenig im Dunkeln«, gab sie zu.

»Versucht es bei der Hartung AG. Die kommen ursprünglich aus Salzgitter und handeln mit Coltan. Jetzt sitzen sie in München. Etwa die Hälfte des Weltmarkts wird über Hartung abgewickelt. Wenn Ngonsomo etwas mit Coltan zu tun hatte, dann bestimmt auch mit Hartung.«

»Okay, gut zu wissen«, antwortete Martha erstaunt.

Eine Zeit lang war es still. Dann fragte Martha: »Wo auf der Welt gibt's eigentlich überall Coltan?«

Sperber stutzte. »Überall und nirgends. Die Frage zielt natürlich darauf ab, wo es Vorkommen gibt, bei denen sich der Abbau lohnt.«

Martha nickte.

»Erstens: Wo es billige Arbeitskräfte gibt. Zweitens: Wo die Menge und Konzentration der Vorkommen stimmt. Drittens:

Wo es leicht ist, das Erz abzubauen. Am Ende steht immer der Preis. Wo mit dem Abbau Geld zu machen ist, wird ausgebeutet. Ansonsten lässt man es einfach.«

»Und wo kommt es in besonders hoher Konzentration vor?«, fragte Martha.

»Die Hauptvorkommen von Coltan sind in Australien und im Kongo. Weniger wichtig sind zum Beispiel Mosambik und Kanada.«

»Und warum holen die sich das Zeug nicht aus Australien?«

»Weil die Australier preislich nicht mithalten konnten. Im Kongo arbeiten Kinder und Bauern in den Minen. Das ist nicht zu schlagen. Weil das billige Kongo-Coltan den Markt überflutet hat, haben die Australier beschlossen, ihre Mine zu schließen. In Kanada und Mosambik ist es ähnlich. Das Verlangen nach dem Zeug aus dem Kongo wird also immer größer. Die Produktion ist in der letzten Dekade fast ums Zehnfache gestiegen.«

»Faire Konkurrenz gibt es also faktisch gar nicht mehr?«

Sperber nickte. »So könnte man sagen, ja!«

Martha stutzte. »Dann könnte der Kongo also ein reiches Land sein?«

»Könnte. Aber da ist Krieg! Die Coltanvorräte liegen im Nordosten des Landes, in Kivu. Direkt an der Grenze zu Ruanda und Burundi.«

»Was hat das miteinander zu tun? Steht das in Zusammenhang mit dem Ruandakrieg in den Neunzigern?«, fragte Martha.

»Ja. Damals haben die Hutu und die Tutsi um die Vorherrschaft gestritten. Und das tun sie heute noch.«

»Und warum der Streit?«, fragte Martha.

»Vor langer Zeit sind die Watussi, feingliedrige, großwüchsige Menschen aus dem heutigen Äthiopien, von Norden her im Nordkongo, in Ruanda und Burundi eingefallen. Sie haben es aber irgendwie geschafft, mit den einheimischen kleineren und kräftigeren Bahutu, die hauptsächlich Bauern waren, friedlich zusammenzuleben. Sie redeten dieselbe Sprache, hatten dieselben Bräuche und bewohnten dieselben Gebiete in weitgehend friedlicher Koexistenz. Diese beiden Völker haben sich also nicht gegenseitig abgeschottet, sondern sie haben zusammengelebt.«

»Du sprichst in der Vergangenheit. Da hat sich also was geändert?«

»Du wirst es nicht glauben! Als die Deutschen im 19. Jahrhundert das Gebiet im heutigen Ruanda kolonialisiert haben, haben sie erst mal die Tatsache der zwei Völker bürokratisch fassbar gemacht. Die Watussi waren in der Regel Rinderzüchter. Folglich sagten die Deutschen, wer mehr als zehn Rinder besitzt, ist ein Watussi, genannt Tutsi. Wer weniger als zehn hat, der ist ein Bahutu, genannt Hutu, und damit ein einfacher Bauer. Das wurde in ihren Papieren festgelegt. Ab jetzt also war man für immer Hutu oder Tutsi. Zuvor war das egal gewesen. Denn Bahutu konnten sich Rinder kaufen, wenn sie tüchtig waren, und sie waren genauso anerkannt wie die Watussi. Jetzt aber waren sie gebrandmarkt: auf immer und ewig ein Hutu. Und das wurde vererbt. Die Deutschen machten die Tutsi, also die Minderheit der Rinderbesitzer, zu ihren Helfern und damit zur herrschenden Klasse, weil ihnen die Tutsi äußerlich europäischer vorkamen und damit loyaler schienen.«

»Das klingt ja absurd!«, schimpfte Martha.

»Ja, ist es auch. Fortan glaubte jedenfalls die damalige Welt, die Tutsi wären ethnisch überlegen. Nach dem Ersten Weltkrieg mussten die Deutschen ihre Kolonien an die Belgier abgeben. Die haben das Prinzip der Deutschen übernommen. Und als man Ruanda 1962 in die Unabhängigkeit entließ, da ging der Ärger los. Die Hutu waren mit neunzig Prozent weit in der Überzahl und wurden allmählich unzufrieden. Es passierten grässliche Massaker. Zum Beispiel beschlossen die Hutu, den Tutsi ganz einfach die Beine abzuhacken, damit sie nicht mehr größer waren.«

»Reduziert auf Augenhöhe sozusagen«, sagte Martha sarkastisch und begriff.

»Ja, in etwa so. Dann schlugen die anderen zurück, und so ging es hin und her. Schließlich geriet es außer Kontrolle: In den Neunzigern, also eine Generation später, machten die Hutu mit ihren Macheten fast eine Million Tutsi einen Kopf kürzer.«

»Scheißwelt!« Martha war aggressiv und schimpfte auf einen BMW-Fahrer, der sie auf der Überholspur schnitt. »Verdammter Idiot!«, schrie sie und schlug aufs Lenkrad. »Erzähl weiter.«

»Damit hat im Kongo eigentlich alles angefangen. Denn die Hutu wurden doch besiegt und strömten aus Ruanda in den Kongo. Ihre Milizen fielen immer wieder im Ost-Kongo ein und haben dort auch heute noch das Sagen. Die kongolesische Regierung in Kinshasa ist viel zu weit weg. Die Milizen operieren teilweise von Ruanda aus, sie beherrschen die Minen in Kivu und schmuggeln das Erz außer Landes. Das ist bestens organisiert. Übrigens: maßgeblich von einer Frau. Das Erz wird gewaschen, bekommt also Papiere, als wäre es legal, und wird an Großhändler im Westen verkauft. Und die tun so, als wäre alles in Ordnung. Und die Leute im Kongo verarmen und hungern. Oder werden aus Not selbst zu Rebellen.«

Beide schwiegen. Das Autobahnkreuz Rosenheim lag jetzt hinter ihnen.

»Sag mal, was hast du eigentlich da unten genau gemacht?«, wollte Martha wissen, wobei sie den Verkehr nicht aus den Augen ließ.

»Ich war angeheuert von einer kanadischen Firma, die Coltan legal abbauen und exportieren wollte. Im Auftrag der kongolesischen Regierung und der UNO. Ist aber kaum zu machen. Die Minenarbeiter sind nicht zu bändigen, stecken mit den Milizen und Rebellen aus Ruanda unter einer Decke. Du musst jeden Moment damit rechnen, umgebracht zu werden. Und die Blauhelme machen nix.«

»Wieso? Haben die denn kein eindeutiges Mandat?«

Sperber lachte höhnisch. »Mandat? Das soll ein Mandat sein? Wenn Kindersoldaten kommen, dann traut sich doch keiner mehr, was zu tun! Stell dir mal die Schlagzeile vor: UNO tötet Kinder im Kongo! Das ist der Grund, warum die nichts gegen die marodierenden Banden unternehmen. Die haben einfach Schiss! Dabei sind diese Kinder an Brutalität kaum zu übertreffen. Bevor sie dich verstümmeln, fragen sie dich noch: ›Kurz- oder langärmelig?‹ Also nur Hände oder auch Unterarme. Danach schlagen sie dich tot! So wie bei dem armen Kerl an der Isar.«

Auf einmal trat Martha voll auf die Bremse. Sie war zu nah aufgefahren. Sperber hing im Sicherheitsgurt und stieß sich den

Kopf. Martha schrie und verfluchte den BMW-Fahrer, der ihr als Warnung das Bremslicht gezeigt hatte.

Sperber rieb sich die Stirn und sah sie ärgerlich an. Martha war merklich unwohl in ihrer Haut, sie hatte die Kontrolle verloren. Irritiert sah sie mit starrem Blick nach vorn.

»Was ist mit dir?«, fragte Sperber. »Du bist so bleich um die Nase.«

Martha zögerte. »Das klingt alles so unwirklich, was du da erzählst. Warum haben die eigentlich dir die Hände nicht abgehackt?«

Sperber schürzte die Lippen. »Hm … gute Frage. Ich glaube, weil sie nicht zu sehen waren.«

Martha warf ihm einen verwunderten Blick zu. »Nicht zu sehen?«

»Ja. Ganz einfach: Als sie kamen, war ich noch ziemlich verschlafen. Ich hatte die Hände tief in den Hosentaschen vergraben.«

AUSSICHT

Martha und Sperber verließen die Autobahn an der Ausfahrt Frasdorf.

»Was machen wir eigentlich in Aschau?«

»Aufn Berg. Kampenwand.«

Sperber schluckte. »Wie, aufn Berg?«

»Erst Seilbahn, dann mit die Ski. Skifahrn wirst doch können, Fritz?«, frotzelte Martha.

Oh Mann, das war schon so lange her. Skifahren. »Tiefschnee?«

»Wirst schon sehn«, gab Martha zurück.

Sperber wurde laut: »Ja, habt ihr denn einen …«

»… was?«, fragte Martha lauter.

»… Rucksack für mich dabei?«, lenkte Sperber ein.

»Werden wir wohl schaffen, Fritz«, rief Martha und zwinkerte mit einem Auge.

»Kampenwand-Seilbahn« stand auf dem Wegweiser. Martha bog ab, nahm die Einfahrt zum Parkplatz und stellte den Wagen direkt vor die Talstation.

Sperber stöhnte. Tourenski fahren! Und das mit seiner Rentnerkondition. Er überlegte kurz, ob er sich an die Bar der Bergstation stellen und eine Flasche Whisky bestellen sollte. Doch da kamen schon Huber eins und Huber zwei angelaufen. Sie hatten vor Ort alles Nötige besorgt.

»Ois do!«, rief Huber zwei. »Ski, Steigfelle, Steck'n, Rucksäck, Tourenschuh, und an Strick hammer a.«

»Wozu denn das Seil?«, fragte Sperber vorsichtig.

»Ja, wozu schon?«, sagte Huber eins. »Rauf auf den Gipfel ohne Seil ist im Winter zu gefährlich.«

Ja, spinnen die?, dachte Sperber. Auf die Kampenwand im Winter! »Was wollen wir denn auf dem Gipfel?«, fragte er entgeistert.

Huber zwei sagte gelassen: »Zwei Leichen am Berg. A Neger und a Dirndl. Hängen nackert in der Wand.«

»Charmant wie ein Holzhammer, umwerfend«, zischte Sperber.

Huber eins ergänzte: »Die Leichen hängen unterm Gipfel. Bevor man die runterholt, sollten wir den Tatort erst mal besteigen, oder?«

»Verflucht! Tatort besteigen … Ihr habt ja 'ne Vollmeise!«, rief Sperber. Dann brachte er nur noch »Hubschrauber?« heraus.

Sie glotzten ihn an wie einen misslungenen Gugelhupf. »Zu teuer!«, erwiderte Huber zwei stoisch.

»Und unsportlich dazu«, sagte Huber eins. Er griff in einen Seesack und holte Skiunterwäsche, einen Overall sowie Handschuhe mit Mütze heraus. »Na los, das ist für dich.«

Okay, da muss ich jetzt durch, dachte Sperber. So ein Mist!

»Darf ich vorstellen: Huber und Huber, neben dem Polizeiberuf beide Ski- und Bergführer«, versuchte ihn Martha zu beruhigen. »Mit den beiden passiert uns allenfalls nach dem Abstieg ein Unfall an der Theke.«

»Ihr könnt doch sicher auch eine Sänfte bedienen, oder? Dann könnt ihr mich tragen«, sagte Sperber, nahm die Sachen entgegen und ging zur Toilette. Fünf Minuten später war er umgezogen.

»Fesch, der Fritz!«, tönte es ihm lässig entgegen. Martha war begeistert. Huber eins nickte mit gespielter Anerkennung. »Schaut aus wie ein Verkäufer in der Skiabteilung beim Karstadt – vor zehn Jahr«, bemerkte Huber zwei. »Spannt a bisserl um die Hüftstabilisatoren.«

Sperber ignorierte die Bemerkungen. »Wer hängt zwei Tote im Winter unter den Gipfel der Kampenwand, und warum?«, fragte er im Gehen.

»Jemand, der zwar für Aufsehen sorgen, aber keine Spuren hinterlassen will«, meinte Martha. »Die Botschaft kommt rüber, der Täter kann sich aber trotzdem sicher fühlen.«

»Die Opfer müssen in jedem Fall freiwillig da hochgegangen sein. Zwei Leichen schleppt ja keiner einfach so den Berg hoch …«, schlussfolgerte Sperber und suchte Zustimmung in den anderen Gesichtern.

Sie waren die einzigen Fahrgäste in der Gondel. Sperbers Nerven waren so gespannt wie das Tragseil. Lautlos schwebten sie nach oben. Als sie an der Bergstation die Gondel verließen, spürte Sperber, wie ihm der Atem gefror. Vor Kälte und vor

Schreck. Die Sonne schien zwar, hatte aber noch nicht die Kraft, den Schnee zu schmelzen. Das Licht glitzerte kalt. Sie zogen die Steigfelle auf die Laufflächen und schnallten die Skier an. Dann stapften sie los. Schritt für Schritt.

Nach etwa einem halben Kilometer in leichtem Gelände kamen sie zum ungespurten Hang. Huber eins, Huber zwei und Martha legten los, Sperber ging zum Schluss. Er war schwerer als die anderen und brach häufig durch die Schneedecke, trotz Tourenski. Jeder Schritt ließ ihn leise fluchen, es war eine Höllenanstrengung. Nach etwa zweihundert Höhenmetern schloss Sperber keuchend zu Martha auf. Sie hatte auf ihn gewartet. Martha klopfte ihm aufmunternd auf die Schulter. »Ich … nehm's … zurück«, stieß er mit gequältem Lächeln hervor. »Hier … geht … niemand … freiwillig hoch.«

»Na, dann hättest ja was mit denen gemeinsam«, munterte Martha ihn auf. Sperber stützte sich auf die Stöcke und ließ erschöpft den Kopf hängen.

»Is was, Fritz?«, rief Huber zwei mit gespielter Ahnungslosigkeit.

Sperber winkte mit dem Skistock ab und schleppte sich weiter. »Nix is, Huber! Ich such nur, ob du Löcher in den Schnee gemacht hast!«, rief Sperber.

»Wenn du speibn musst, sagst Bescheid!«, rief Huber zwei.

»Aber nur dir ins Genick«, rief Sperber zurück. Mist, ich bin total untrainiert, schimpfte er still mit sich. Das Gehen fiel ihm zunehmend schwerer. Nach etwa zwei Stunden waren sie auf einem Plateau angelangt, auf dem die Steinlingalm lag. Die Hütten befanden sich tief im Schnee unterhalb des Felsriegels der Kampenwand. Nach Norden reichte der Blick weit über den Chiemsee hinaus. Im fernen Dunst konnte man fast bis nach München sehen.

»Die Brettln lassen ma hier«, verfügte Huber zwei.

Sperber drehte sich um und sah an der Wand hinauf. »Da wollt ihr hoch?«, fragte er entgeistert.

»Dreiviertelstund«, erwiderte Huber zwei emotionslos. »Is kein Problem, des schaffen wir schon!« Er schlug Sperber mit der rechten Hand auf den Rücken.

Aus der Hütte kamen zwei Männer der Bergwacht und begrüßten alle mit Handschlag. »Heut Morgen hammer's entdeckt. Wie sie da g'hängt sind ...«, sagte der ältere Mann. »Mit Schnee aufm Haar und auf den Schultern. Völlig leblos. Tot.« Er schüttelte den Kopf.

»Wer hat sie als Erster gesehen?«, fragte Martha.

»Der Wallner Hias«, sagte der ältere Bergwachtmann.

Huber eins und Huber zwei machten erstaunte Gesichter. Huber zwei fragte: »Der Hias?«

Der andere nickte. »Von seiner Hütt'n aus.«

»Muss man den kennen?«, fragte Sperber.

Keiner bewegte sich. »Ganz falsche Frage«, flüsterte Martha.

»Woher wissen Sie, dass sie tot sind?«, fragte Sperber den Bergwachtmann.

»Wissen S', wenn man so viel Leut aus die Berg rausgeholt hat wie i«, sagte der Mann mit gereiztem Ton, »dann weiß man, ob jemand noch lebt oder net.«

»Wie lange hängen die jetzt schon dort?«, fragte Sperber.

»Zwei Tag vielleicht?«, sagte der Jüngere. »Vor drei Tag in der Früh war i noch oben, da war noch alles schneefrei. Dann hat's in der Nacht g'schneit, und nachts war's frostig. Und heut Morgen hob ich sie auch g'sehn. Mit dem Fernglas wusst i dann glei: Die sind tot. Erfroren. Oder vorher schon umbracht. Und Spuren gibt's keine im Schnee aufm Weg zum Gipfel.«

»Also muss es an dem Nachmittag passiert sein, nachdem du oben warst«, stellte Huber eins fest. »Bevor der Schnee kam.« Der Bergwachtmann nickte.

»Habt's was angerührt?«, fragte Martha.

»Na, nix. Die hängen immer noch so da!«

Huber eins packte ein Seil aus und zwei Sitzgurte. Sperber schlüpfte in den Gurt und wurde von Huber zwei angeseilt. »Damit uns das schnaufende Walross nicht den Berg hinuntersegelt!«, flachste Huber zwei in übertriebenem Hochdeutsch zu Huber eins. Sperber zeigte keine Reaktion.

Sie stapften los. Die Bergwachtmänner gingen voran. Der Weg wurde steiler. Nach einer halben Stunde kamen sie in abschüssiges Gelände, wo sie Hände und Füße brauchten. Der Schnee war höllisch rutschig. Über ihnen lag der letzte Felsaufschwung. Sperber war mulmig zumute. Huber eins hatte ihn zwar am Seil, sicherte aber nur selten. Ein Ausrutscher, und weg sind wir beide, dachte er. Als sie in der Scharte unter dem Gipfelaufbau ankamen, war er erleichtert und stieß müde die Luft aus.

»Rumpeldipumpel und weg war der Kumpel!«, rief Huber zwei. Offenbar glaubte er, Sperber dadurch aufzuheitern. Durch eine Schlucht und an Drahtseilen entlang hangelten sie sich schließlich bis zum Ostgipfel des Grats, der ein markantes und weithin sichtbares Gipfelkreuz trug.

»Ja, der Silikon-Fritz. Sauber hat er's gepackt!«, rief Huber zwei, reichte Sperber die Hand und zog ihn den letzten Schritt auf den Gipfel. »Jetzt kannst das Silikon von die Hüften wieder wegnehmen«, frotzelte er. Martha lachte. Sperber auch.

Die Bergwachtmänner und Huber eins machten sich daran, eine Abseilstelle einzurichten. »Wer geht runter?«, fragte Huber eins.

»Der Fritz und ich!«, beschloss Martha. Huber eins und Huber zwei sahen sich an.

»Keine Widerrede«, machte Martha klar. Leise sagte sie zu Sperber: »Deine Chance.«

Nach einer kurzen Pause ließen Huber eins und Huber zwei Martha am Seil die ersten Meter hinab in die Wand. Dann wollte Huber zwei Sperber ebenfalls hinablassen und machte sich an seinem Gurt zu schaffen. Sperber streckte die flache Hand aus und sagte: »Ich seile mich selbst ab. Den Achter. Bitte!« Huber zwei blickte Sperber streng in die Augen, nickte aber schließlich. Sperber legte das Seil doppelt und ließ es mit dem Karabiner in den großen Standhaken schnappen. Er schoss es auf, machte ins Ende einen Knoten und warf es die Wand hinab. Es entrollte sich sauber in der Luft. Dann fädelte er den Abseilachter ein und machte ihn mit einem Karabiner an seinem Gurt fest.

»Wieso kannst du das?«, fragte Huber eins erstaunt.

»Vor Jahren, da war ich mal in der Antarktis, da muss man so was können. War noch kälter. Und noch einsamer. Weniger Freunde als hier. Aber ich war auf 'nem Berg.« Sperber grinste.

Huber eins und Huber zwei betrachteten ihn verdutzt.

»Jungs, sollte Martha in einer halben Stunde allein hochkommen, dann seilt mir 'ne Flasche Scotch ab.« Damit verschwand er hinter der Felskante.

Sogleich packte ihn der Wind, der von unten die Wand hochpfiff. Es war kalt unter seinem Kletterhelm. Etwa einen Meter unter dem Gipfelaufbau steckte ein frisch geschlagener Kletterhaken. Dort hing leicht zitternd Martha und wartete auf Sperber. An dem Haken war ein Schraubkarabiner befestigt. In diesem Karabiner war ein vieladriges und scheinbar endloses Kabel mit einem Knoten mehrfach eingebunden, es hing nach unten. »Ein Kabel!«, sagte Martha verwundert.

»Ein Kabel«, bestätigte Sperber.

»Weiter!«, rief Martha nach oben. Langsam wurde sie hinabgelassen. Sperber seilte sich hinter ihr ab. Nach etwa sieben Metern waren sie bei den Toten angelangt. »Stopp!«, schrie Martha nach oben. »Fixieren!« Sperber hängte sich ins zusätzliche Sicherungsseil. »Okay, Fritz, jetzt sind wir fest!«

Sperber blieb die Spucke weg. Dieser Anblick war verrückter als alles, was er je gesehen hatte. Eine weiße Frau und ein farbiger Mann hingen neben ihnen in der senkrechten Wand. Sie waren mit dem Kabel zusammengebunden, Bauch an Bauch und splitternackt. Die Frau war jung, vielleicht dreißig, schätzte Sperber. Die mittellangen blonden Haare waren im Gesicht festgefroren. Der Schwarze war extrem dunkelhäutig und im selben Alter. Seine Haare waren kurz. Sein Kopf lag mit der Stirn auf der Schulter der Frau. Der rechte Arm der Frau war um den Hals des Schwarzen gelegt, der linke um seinen Rücken. Die Arme des Mannes schienen die Frau an der Hüfte festzuhalten. So, als liebten sie sich. Zärtlich, schön und atemberaubend war dieser Anblick. Wie ein Tanzpaar. Sie waren weitgehend unverletzt, abgesehen von blutigen Schrammen an Händen und Füßen. Und hinter ihnen strahlte der helle Kalkstein. Er hatte rote Flecken.

Sperber betrachtete das Kabel näher. Es war mehrfach genommen. Der Knoten sah fachmännisch aus, ein Bulinknoten mit doppeltem Kreuzstich. Der stammte noch aus der Zeit der Bergseile, bevor es Klettergurte gab. So was konnten nur noch wirklich gute Leute. Macht heutzutage kein Bergsteiger mehr, dachte Sperber.

»Wer tut so was?«, fragte Martha schaudernd.

»Das hat einer gemacht, der vom Bergsteigen was versteht«, erwiderte er. »Einer, der wirklich weiß, was er tut.«

»Grausam, was?«, bemerkte sie leise. »Und irgendwie schaurig schön, wie sie da hängen.«

Sperber gab keine Antwort. Er wandte seine Aufmerksamkeit wieder dem Kabel zu. »Spezialkabel für Computer.«

Sie stiegen an den Fixseilen langsam wieder auf. Als sie kurz vor dem Gipfel waren und nebeneinanderhingen, blickten beide noch einmal die Wand hinunter. Martha sah Sperber traurig an. »Da will uns jemand etwas sagen.«

Sperber sagte leise: »Sie haben noch gelebt.«

»Es muss Liebe im Spiel gewesen sein«, schloss Martha.

Sperber sah in die Ferne und ergänzte: »Jedenfalls hatten die beiden für kurze Zeit die spektakulärste Aussicht Oberbayerns.«

MWAMI

Jean Colteaux ging zurück ins Tal. Schnee lag in der Luft. Oberhalb der Alm blieb er stehen, nahm sein Fernglas heraus und blickte noch einmal in Richtung Kampenwand. Er konnte die beiden sehen, wenn sich der Nebel lichtete. Wie sie da in der Wand hingen. Er packte das Fernglas wieder ein und setzte seinen Abstieg fort. Der Schnee würde die Wand verschleiern und die beiden bedecken.

Der Prinz hatte vom ersten Augenblick an versucht, ihm etwas vorzumachen. Dass er ausschließlich Gutes für sein Volk im Sinn gehabt hatte, glaubte Colteaux nicht. Sicher hatte er gute Verbindungen im gesamten Kongo. Sein Vater, der Mwami von Mwenga, war ein sehr angesehener Mann, ein alter, ehrwürdiger König, der seine Stammesanhänger jedoch nur im äußersten Nordosten des Kongo hatte. Er würde bald sterben. Wie alle Könige dieser Region stammte er von den Watussi ab, den äthiopischen Riesen, die dort eingefallen waren. Ihre Nachfahren waren dann die Tutsi geworden. Doch nach den zahlreichen Kriegen waren die Stammesbindungen weitgehend aufgeweicht.

Die Stämme zählten nicht mehr so viel wie früher. Die Kriege hatten die meisten Menschen entwurzelt. Jeder musste nur noch sehen, wie er sich und seine Familie am Leben hielt. Und das ging am besten mit dem Abbau von Coltanerz. Man schuftete bis zum Umfallen. Grub teilweise mit den bloßen Händen. Im tiefsten Dschungel. Dann kamen die Rebellentruppen. Sie holten das Zeug, schätzten das Gewicht ab. Dann gaben sie einem gerade so viel Geld dafür, dass man davon Essen kaufen konnte. Mehr nicht.

Und dieser Prinz hatte ihm im Hofbräuhaus die hehre Geschichte erzählt, er wolle den Stämmen wieder neue Bedeutung geben. Noch besser: sie zur Zusammenarbeit auffordern. Aber so einfach war das nicht, das ging nicht ohne brutale Gewalt. Und dazu hätte der Prinz die Unterstützung von Teilen der

Rebellen gebraucht. Colteaux wusste das. Aber mit wem wollte der Prinz zusammenarbeiten? Eigentlich kamen nur die völlig idiotisch agierenden Mai-Mai in Frage. Sie waren versprengt, nicht gut organisiert und arbeiteten öfter mal mit den Regierungstruppen zusammen. Dabei erledigten sie die Drecksarbeit, das war bekannt. Wenn etwas nicht offiziell sein sollte, schickte man die Mai-Mai vor. Ihren Anführern ging es nur ums Geld, und die einfachen Milizionäre hatten ihren abstrusen Glauben, ihren Wasserzauber, und sie vergewaltigten aus Überzeugung. Und damit brachten sie Familienclans dazu, ihre geschändeten Frauen zu verstoßen. Damit fielen die Familien auseinander, und die Regierungstruppen hatten leichtes Spiel.

Jeder Stamm war wie ein Organ. Jede Familie und jedes Mitglied hatte seinen Platz und seine Aufgabe. Wenn diese Organisation einmal zerfallen war, dann musste jeder Einzelne versuchen, für sich selbst zu arbeiten. Schon nach einer Generation war die Erinnerung an den Zusammenhalt verblichen. Und den Gewinn strichen diejenigen ein, die das angerichtet hatten. Das war die Logik des Krieges. Zerstöre und gewinne. Erst nach einem Krieg ließ sich mit streng geregelter Hierarchie alles von unten her wieder aufbauen. Vernichte und errichte! Wenn der Prinz das vorgehabt hatte – und davon war Colteaux überzeugt –, dann musste er über viel Kapital verfügen.

Colteaux kannte den Kongo zu gut. Ehrliche Menschen im Kongo fand man nur noch in den Minen, unter den Versklavten und Verprügelten, Verstümmelten und Missbrauchten. Alle anderen logen, betrogen und waren unvorstellbar skrupellos und gewalttätig. Bis in die höchsten Ämter hinein. Hier konnte sich niemand halten, der ehrliche Absichten hegte. Und daher war er sich sicher, dass auch der Prinz ein Teil dieses Spiels war.

Colteaux vermutete, Prinz Alphonso hatte geplant, so etwas wie der Mwami des Kongo zu werden. Ein Königreich ausrufen, die Republik abschaffen und vor allem: sich an dem ganzen Erzgeschäft selbst bereichern. Und sei es nur, um für sein Volk politische Vorteile herauszuholen.

Trotzdem hatte ihn der Anblick, wie die beiden dort oben tot in der Wand hingen, getroffen. Jetzt musste er sehen, wie er seine

Dinge wieder auf die Reihe bekam. Dazu musste er zuallererst herausfinden, wo der Prinz in München gelebt hatte.

Der alte Bauer heute Morgen war ihm nicht ganz geheuer gewesen. Deshalb machte er schnell, dass er wegkam. Diese Gegend war sehr schön, wie Colteaux fand, aber hier witterte er Unheil. Mehr Unheil, als ohnehin schon passiert war.

VAT 69

Sperber goss sich gerade das dritte Glas hinter die Binde. Er hatte zu seinem gewohnten Expeditionswhisky gegriffen. Den hatte schon Shackleton zur medizinischen Verwendung im Gepäck gehabt, 1914 in der Antarktis. Sperber hatte diesen Whisky schon an jedem gottverlassenen Ort auf der Welt getrunken. Und jeder Schluck enthielt die salbungsvolle Erwartung, dass ihm dieses Zeug Heilung und Linderung verschaffen konnte.

Nach der Kampenwand war er nach Hause gefahren. Er war total fertig. Die Abfahrt auf Skiern war für ihn kein Genuss gewesen, denn seine Kräfte waren einfach nicht mehr so wie früher. Außerdem waren alle bedrückt angesichts der Leichensäcke, die von den Bergwachtmännern auf Akjas ins Tal gefahren wurden.

Die Flasche stand geöffnet auf dem Tisch, der Schraubverschluss lag daneben. Wenn er sich mit der Hand durch die dunklen Haare fuhr, fielen jedes Mal ein paar neben sein Glas. Irgendwann würde der Tag kommen, an dem er seinen letzten Kamm verschenken konnte.

Er sah sich die Bilder an, die er mit seiner Kamera gemacht hatte. Unzählige Fotos, wie sie in der Wand hingen. Alle Einzelheiten. Martha mit Desiré. Eher makaber. Dann Martha mit beiden Leichen. Sie sah andächtig aus. Später auf dem Gipfel die Bergung. Die Bergwachtmänner beim Anheben der Leichen. Martha neben den beiden auf Knien. Martha, wie sie die beiden vorsichtig auseinanderband. Ihre Miene ergriffen, fast trauernd. Dann Bilder, wie man sie auf die Akjas verfrachtete, wie Martha sie zudeckte, und wie Huber zwei sie festschnallte. Huber eins beim Anbringen der Halteleinen. Bilder, wie die Bergwachtmänner die Akjas durch die Schlucht nach unten brachten, gesichert an Bergseilen. Und die letzten Fotos zeigten die Truppe, wie sie auf Skiern zur Bergstation der Bahn hinabfuhren.

Sperbers Schmerzen im Nacken waren heftig. Die Gedanken an Shackleton und der Vat 69 jedoch betäubten sie zunehmend. Die Medizin wirkte. Wie herrlich!

Als er das fünfte Glas absetzte, waberte ein Gedanke durch sein Hirn. Was musste das für ein Bergsteiger sein, der diesen Sport auf so bestialische Weise verraten hatte? Es musste jemand sein, dem etwas außerordentlich Schlimmes widerfahren war. Dass es ein Mann war, stand für ihn außer Zweifel. Denn um so etwas zu tun, brauchte man Kraft. Ein kräftiger Mann, der völlig skrupellos war. Oder verzweifelt. Dieser Jemand musste einen engen Bezug zum Bergsteigen haben. Kein anderer hätte sich die Mühe gemacht, die Sache auf derart spektakuläre Art zu inszenieren. Und er musste jemand sein, der das Vertrauen beider Opfer genossen hatte. Denn sonst wären sie nicht mit ihm auf den Gipfel gestiegen. Wer konnte das sein?

Am nächsten Morgen wachte Sperber auf und hatte einen Mordskater. Aber die Schmerzen im Nacken waren weg. Verschlafen ging er ins Bad und rasierte sich. Er hatte vergessen, neue Klingen zu kaufen, die letzte war stumpf wie ein Pflug. Er kratzte sich die Stoppel aus dem Gesicht und schnitt sich einmal in die linke Wange und einmal ins Kinn. Jetzt war er wenigstens wach. Nach diesem Selbstversuch war seine Haut noch sporadisch mit dunklen Stoppeln besetzt. Er betrachtete sich im Spiegel, bleckte die Zähne und machte eine Grimasse. Er trank einen Schluck Whisky zum Katzenvertreiben, schraubte die Flasche zu und packte sie in seinen Tagesrucksack. Frühstück vorbei, dachte er.

Um zehn Uhr kam er in der Maillingerstraße an. Es war ein angenehmer Tag, die Sonne wärmte bereits. Er ging in sein Büro und stellte den Rucksack ab. Da klingelte das Telefon: Martha. Sie rief ihn sofort zu sich.

Er klopfte an Marthas Bürotür. »Morgen!«, sagte er leise.

»Hey, Fritz, das ist hier kein Vergnügungsdampfer«, schimpfte sie vorwurfsvoll. »Wir arbeiten schon seit acht Uhr an dem Fall!«

»Super, und habt ihr was ermittelt?«

»Wo warst du?«

»Hab mich ausgeheilt.«

»Ich will wissen, warum du nicht wie vereinbart hier warst«, rief Martha aufgebracht.

»Weil ich verdammt noch mal scheiße drauf war. Und meine Medizin brauchte. Wisst ihr eigentlich, wie man sich fühlt, wenn man mit der Machete eins in den Nacken gekriegt hat und dann irgendwann mit seinem kaputten Hals in der Kampenwand hängt, um zwei Wintertouristen zu begutachten?«

»Sind wir ein bissl untrainiert?«, frotzelte Huber zwei.

Sperber ging zum Kaffeeautomaten, nahm eine Tasse und drückte auf den Knopf »schwarz«. Er beobachtete die sattbraunsahnigen Bläschen auf der Oberfläche des Kaffees wie ein Orakel und sagte zu Huber zwei: »Wird schon einen Grund haben, warum du nur ›zwei‹ genannt wirst.« Er sah in die Runde. »Wenn ich Schmerzen hab, dann trink ich was, und zwar Shackletons Vat 69. So, und jetzt können wir arbeiten – wenn ihr wollt.« Sperber streckte seine rechte Hand in die Runde. »Freunde?«, fragte er.

»Kollegen!«, erwiderte Martha. Sie war immer noch mächtig sauer. Doch ihr Gesicht hellte sich wieder auf. Sie gab Sperber die Hand. Zurück an ihrem Schreibtisch, schoss sie eine letzte Beschimpfung ab: »Mistkerl!« Dann wurde sie sachlich: »Also! Holt euch noch einen Kaffee. Was haben wir?«

»Drei exotische Morde. Aber hängen sie zusammen?«, fragte Huber eins.

»Zweimal Kongolesen, in nur einer Woch'n. In Bayern. Des muss zusammenhängen«, meinte Huber zwei.

»Aber war das derselbe Täter?«

»Sowohl der erste Mord wie auch der Doppelmord in der Kampenwand sehen für mich nach Ritualmord aus«, sagte Martha.

Es entstand eine Pause.

»Der erste Mord«, sagte Sperber, »war eher primitiv als ritualisiert. Ich glaube, wir sollten von zwei unterschiedlichen Tätern ausgehen.«

»Wieso?«, fragte Huber eins. Martha gab ihm ein Zeichen, abzuwarten.

»Beim ersten, das waren Mai-Mai-Milizionäre. Und die arbeiten äußerst selten allein. Diese Leute sind beherrscht von Aberglauben und Zauberei. Die haben nie eine Schule gesehen. Die haben keinen eigenen Antrieb. Das sind keine selbstsicheren Menschen. Aber sie sind konditioniert und grausam. Tötungsmaschinen. Weil es das Einzige ist, was sie können.«

»Aber wie kommen die nach Bayern?«, fragte Huber eins.

»Keine Ahnung. Aber die Art und Weise spricht klar für diese Miliz. Wenn ich es nicht besser wüsste, würde ich sagen, wir sind im Kongo. Genauso bringen sie dort auch Leute um. Mit Feigheit und Hinterlist.« Sperber ging zum Kaffeeautomaten und holte sich noch eine Tasse. Er legte den Kopf in den Nacken und rollte ihn hin und her. »Der zweite Mord, also der in der Kampenwand, der hat dagegen hohen Ritualcharakter. Intelligenz und Willenskraft sind hier die Merkmale.« Sperber schüttelte vorsichtig den Kopf. »Ich bin mir sicher: Die beiden Taten wurden von verschiedenen Tätern ausgeführt.«

»Lasst uns annehmen, es stimmt, was Fritz sagt. Trotzdem muss das doch alles zusammenhängen«, meinte Huber eins.

Martha stellte die Kaffeetasse ab. »Irgendwo müssen wir anfangen. Woher kommen unsere ersten Mörder? Und wie kommen sie hierher? Setzen wir mal voraus, es waren mehrere.«

»Kongo ist ein Kriegsland. Kongolesen, die es hierherschaffen, können also in Deutschland einen Antrag auf politisches Asyl stellen«, sagte Huber eins.

Plötzlich klopfte es. Der Kopf von Reuter, einem jungen Kollegen, schob sich zwischen Tür und Rahmen. »Hey, Martha! Die Schutzpolizei hat angerufen. Sie haben zwei merkwürdige Typen im Englischen Garten aufgegriffen. Zwei Schwarze. Haben da ein Feuer gemacht und irgendwelche seltsamen Bräuche praktiziert.«

»Was für Bräuche?«, wollte Huber eins wissen.

»Keine Ahnung. Elefanten braten oder so«, sagte der Kopf gelangweilt. »Anscheinend haben sie auch dort übernachtet.«

»Und?«, fragte Martha.

»Sie fragen, ob sie die beiden herbringen sollen. Sie haben was von einem Kongo-Fall gehört. Irgendwie wollen sie die beiden loswerden, wie mir scheint.«

»Hm. Na gut, her mit ihnen. Kann nicht schaden. Sag kurz Bescheid, wenn sie hier sind. Bring sie in den Verhörraum. Und ruf den Übersetzungsdienst an.«

Der Kopf nickte und verschwand wieder.

WASSER-WASSER

Polizeihauptmeister Fröhlich legte den Hörer auf. »Na Gott sei Dank, Burschen. Wir sind die beiden los.«

Ein Aufatmen ging durch die Polizeiwache. Die drei Polizisten und eine Polizistin, die sich mit Burschen auch angesprochen fühlte, waren sichtlich erleichtert. Sie rissen die Augen auf und plusterten ihre Wangen auf wie Hamster, um dann die Luft in einem erleichternden Stoß auszuatmen.

»Wer geht freiwillig?« Niemand rührte sich. Der Hauptmeister sah in die Runde. »Los, Jungs, die Moni lassen wir hier. Also!« Er klang ein wenig bedrohlich. Moni lächelte gequält.

»Ach Chef, tu uns des net an!«, bettelte Müller, der jüngste der vier Schupos.

»Und schon wieder darf des Mädl daheimbleiben«, beschwerte sich Sedlmair, der älteste der drei. »Immer wenn's schwer oder stinkert wird …« Sichtlich sauer stand er auf und nahm seine Jacke von der Stuhllehne. »Komm, Ferdl, bringen wir's hinter uns!«, rief er Müller zu.

Der dritte Kollege hatte sich hinter seinem Bildschirm versteckt wie ein Schuljunge, der hoffte, nicht aufgerufen zu werden. »Und du zahlst eine Halbe!«, drohte Sedlmair ihm mit dem Zeigefinger an. Und dann mit Blick zu Moni: »Und du auch!«

Müller und Sedlmair gingen zu der Tür, die in den Nebenraum führte. Bevor sie öffneten, sagte Müller lautstark: »Und nach uns desinfizieren net vergessen!«

Sedlmair nahm eine kleine Tube, die er vom Pathologen bekommen hatte, aus seiner Jackentasche und quetschte eine erbsengroße Portion weiße Salbe heraus. Die schmierte er Müller zwischen Nase und Oberlippe. »Von meinem Spezi. Er nimmt's, wenn er a verweste Leich hat. Dann stinkt's net so.« Müller nickte dankbar, die Salbe roch wohltuend nach Kampfer. Dann versorgte sich Sedlmair selbst mit einer Portion. Sie öffneten die Tür und schnappten theatralisch nach Luft.

Die beiden Schwarzen trugen billige Trainingsanzüge und kaputte Turnschuhe aus Lederimitat. Ihre Haare waren mittellang und verfilzt. Sie verströmten einen bestialischen Gestank. Keiner der beiden rührte sich. Mit undurchdringlichen Mienen sahen sie auf den Fußboden. Die Polizisten zogen ihre Diensthandschuhe aus grauem Leder an und packten jeder einen der Männer, deren Hände noch mit Kabelbindern gefesselt waren.

Auf dem Flur begegnete ihnen der Polizeipressesprecher. »He!«, rief er den beiden zu. »Sind das Schwerverbrecher? Wenn nicht, macht ihnen die Kabelbinder los!« Müller nickte wortlos. Er ärgerte sich.

Unten setzten sie die beiden ins Auto und fuhren in die Maillingerstraße. Erst dann nahm Müller einen Seitenschneider und löste die Fesseln. Am Empfang sagte Sedlmair, einen der beiden Schwarzen im Griff: »Zu Oberkommissarin Kieninger.«

Sie fuhren mit dem Aufzug nach oben und trafen dort als Erstes auf Reuter.

»Ah, Sedlmair und Müller. Ja, ist denn heut schon Weihnacht'n?«, fragte Reuter lauthals. Ein paar Kollegen wurden aufmerksam, musterten die beiden Schupos und lachten.

»Zwei Weihnachtspolizisten!«, bemerkte einer der Kollegen lachend und zeigte spöttisch auf ihre weiß geschminkten Schnurrbärte.

»Und jeder hat sein' eigenen Knecht Ruprecht dabei«, rief ein anderer Kollege. »Sauber, sauber!«

Müller war von dem Spott sichtlich gekränkt und ließ seinen Ärger an dem Schwarzen aus, indem er ihn schubste. »Wohin?«, fragte er mit der Unsicherheit des Gedemütigten.

»In den Vernehmungsraum. Zur Kinderbescherung!«, sagte Reuter albern. Die ganze Kollegenschaft lachte erneut.

Nachdem Müller und Sedlmair die beiden Schwarzen abgeliefert hatten, wischten sie sich die weiße Salbe unter der Nase ab und gingen, ohne sich zu verabschieden.

»Scheiß LKA. Irgendwann zahl ich's denen heim!«, fluchte Müller, als sie die Treppe hinuntergingen.

Sedlmair grinste. »Wart mal ab, was die sagen, wenn die beiden Jungs erst mal ein paar Minuten im Vernehmungsraum sitzen …«

Seine Schadenfreude kannte keine Grenzen, und Müller stimmte in das Gelächter ein.

Reuter schlenderte locker zu seinem Schreibtisch. Er nahm das Telefon und forderte bestimmt und unfreundlich: »Ja, genau, eine Dolmetscherin. Tja, was reden denn die im Kongo? Französisch, wenn ihr sonst nix habt ... Schickt sie gleich her.«

Kurze Zeit später war die Dolmetscherin da. Eine kleine zierliche Kollegin, die jung und schüchtern wirkte. Reuter musterte sie von oben bis unten und zurück. Leise stellte sie sich vor: »Kuhner, Maria Kuhner. Ich komm vom Übersetzerdienst.«

»Französisch?«, fragte er und legte so viel Zweideutigkeit hinein, dass man seinen Speichel blubbern hörte. Mit aufgerissenen Augen wartete er auf eine Reaktion. Seine Kollegen sahen regungslos zu.

»Und Spanisch und Italienisch. Und Englisch.«

Reuter wirkte enttäuscht, weil Maria Kuhner seine Anspielung offensichtlich nicht kapiert hatte. Als sie auf dem Weg zum Verhörraum allein auf dem Flur waren, flüsterte sie ihm zu: »Wenn du so was noch mal machst ...«, sie griff ihm kurz, aber deutlich zwischen die Beine, »... dann reiß ich dir die Eier weg!« Reuter knickte kurz ein und hatte verstanden. Da war er an die Falsche geraten.

Beim Verhörraum grüßte er kurz den Kollegen, der auf einem Holzstuhl saß und Wache schob. »Kannst dir mal die Füße vertreten. Wenn ich dich wieder brauche, ruf ich dich!« Der Kollege verschwand.

Reuter öffnete die Tür und trottete voran. »Mann, was ist denn das für ein Gestank!«, rief er empört. »Das ist ja nicht zum Aushalten!« Er schüttelte sich. Maria Kuhner kam herein und rümpfte die Nase. »Ich schick dir die Kieninger und ihren Silikon-Fritz vorbei!«, rief Reuter und verließ den Raum.

Angeekelt lief er über den Flur. Er hatte das dringende Bedürfnis, sich die Hände zu waschen. In der Toilette wusch er sich sorgfältig, spülte den Mund aus und trocknete sich ab. Dann erst ging er zu Marthas Büro.

Dort steckte er wieder den Kopf durch die Tür und sagte: »Die

Dolmetscherin wartet auf euch. Die beiden Typen sind jetzt im Verhörraum. Pfui Teufel, macht euch auf was gefasst. Die zwei miefen wie zwei Stinktiere in Dauerbereitschaft!«

Einen Augenblick war es ruhig. Sperber war wie elektrisiert. »Sie stinken?«

Reuter war mittlerweile ganz durch die Tür getreten. »Ja, so was hab ich noch nie gerochen.« Er machte eine angeekelte Mundbewegung.

»Und die Dolmetscherin, wo ist die?«, fragte Sperber nervös.

»Ja, bei den beiden, sie wartet auf euch!«

»Allein?«, fragte Martha.

»Ja, der Kollege vor der Tür ist …« Reuter erkannte, dass er einen Fehler gemacht hatte.

Sperber sprang auf und schrie: »Mai-Mai!« Er rannte durch die Tür über den Flur zum Verhörraum. Martha, Huber eins und Huber zwei stürmten hinterher. Huber zwei versetzte Reuter einen Knuff auf den Kopf und sagte verächtlich: »Du Volltrottel!«

Sperber riss die Tür auf. Maria Kuhner lag rücklings auf dem Tisch und wurde von einem der Schwarzen an den Händen festgehalten. In ihrem Mund steckte ein Strumpf. Der andere Schwarze stand zwischen ihren Beinen und hielt sie auseinander. Ihre Kleider lagen halb zerrissen am Boden. Der Schwarze hatte seine Hose heruntergelassen und machte sich gerade an ihr zu schaffen. Es stank bestialisch. Die beiden Schwarzen lachten.

Sperber packte einen Stuhl, holte aus und schlug schreiend auf den Mann ein. Der Schwarze fiel nach vorn, dann zur Seite und blieb mit heruntergelassener Hose in erigiertem Zustand am Boden liegen. Er schimpfte lautstark. Huber zwei war schon bei dem anderen, der immer noch idiotisch lachte. Mit angeekelter Miene hielt er ihn in Schach. Martha kümmerte sich um Maria Kuhner, die sichtlich geschockt und wie erstarrt auf dem Tisch lag. Sperber hob ihre Hose auf und bedeckte sie damit. Huber eins und Huber zwei packten die beiden grob und fesselten sie mit Kabelbindern bis zur Schmerzgrenze.

»In die Spezialzellen. Zum Putzen abstellen!«, schrie Martha verächtlich. Huber eins und Huber zwei zogen mit den beiden ab.

»Bist du verletzt?«, fragte Martha die Dolmetscherin vorsichtig. Sperber drehte sich um, damit sie sich in Ruhe anziehen konnte.

»Ich will mich waschen!«, sagte Maria schluchzend.

»Hat er dir was angetan?«, fragte Martha vorsichtig. »Hat er dich … berührt?«

»Berührt ja, angetan hat er mir noch nichts.«

»Entschuldigen Sie bitte«, mischte sich Sperber ein. »Hat er Sie … ich meine, wo hat er Sie berührt?«

»Am Bein …«, antwortete Maria Kuhner leise und weinte.

Martha beobachtete Sperber und nickte kaum merklich. »Nur am Bein? Ich meine, hat er Sie wirklich nur am Bein berührt?«

»Ja, verdammt! Er hat mich nur am Bein berührt. Ist das alles?«, rief sie.

Martha streichelte behutsam ihren Arm.

»Was will der denn?«, fragte Maria, an Martha gerichtet. Sie schüttelte heftig den Kopf und schrie Sperber an: »Ich weiß es nicht mehr! So ein ekliges Schwein!«

»Das klingt jetzt vielleicht hart, Maria. Aber Sie sollten in drei Monaten unbedingt einen Aidstest machen lassen«, sagte Sperber mitfühlend.

Maria weinte, und Martha fasste sie sanft an der Schulter. »Komm, Maria, ich helfe dir. Wir gehen erst mal zur Toilette zum Waschen. Und dann bringt dich jemand ins Krankenhaus. Da wirst du eingehend untersucht.«

Sperber ging ins Büro zurück. Nach zehn Minuten kam Martha dazu.

»Ich weiß, wie es sich anfühlt, wenn man überfallen und missbraucht wird«, sagte Sperber wie zur Entschuldigung.

»Ist schon klar, Fritz. Du hast alles richtig gemacht.«

»Das waren Mai-Mai-Milizen!«, erklärte Sperber aufgebracht. »Die haben völlig krude Bräuche. Sie glauben, dass sie unverwundbar sind, solange sie sich nicht waschen.«

Martha verzog ihr Gesicht. »Das ist ja ekelhaft! Deshalb der Gestank.«

»Sie glauben an ein Zauberwasser, mit dem sie geweiht werden. Ab diesem Zeitpunkt, so glauben sie, können ihnen sogar Gewehrkugeln nichts mehr anhaben.«

»Wie kann man so einen Quatsch glauben?«

»Das ist so seit dem Mai-Mai-Aufstand vor etwa hundert Jahren. Damals hat ein Medizinmann in seiner Verzweiflung die Geschichte mit dem Zauberwasser erfunden, um die Männer seines Stammes aufzuputschen. Weil sie danach tatsächlich gesiegt haben, hat sich der Aberglaube in der Folge verselbstständigt. Wenn man als Kind so einen Mist ständig zu hören bekommt, dann denkt man doch, es wäre wahr. Und weil sie an das Zauberwasser glauben, waschen sie sich nach der Weihe nicht mehr. Jetzt ziehen sie meuchelnd und brandschatzend durch die Dschungeldörfer. Und niemand stoppt den Scheiß!«

Martha schwieg ein paar Sekunden. Ihre Halsschlagader schwoll an, ihr Gesicht wurde rot. Dann fragte sie verächtlich: »Aber wieso sind diese Schweine über Maria hergefallen?«

Sperber schlug seine Hand auf den Tisch und senkte den Blick. »Ach …« Es war ihm unangenehm. »Der Höhepunkt dieser ganzen Mai-Mai-Scheiße ist, dass man ihnen im großen Kongokrieg vor ein paar Jahren gezielt erzählt hat, das Vergewaltigen von Jungfrauen würde sie vor Aids schützen! Seitdem vergewaltigen die Mai-Mai in jedem Dorf, das sie überfallen. Und zwar auf bestialische Art und Weise. Genau das hatten die Kriegsherren beabsichtigt. Denn vergewaltigte Mädchen und Frauen werden aus der Gemeinschaft verstoßen. Und damit wird die Bevölkerung immer mehr entwurzelt und zersplittert. Die nehmen sich also jede junge Frau vor, die ihnen über den Weg läuft. Und das da eben war so was wie ein Automatismus.«

»Ein Automatismus? Bist du bescheuert?« Martha war empört.

»Ich nicht«, sagte Sperber und schwieg.

»Entschuldige. Du hast ja recht. Aber wie grausam ist dieser Kongo denn?«

»Martha, dort kommen Millionen anständige und unschuldige Menschen zur Welt. Aber vielen von ihnen wird diese Unschuld früh geraubt. Sie werden in den Dschungel entführt. Weil sie keine andere Wahl haben, kehren sie nie wieder zurück. Aber die Schuld daran tragen andere, die von rein geschäftlichen Interessen geleitet werden: Coltan und Waffenhandel, um den Krieg aufrechtzuerhalten. Je länger der Kongo instabil ist, desto mehr

Geld verdienen die beteiligten Firmen in Europa, Asien und Amerika. So ist die Welt.«

»Und wir im schönen Bayern merken nichts davon.« Martha stand auf und ging zum Fenster. Nach einer Pause fragte sie: »Was bedeutet eigentlich Mai-Mai?«

Sperber schüttelte den Kopf und sagte: »Es ist absurd. Sie stinken wie die Tiere, und sie scheuen das Waschen wie der Teufel das Weihwasser. Mai-Mai ist Lingala und heißt: Wasser-Wasser.«

NIOB-TANTAL

Paul Hartung war eins neunzig groß, schlank und offensichtlich gut trainiert. Aus seinem glatt gekämmten Haar fielen Schuppen auf den dunklen Maßanzug. Er saß auf seinem neuen orthopädischen Schreibtischsessel und genoss es, zu arbeiten und dabei wippen zu können wie ein kleiner Junge. Als er nach seiner Kaffeetasse griff, verschüttete er die Hälfte des Inhalts über die rechte Hand und den Oberschenkel.

»Verdammt!«, schrie er und sprang auf. »Welcher Idiot hat mir diesen Sessel besorgt?« Ganz außer sich stand er breitbeinig zwischen Schreibtisch und Fenster. Hinter ihm sah man die Frauenkirche, und noch weiter hinten zeichnete sich die Silhouette der Alpen ab.

Seine Sekretärin Paula Meyer kam und wischte ihm den Kaffee von der Hose. Er ist wieder einmal schlecht gelaunt, dachte sie. Wie so oft. Aber das wird schon wieder.

»Gehen Sie. Halt, wischen Sie erst die Pfütze da vom Tisch!« Sie tat, was er anordnete. Das tat sie immer. Und wünschte sich dabei sehnlich, er wäre freundlicher zu ihr. Aber der Wunsch würde wohl unerfüllt bleiben. Trotzdem war sie gern seine rechte Hand. Und sie wusste: Ohne sie lief gar nichts.

»Den Sessel hat Ihnen Ihr Arzt empfohlen. Und besorgt habe ich ihn«, sagte Paula Meyer kühl und hob stolz den Kopf. Beschimpfen konnte er sie, aber niemals kleinkriegen.

»Schon gut, Paula. Schon gut.« Er setzte sich wieder.

Paul Hartung stammte aus dem Ruhrgebiet. Sein Vater war Steiger im Kohlebergbau in Essen gewesen. Die Leute sagten, er wäre mit fünfundfünfzig Jahren an Staublunge gestorben. Aber Paul Hartung wusste, dass er sich zu Tode gesoffen hatte. Und als er endlich tot war, hatte der achtzehnjährige Paul heimlich ein Kreuz geschlagen.

Sein Vater war ein Familientyrann gewesen: ewig unzufrieden und immer schlecht gelaunt. Er konnte seine Frau nicht ausstehen und erzog seine Kinder mit äußerst fragwürdigen Methoden.

Pauls Mutter war ein Wrack. Seine Schwester hatte den ortsansässigen Sparkassendirektor geheiratet und konnte sich ein gutes Leben gönnen. Aus Paul hingegen war ein Zyniker und Menschenhasser geworden. Schon damals verachtete er seine Lehrer und seine Mitschüler. Seine körperliche Kraft gab ihm bei jedem Streit anscheinend recht. Mit siebzehn hatte er bereits drei Einbrüche hinter sich, beim vierten Einbruch erwischte ihn die örtliche Polizei. Die beiden Polizisten riefen nachts bei seiner Schwester an und ließen ihn erst frei, als sie versprach, dass sie sich um ihn kümmern würde. Heute war Paul Hartung dankbar für den Pragmatismus jener Zeit, als so etwas noch üblich war, wenn ein junger Mensch auf die schiefe Bahn zu geraten drohte.

Seine Schwester sorgte sich sehr um ihn. Sie hatte ihren Mann dazu gebracht, Paul finanziell beim Studium zu unterstützen, wenn er in der Abendschule das Abitur schaffte. Mit Engelszungen hatten die beiden ihn überredet, sein Leben endlich in die Hand zu nehmen und seine Talente zu nutzen. Nachdem sein Schwager ihm erklärt hatte, wie Geldflüsse und Einflüsse zusammenhingen, hatte es ihm einen Kick gegeben. Er hatte begriffen.

Tagsüber ging Paul wie sein Vater unter Tage, abends lernte er für das Abitur. Er schaffte es in kürzester Zeit. Dann studierte er und wusste, dass er so schnell wie möglich an Geld kommen wollte. Er wollte alles, was sein Schwager ihm vorgestreckt hatte, auf Heller und Pfennig zurückzahlen. Und das gelang ihm auch. Er war sehr stolz darauf.

Paul Hartung wurde Ingenieur für Bergbaukunde. Er hatte in Clausthal-Zellerfeld studiert, ein verschlafenes Nest im Harz, so spannend wie ein Ballen Heu auf einer abgemähten Wiese. Aber von dort kamen exzellent ausgebildete Bergbauingenieure. Damals studierten an dieser Hochschule nur Männer. Wenn man als Student eine Freundin haben wollte, dann schlich man heimlich um die Schulen. Dort konnte man vielleicht ein Mädchen auftreiben, aber es war unwürdig und verstörend. Wer in Clausthal-Zellerfeld studiert hat, ist entweder Alkoholiker oder beziehungsgestört, hatte mal ein Arzt zu ihm gesagt. Hartung war beides.

Seine Frau war fünfzehn Jahre jünger als er. Ebenso lange waren sie verheiratet. Sie hatten sich längst nichts mehr zu sagen. Noch als Hochschulassistent hatte er sie vom Fleck weg geheiratet, weil sie ein Kind erwartete. Kurz vor ihrem Abitur.

Hartung hatte schnell Karriere gemacht. Während er als Assistent am Institut für Bergbau arbeitete, hatte er noch ein Studium der Mineralogie angehängt und sich auf Erzlagerstättenkunde für Niob und Tantal spezialisiert. Das war im Studium auch sein Spitzname gewesen: Niob-Tantal.

Mehrfach war er in den Minen Australiens gewesen und auch im Kongo und in Mosambik. Niob und Tantal, Metalle aus der Gruppe der seltenen Erden, führten damals aus wirtschaftlicher Sicht ein Nischendasein. Deshalb war sein Spitzname nicht unbedingt schmeichelhaft gemeint. Er hatte jedoch erkannt, wenn er sich auf eine Nische spezialisierte, dann hatte er beste Chancen, genau deshalb weit aufzusteigen. Dass diese Metalle mittlerweile weltweit zu den gefragtesten Rohstoffen zählten, war für ihn Genugtuung und Segen zugleich. Diese Stoffe hatten ihn zu einem sehr reichen Mann gemacht.

Die Bedingungen im Kongo waren auch damals schon problematisch gewesen, denn Unruhen gab es bereits in den Achtzigern und Neunzigern. Aber Hartung war ein harter Hund, für ihn war das pures Abenteuer. Dank eines deutsch-österreichisch-amerikanischen Konsortiums in Salzgitter verdiente er gutes Geld.

Dann bekam er den Auftrag, für eine französische Gesellschaft eine Lagerstätte in Kivu genau zu beschreiben und die Höffigkeit zu berechnen. Einige Mineralogen, die vor ihm dort gearbeitet hatten, waren jeweils nach ein paar Wochen abgehauen. Aber Hartung beherrschte als Ingenieur auch die Fragestellungen aus technischer Sicht. Also hatte er seine große Chance ergriffen, den Laden zum Laufen zu bringen.

Und er nutzte sie. Mit seinem Organisationstalent brachte er erst einmal Struktur in die Mine. Strenge Regeln, exakte Arbeitsabläufe und harte Strafen für die Arbeiter. Dass sie auch geschlagen wurden, war nicht seine Sache. Er redete nur mit den Vorarbeitern. Wie die ihren Job machten, interessierte ihn wenig, solange es keine Verletzten gab.

Die Mine lief, die Lagerstätte war groß, und Hartung war geschäftstüchtig. Er habilitierte sich über Niob und Tantal und die Coltanlagerstätten in Afrika. Keiner auf der Welt wusste so gut Bescheid über Genese und Besonderheiten dieser Erze und Minen wie er. Das war anerkannt.

Bald erhielt er eine Professur an der Montanuniversität von Leoben in der Steiermark. Die Verbindungen, die er hier knüpfen konnte, waren vielversprechend. Eine verschworene, scheinbar unauflösbare Gemeinschaft. Abends an den Biertischen lernte er schnell, dass Skrupel und moralische Bedenken im Rohstoffgeschäft nur lähmten. Wer diese Hemmschwellen in sich besiegte, der konnte rasch mächtig werden. Und genau das war Hartungs Ziel.

Vier Jahre später folgte er einem Ruf an die Mining School der University of Arizona in Tucson. Seine Frau und die beiden Kinder blieben in Europa. Sie zogen zurück nach Salzgitter, denn das heitere und tief katholische Österreich hatte seiner streng protestantisch erzogenen Frau nie gefallen.

Hartung wollte mehr. Er wollte Geschäfte machen, lukrative Geschäfte. Dazu nutzte er die Beziehungen und Netzwerke, die er in Österreich und im Kongo geknüpft hatte. Sie boten seinem Konsortium Vorteile. Bald stieg er im Gegenzug in den Vorstand auf. Coltan wurde mehr und mehr zum weltweit begehrten Rohstoff, und Hartung war ein gemachter Mann. Der Wert seines Aktienanteils schoss in die Höhe. Er machte den Vorschlag, seinen Geschäftszweig auszugliedern und ihn selbst zu übernehmen. Er stieß auf überraschend wenig Widerstand. Bald wurde seine Firma Hartung AG genannt. Er gründete Niederlassungen in Leoben, Tucson und Kinshasa, mit dem Hauptsitz in München. Ein paar Jahre später war die Hartung-Gruppe der weltweit größte Händler für Coltan. Und der Diplom-Mineraloge Professor Dr. Ing. Paul Hartung war der Boss.

Über fünfzehn Jahre hatte er die Geschäfte mit dem Kongo aufgebaut. Er hatte viel Zeit und Geduld benötigt, die Welt von Niob und Tantal zu überzeugen. So lange hatte er diese Metalle und ihre Eigenschaften erst erforscht und dann angepriesen, bis die gesamte Elektronikindustrie glaubte, was er sagte. Er hatte die beiden Metalle, die aus Coltan gewonnen wurden, am Weltmarkt so tief verankert, dass die Industrie ohne dieses Erz aufgeschmissen war. Dann hatte er die Preise erhöht und das mit Unruhen begründet. Und die Welt glaubte ihm erneut.

Er investierte in die Rüstungsindustrie. Insbesondere in jene, die Waffen in den Kongo und nach Zentralafrika lieferte, um den Rohstoffkrieg am Laufen zu halten. Nachdem sich Angola, Uganda und Ruanda eingemischt hatten, nannte man diesen Krieg den afrikanischen Weltkrieg. Um die Jahrtausendwende hatte dieser Krieg bereits etwa fünf Millionen Menschenleben gekostet. Und er war immer noch nicht zu Ende. Erst danach hatte die UNO beschlossen, eine Untersuchung einzuleiten, um die Machenschaften der Firmen aufzudecken, die mit dem blutigen Coltan handelten. Auch die Hartung AG wurde aufgefordert, kein Coltan aus dem Kongo zu exportieren.

Hartung aber blieb der König der seltenen Erden, der Zauberer des Coltans. So oder ähnlich wurde er angekündigt, wenn er auf einem Kongress oder auf einem Wirtschaftsforum eine Rede hielt. Er zog seine Fäden im Hintergrund, bei Vorträgen stellte er sich selbst als Unschuldslamm dar. Als jemanden, der sich bemühte, dem Kongo endlich den verdienten Reichtum zu bringen. Wenn man ihn fragte, warum er in die Waffenindustrie investierte, antwortete er: »Ohne Waffen wäre die Regierung im Kongo gegen die Rebellen vollkommen wehrlos. Aus eigener Erfahrung sage ich Ihnen: Der Kongo braucht die Waffen, um endlich frei zu werden.« Dass die Waffen in erster Linie an die Rebellen geliefert würden, sei ein infames Gerücht, antwortete er auf entsprechende Fragen. Doch die UNO prangerte ihn an. Zwei Journalisten hatten behauptet, er, Paul Hartung, mache Waffengeschäfte mit Adele Gumumbali, der berüchtigten Schmugglerkönigin im Kongo. Daraufhin hatte er die beiden mit Klagen überzogen und in die Armut getrieben. Seitdem traute sich niemand mehr, etwas gegen ihn zu unternehmen.

Hartung konnte zufrieden sein mit seinem Imperium. Doch nachdem sich der Weltmarkt durch die Aktivitäten der UNO gedreht hatte und blutiges Coltan aus dem Kongo geächtet wurde, musste er neue Wege finden, seine Geschäfte weiterzuführen.

Das hatte er mit einem zynischen Lächeln eingefädelt, denn er kannte die Verhältnisse besser als jeder andere.

Ehrgeiz war für ihn eine lächerliche Krankheit von Anfängern. Ihn faszinierte die Einfachheit der kalten Macht. Menschen, die vom Ehrgeiz benommen waren, fraßen ihre eigene Nabelschnur an, ohne es zu merken. Ihm aber ging dank seiner Gefühlskälte und Skrupellosigkeit alles leicht von der Hand. Und falls doch einmal schwierigere Dinge aus dem Weg geräumt werden mussten, hatte er dafür seinen Privatsekretär. Der Mann war widerlich ehrgeizig, und deshalb mochte Hartung ihn nicht. Aber er brauchte ihn.

Hartung liebte die Macht über Menschen und Macht über die Welt. Er konnte Wirtschaftsfachleute, Journalisten und Politiker tanzen lassen, wann und wie er das wollte. Und Paul Hartung wollte.

Als das Telefon klingelte, rollte er seinen alten Stuhl hinter den Schreibtisch, lehnte sich zurück und trank einen Schluck Kaffee. Dann nahm er ab.

»Wer? Was will er? Hm. Okay, geben Sie ihm einen Termin für heute Nachmittag.«

SCHWARZ-WEISS

Sperber saß in seinem Büro, die Beine auf dem Tisch übereinandergeschlagen, und las in einem Buch über Erzmikroskopie. Neben ihm dampfte ein Kaffee. Die Tür ging auf. Huber eins trat ein und fragte: »Willst du unsere zwei Gäste mit mir besuchen?«

»Wo habt ihr die beiden eigentlich hingepackt?«

»Komm mit.« Huber eins winkte mit dem Kopf.

Sie fuhren mit dem Aufzug in den Keller und kamen vor ein schweres Gittertor. Ein Schließer in der Uniform der bayerischen Justizbehörden öffnete ihnen. Sie gingen einen Gang entlang.

Sperber fragte: »Was ist denn das für eine Abteilung?«

»Sonderabteilung des Justizministeriums.«

»Wie geht das?« Sperber blieb neugierig. »Das LKA gehört doch zum Innenministerium, oder?«

»Vor ein paar Jahren hat ein Hausangestellter hier mal ein Feuer ausgelöst. Unbeabsichtigt, sagt man. Hatte ein Mords-Medienecho zur Folge. LKA unfähig, das eigene Haus zu bewachen. Was für eine Blamage!« Huber eins lachte dreckig. »Danach hatte die Leitung des Hauses einen brillanten Einfall. Das Justizministerium suchte damals nach einem Standort für eine Sonderabteilung für besonders harte Untersuchungsfälle. Und da kam unsere Hausleitung auf die Idee, unseren Keller zur Verfügung zu stellen. Der war sowieso vom Feuer zerstört worden, und zur Renovierung fehlte das Geld. Also hat man zwei Fliegen mit einer Klappe geschlagen: Erstens haben sie das Geld für die Renovierung weitgehend ungenutzter Räume gespart. Und zweitens: Wer könnte unseren Keller besser bewachen als hauptberufliche Gefängniswärter?« Er johlte über seinen Witz.

Sperber machte ein verdutztes Gesicht. »Und wer sitzt hier?«

»Unsere schweren Fälle. Sonderbehandlung«, sagte Huber eins lakonisch.

»Was bedeutet das?«, fragte Sperber.

»Hier sitzen Leute, die übermäßig aggressiv, autoaggressiv oder sonst irgendwie eigentümlich sind. In die meisten Zellen gehen wir Polizeibeamte nur zu zweit rein. Da aber in unserem Fall nicht zu befürchten ist, dass die beiden über dich herfallen, hab ich mal auf einen Kollegen verzichtet«, sagte Huber eins trocken.

Sie kamen an zwei Zellen vorbei, in denen jemand lautstark tobte. »Die haben hier nur Stroh in der Zelle, weil sie alles zerlegen. Und scheißen würden die auch nie ins Klo.«

»Ja, und wo machen die ihre Geschäfte?«

»Ins Stroh. Wie die Rindviecher. Nur, dass Rindviecher sauberer mit sich umgehen.«

»Und wie halten die sich sauber?«, fragte Sperber ungläubig.

»Die Beamten duschen sie ab. Mit 'nem Schlauch.«

»Was, so was gibt's?«

»Fritz, es gibt Sachen, von denen du Gott sei Dank keine Ahnung hast. Aber ich kann dich beruhigen, hier sitzt keiner länger als ein paar Tage. Wenn sie sich dann noch nicht beruhigt haben, dann kommen sie in die Psychiatrie. Das war früher in Zuchthäusern normal bei schwierigen Tätern. Heute eher eine Ausnahme.«

»Was machen die eigentlich bei euch? Wieso sind die nicht im Knast?«

»Diese Räume hier gehören ja zur Justiz, und nicht zur Polizei. Hier hocken aber ein paar wichtige Leute, von denen wir uns Zeugenaussagen erwarten, wenn sie sich wieder beruhigt haben. Deshalb werden sie hier verwahrt. Im Knast gibt es eine ähnliche Abteilung. Da sind es ein paar Räume mehr.«

Die beiden Afrikaner standen nackt in einer Ecke des gefliesten Raums und wurden von zwei Wärtern abgeduscht. Sie brüllten und gestikulierten, als würden sie sich gegen das Wasser zur Wehr setzen. »Handwarmes Wasser«, sagte Huber eins. »Ein bisserl Seifenlösung drin.« Im Boden war ein versiegelter Abfluss eingelassen.

Die beiden schrien sich die Seele aus dem Leib. Man nahm ihnen gerade ihre Unverwundbarkeit. Nachdem die Wärter fertig waren, gaben sie ihnen Handtücher und Gefängniskleidung. Die beiden zogen sich an. Huber eins gab den Wärtern ein Zeichen. Die Schwarzen wurden abgeführt. In einen anderen Trakt und in eine andere, normal möblierte Zelle. Ihr Gestank war verschwunden. Sie setzten sich auf eines der beiden Betten.

Sie waren beide Anfang zwanzig. Sperber ging auf sie zu und sprach sie auf Kongo-Französisch an. Die beiden schienen überrascht, dass jemand ihre Sprache sprach.

»Wer hat euch hergeschickt?«

Sie schwiegen.

»Euer Zauber wirkt nicht mehr.«

Sie schwiegen und sahen sich gegenseitig an.

»Ihr seid Mai-Mai-Kämpfer. Euer Zauberer hat euch im Stich gelassen.«

Ihre Blicke verrieten Angst.

»Hier kommt ihr erst wieder raus, wenn ihr sagt, wer euch geschickt hat«, zischte Sperber mit bedrohlich leiser Stimme. »Wir wollen wissen, wo ihr herkommt, wie ihr heißt und wo ihr hier in München gelebt habt.«

Keine Antwort. Nur Schweigen. Huber eins nahm einen Fotoapparat aus der Tasche und wollte die beiden fotografieren. Schnell nahmen sie die Hände vors Gesicht.

»Hände runter!«, schrie er sie an. Sie reagierten nicht. Huber eins war sauer und wollte dem Ersten die Hände herunterziehen.

Der Justizbeamte rief: »Nicht anfassen, Huber!«

Sperber stand auf und verließ die Zelle. Er gab Huber eins ein Zeichen, auf ihn zu warten. Nach fünf Minuten kam er wieder. Er setzte sich ruhig neben einen der Schwarzen und sagte zu ihm auf Kongo-Französisch: »Als Asylbewerber steht ihr in Deutschland unter Schutz. Wir helfen Menschen, die in Not sind. Wer sich bei uns aber nicht benimmt, den schützen wir nicht mehr. Nein, wir machen ganz andere Sachen mit ihm.« Dann entfaltete er einen der beiden Zettel, die er in der Hand hielt, und zeigte sie einem der jungen Männer. Der riss die Augen auf, zog sich zurück in eine Ecke der Pritsche und gab einen Angstseufzer von sich. Der andere Schwarze stand auf und kam herüber, sah die Bilder in Sperbers Hand und erschrak ebenfalls.

»Das ist unser Zauberwasser. Und der da«, er deutete auf Huber eins, der mit verschränkten Armen und mit grimmiger Miene vor der Tür stand, »der begleitet euch dabei.«

Beide sprachen kurz miteinander und nickten angsterfüllt.

»Und fasst nie wieder eine Frau an, hört ihr? Nie wieder. Wir holen euch gleich ab. Dann fangen wir noch mal von vorn an mit dem Verhör. Und wenn ihr redet, bleibt euch das erspart.« Sperber schwenkte drohend die Zettel, setzte sein bösestes Gesicht auf und knurrte vor sich hin. Dann forderte er Huber eins mit einer Geste zum Gehen auf und verließ die Zelle.

»Was hast du denen erzählt?«, fragte Huber eins.

»Nicht viel. Eigentlich hab ich nur ein paar Bilder gezeigt«, erklärte Sperber.

»Gib mal her!« Huber eins riss Sperber die Zettel aus der Hand. Es waren ausgedruckte Bilder aus einem alten Schwarz-Weiß-Film. Der erste Ausdruck zeigte eine mittelalterliche Szene, in der einem blonden Mann von zwei Henkern heißes Blei in die Adern gegossen wurde. Drum herum standen Frauen und Männer, deren Kleidung an bayerische Trachten erinnerte. Im Hintergrund sah man typisch deutsche Fachwerkhäuser. Das zweite Bild zeigte eine Szene, in der vor ähnlicher Kulisse eine schreiende blonde Schönheit auf ein Rad geflochten wurde.

»Was, und das hast du ihnen gezeigt?«

»Ich hab ihnen gesagt, dass es bei uns so zugeht. Mir ist nichts anderes eingefallen.«

Huber eins blieb kurz stehen und lachte. »Wo hast du das Zeug her?«, fragte er und hielt Sperber die beiden Zettel unter die Nase.

»Internet. Filmdatenbank.«

»Hey, wir sind hier beim bayerischen Landeskriminalamt, nicht in Hollywood!«

»Die werden reden. Wirst schon sehen.«

MACHT

»Ngonsomo hat es erwischt!«, rief Robert Watabe kläglich, als er in Hartungs Büro stürmte. Er knallte einen Umschlag auf Hartungs Tisch. »Es wird uns alle erwischen!«

Hartung sprang auf. »Watabe, mein guter Watabe! Jetzt setzen Sie sich doch erst einmal hin.« Er bot ihm einen Sessel an. Aber Watabe wollte nicht.

»Jetzt sind wir alle dran!«, jammerte er und lief unruhig hin und her.

Hartung entnahm dem Umschlag Fotos, die zeigten, wie Ngonsomo massakriert wurde. Aus unterschiedlichen Blickwinkeln aufgenommen, jedoch war nie ein Täter zu sehen. Nur die Waffe war zu erkennen. Eine Machete. Hartung betrachtete die Bilder, ohne eine Regung zu zeigen, studierte jedes Detail. Dann schob er sie zurück in den Umschlag und legte sie zur Seite. »Woher haben Sie das?«

Watabe hatte sein Jackett ausgezogen und auf das Sofa geworfen. Seine Anzughose, seine Krawatte und seine geputzten Schuhe waren makellos, doch hing ihm hinten das weiße Hemd aus der Hose. »War heute Morgen in der Post!«, antwortete Watabe. Er schwitzte.

»Hat das jemand außer uns beiden gesehen?«

»Nein, ich habe es selbst aufgemacht. Ist ja an mich persönlich adressiert.«

Hartung nickte.

Watabe war Kongolese wie Ngonsomo, den er nicht mehr gemocht hatte, seit er so großkotzig lebte. Aber sein Tod nahm Watabe sichtlich mit. Watabe war fromm. Frommer, als Ngonsomo es gewesen war. Er besaß eine tief verwurzelte Moral, in der trotz aller aufgeklärten Vernunft immer noch die Pflöcke afrikanischen Aberglaubens steckten. Das wusste er, hatte es jedoch nie gezeigt. Jetzt aber hatte er Angst um sein eigenes Leben. Denn Ngonsomo und er hatten jahrelang zusammengearbeitet. Er war, was die Deutschen als Ngonsomos rechte Hand bezeichneten.

Wie makaber diese Redewendung doch war, dachte er angesichts des Schicksals von Ngonsomo.

»Das waren Mai-Mai, sehr grausame Männer!«, jammerte er unter Tränen. »Ich kenne sie aus meiner Heimat. Sie kommen und schneiden Arme und Beine ab. Und jetzt kommen sie hierher, nach München!«, rief er, die Hände gegen den Himmel erhoben. Dann setzte er sich in einen der Ledersessel und nahm sich ein Glas Wasser.

»Ngonsomo!« Hartung schüttelte den Kopf. »Er war halt abgedriftet. Zu viele Frauen im Kopf, dieser blöde Kerl. Und offenbar ist er tatsächlich den Mai-Mai in die Finger geraten!«, stellte er fest. »Wir werden ihn ersetzen.«

Als Zwischenhändler hatte Ngonsomo ein gutes Netz an Kontakten aufgebaut. Er hatte Beziehungen zu vielen Rebellenorganisationen im Kongo geknüpft und die Schmuggelwege für das Coltanerz organisiert. Ngonsomo war Hartungs Brücke zu Adele Gumumbali. Außerdem hatte Ngonsomo die Beziehungen seines Vaters genutzt und das Erz nach Uganda ausfliegen lassen. Dort wurde es mit sauberen Papieren ausgestattet und nach Europa gebracht, von zwei europäischen Fluglinien. Das war nach kongolesischem Verständnis nicht einmal korrupt.

»Robert, Sie kennen doch alle Hintermänner. Sie haben alle Adressen Ngonsomos. Sie wissen über alles Bescheid, was er gemacht hat. Stimmt das?«, fragte Hartung drängend.

»Ja!«, schrie Watabe hysterisch. »Aber sie kommen und schneiden mir auch die Hände ab!« Er streckte die Arme nach vorn und drehte sie, während er Hartung flehentlich ansah. »Wir müssen unser Geschäft ändern. Wir müssen weg von dem gefährlichen Erz! Die Leute im Kongo wollen das nicht mehr. Der Tod von Ephraim war eine Warnung.«

Hartung war nicht so schnell aus der Ruhe zu bringen, aber bei dem unaufhörlichen Gejammere von Watabe riss ihm der Geduldsfaden. »Unsinn!«, schrie er. »Watabe, machen Sie sich doch nicht in die Hosen. Wir werden weitermachen wie bisher auch.« Ruhiger sprach er weiter: »Robert, Sie müssen jetzt tapfer sein. Denken Sie an Ihre Angehörigen im Kongo, die gut von dem leben, was Sie hier verdienen. Wir sind alle eine große

Familie, das wissen Sie. Wir brauchen Sie. Und Sie brauchen uns. Wir werden Sie unterstützen.« Er legte die rechte Hand auf Watabes Arm. Hartung wusste, dass jetzt Zuspruch nötig war. Daher sagte er väterlich: »Robert, Sie sind ein guter Mann. Dass Sie jetzt Angst haben, kann ich verstehen. Wir werden gegen diese Mai-Mai etwas unternehmen.«

»Das können Sie nicht! Die sitzen hier und schlafen. Ein paar Wochen. Sie waschen sich, machen das, was andere Asylanten aus dem Kongo auch machen, wohnen im Heim und lernen die deutsche Sprache. Ganz brav. Und dann kommt ein mächtiger Mann und sagt, sie werden jetzt wieder Mai-Mai. Dann wachen sie auf. Er sagt einen Zauber, bespritzt sie mit Wasser, und sie sind wieder Mai-Mai. Sie gehen in die Wälder und leben dort. Und sie machen, was der mächtige Mann ihnen sagt.«

»Wer ist dieser mächtige Mann?«, fragte Hartung.

»Kennt jeden Zauber«, sagte Watabe zögerlich und schüttelte weinend den Kopf.

»Robert, Sie sind ein kluger Mann. Und wissen, dass ich mächtig bin. Wenn man viel erreicht hat, passiert einem nichts. Ich kann Sie beschützen.«

»Wie denn?«, fragte Watabe wimmernd.

»Wenn man den Weltmarkt beherrscht, hat man Macht. Und diese Macht schützt mich – und auch dich.«

Watabe schien wenig überzeugt.

»Um den Weltmarkt zu beherrschen, muss man zweierlei Voraussetzungen erfüllen: Erstens die Preise diktieren können. Und zweitens jederzeit den Hahn zudrehen können.«

»Und was soll das bringen?«, fragte Watabe aufgeregt.

Hartung schwieg einen Moment. »Beides muss gehen, ohne deine eigene Umgebung ernsthaft in Gefahr zu bringen.« Er stand auf und ging auf das Sideboard mit den Karaffen zu. »Ich kann beides! Dadurch aber kommen die anderen in Not. Und deshalb kann ich sie alle kaufen. So einfach ist das.«

Hartung stand jetzt vor den Flaschen und befüllte zwei Schwenker mit Cognac Lheraud, Jahrgang 1958. Er hatte keine Ahnung von Cognac, aber das Zeug war teuer und machte was her. Das genügte. Dann ging er zurück und reichte Watabe ein Glas.

»Man sollte immer sicherstellen, dass man gute Leute hat. Die besten. Loyal müssen sie sein. Und man muss loyal zu ihnen sein.« Er roch an dem Glas und täuschte Kennerschaft vor, indem er entzückt den Kopf wiegte. »Diesen Cognac bekommen bei mir nur die besten Männer. So was kann ein Medizinmann nicht brauen. Du bist jetzt an Ephraim Ngonsomos Stelle getreten. Du wirst deine Arbeit gut machen. Du wirst wohlhabend sein und deine Familie wie ein guter Mann ernähren können.« Er streckte Watabe sein Glas hin. »Wir haben besseres Zauberwasser! Jahrgang 1958«, sagte er lächelnd und wartete ab, bis Watabe anstieß. Hartung hatte ihn überredet. Er wusste, dass Watabe jetzt nicht mehr zurückkonnte.

Dann ging er zum Schreibtisch, nahm den Umschlag mit den Fotos und ging zu seinem kleinen Büroschredder. Er entnahm dem Umschlag das erste Bild und steckte es in den Schlitz. Unter kreischendem Lärm wurde es eingezogen und vernichtet.

»Aber das muss zur Polizei!«, protestierte Watabe und zeigte auf den Umschlag in Hartungs Hand.

»Ich will mit so etwas nicht in Verbindung gebracht werden. Keine Unregelmäßigkeiten. Die Polizei wird sich noch früh genug bei uns melden. Erst dann erfahren wir beide vom Tod Ngonsomos, ist das klar?«, fragte er mit einem drohenden Lächeln.

Der Schredder tat seine Arbeit, und Watabe gab sich geschlagen.

SPECKJAUSE

Huber zwei parkte den Wagen direkt vor dem Bauernhof. Die Sonne schien, und der Hias saß auf einer Holzbank vor dem Haus und genoss den Tag. Vor ihm stand ein Glas Bier. Daneben lagen ein Stück Käse und ein kleines Stück Speck.

Der Wallner Hias, der war in seinen Jugendjahren sein Vorbild gewesen, hatte Huber zwei während der Fahrt erzählt. Der Hias war Chef der Bergwacht. Er hatte viele Leben gerettet und war ein anerkannter und hochgeschätzter Mann in der Gegend. Nahezu jedem hatte der Hias schon etwas Gutes getan. Nur er selbst hatte Pech gehabt, erst der Melktod seiner Frau und dann der Unfall seines Sohnes. Eine tragische Lebensgeschichte. Aber der Hias war ein freundlicher und liebenswerter Mensch geblieben, hatte Huber zwei versichert.

Sperber stieg aus und setzte seine Sonnenbrille ab. Huber zwei grüßte mit erhobener Hand, und der Hias winkte zurück.

»Ja was tust denn du bei uns, du Abtrünniger?«, rief er lachend.

»Mal schaun, was du da so treibst«, gab Huber zwei zurück. »Servus, Hias! Wie geht's dir, alte Hütt'n?«

Sie gingen aufeinander zu, schüttelten die Hände und klopften sich gegenseitig auf die Schultern. »Das ist ein Kollege, der Silikon-Fritz. Kannst Fritz zu ihm sagen. Ein Preuß, aber einer von die Guten«, witzelte Huber zwei und zwinkerte Sperber zu.

»Gibt's die auch?«, fragte der Hias mürrisch.

Sperber lächelte den Hias verwegen an. Er spürte, dass er etwas Zeit brauchen würde, um den Hias von sich zu überzeugen. Aber es würde nicht allzu lange dauern.

Sie gingen zu der Bank, setzten sich, und der Hias holte Schnaps. In einem Zug tranken sie die Gläser aus, und der Hias schenkte nach.

»Gut. Enzian!«, sagte Sperber.

»Aus Berchtesgaden. Macht ein Spezl von mir. Selbst ausgegraben, die Wurzeln.«

Sperber nickte anerkennend. Huber zwei klopfte dem Hias

erneut auf die Schulter und fragte: »Und, Hias. Dieses Jahr schon unterwegs g'wesen?«

Der Hias zögerte. »A bissl. Net viel. Einmal rauf bis zur Wand und wieder zurück. Nix Großes. Aber jetzt wird's schon werden.«

»Du hast die zwei Toten als Erster gesehen, hab ich g'hört. Wie war das?«

Der Hias nahm ein Messer in die Hand und reichte Sperber den Speck und ein einfaches Holzbrett. Sperber hielt die Hand auf, bis der Hias ihm das Messer hineinlegte. Dann schnitt Sperber ruhig und gleichmäßig eine dünne Scheibe nach der anderen ab und teilte die Scheiben auf die drei auf. Der Hias blinzelte ihn an und nickte. Dann begann er zu reden.

»Am Mittag bin i auf d'Alm. Da hab i das Fernglas g'nommen und g'schaut. I mach des immer wegen dem Wild. Meistens morgens, da is am schönsten. Wenn man sieht, wie die im Hang umeinanderhüpfen. Aber an dem Morgen war's zu neblig.«

Huber zwei nickte.

»Erst bin i in die Hütt'n hinein. I denk, mich trifft der Schlag!«

»Warum das?«, fragte Huber zwei.

»Na, weil die beiden net da waren, aber das ganze Zeug von ihnen noch drin g'legen ist, so wie am Vortag!«

»Haben die dort gewohnt?«, fragte Sperber überrascht.

»Ja. Die sind ja am Abend zur Hütt'n gekommen.«

»Was, die haben bei dir in der Hütt'n g'wohnt?«, fragte Huber zwei noch einmal entgeistert. »Ja, wieso hast du das bisher keinem g'sagt?«

»Hat mich doch keiner net g'fragt!«, antwortete der Hias mürrisch.

»Mei, Hias! Du hast die beiden wahrscheinlich als Letzter lebend g'sehn!«, sagte Huber zwei.

»Und als Erster tot entdeckt!«, legte Sperber nach.

Der Hias sagte nichts und sah die beiden nur an, als wüsste er nicht, worum es eigentlich ging.

»Ja, und was ist genau passiert? Wie kam das alles?«, fragte Huber zwei.

Der Hias hielt inne, als würde er überlegen. »Da hab ich plötzlich was g'sehn. Am Nachmittag, als der Nebel weg war.«

»Was g'sehn?«, fragte Huber zwei ungeduldig.

»Na in der Wand. Ganz oben. Da is was g'hängt. Da hab i mich auf der Alm an den Tisch setzen müssen, um das Fernglas net zu verwackeln. Aufg'stützt. Und dann noch mal g'schaut. Und da hab i g'sehn, wie sie nackert in der Wand g'hängt sind. Ganz oben.« Der Hias sah in den Himmel und blinzelte.

Huber zwei schüttelte den Kopf. »Die waren also zuvor bei dir. Ja, und wann sind die gekommen?«

»Also, am Abend vorher. Auf die Hütt'n. I war grad oben. Da kam die Desiré …«

»Was! Du kennst die Frau?«, rief Huber zwei.

»Ja, i kenn sie, verflucht noch einmal!«, rief der Hias verärgert, weil er schon wieder unterbrochen wurde. »Sie war als Madl oft hier bei uns. Auf Urlaub. Das war so a Kinderaustauschg'schicht. Hat da im Sommer oft mit meinem Flori g'spielt, auf der Alm.« Der Hias schluckte. »Die Desiré is aus Belgien g'wesen. Wo man so a merkwürdig's Deutsch spricht.« Er sah wieder nach oben ins Leere und lachte leise. »Wollt immer Fritten essen als Kind. Wegen ihr hab'n wir extra a Frittös gekauft damals, i und der Flori. Und dann haben wir g'schnitzt. Pommes frites haben wir g'schnitzt, und g'lacht haben wir. Und g'stunken hat's, wenn wir die Pommes frites im Öl g'macht haben. Aber der Flori und die Desiré, die waren glücklich und haben g'lacht, wenn's die Fritten gegeben hat.« Der Hias seufzte und rieb sich ein Auge. »Und dazu gab's die Würschtln vom Breitmayr Sepp. Ganz frische Würschtln. Die haben die zwei immer g'holt am Morgen. Und scharfen Senf. Die Desiré und der Flori …« Versonnen saß er da und schüttelte sachte den Kopf, der Hias, und träumte von den Zeiten, als der Sohn, den er so geliebt hatte, noch jung war.

»Ja, und dann? Was habt's dann g'macht, als sie jetzt wiederkommen is?«, fragte Huber zwei gespannt.

»G'redt haben wir miteinander. Über früher, und wie es dem Flori ergangen is.« Der Alte schluckte jetzt. Er konnte kaum sprechen. Schwieg.

Huber zwei legte ihm die Hand auf den Arm. Der Hias gab mit einer Geste zu verstehen, dass es schon gut sei. Huber zwei zog die Hand wieder weg.

»Dann …«, er stockte. »Dann hat sie noch den … Neger dabeig'habt …«, er stockte und schluckte erneut. »Sie …«, er wischte sich die Träne aus dem Auge. »Sie … wollt mit ihm auf den Berg. Allein. Im Winter. Da hab i g'sagt, sie soll des lassen. Aber sie hat g'meint, er wär gut bei Kräften, der Neger. Er wär a Geschäftsfreund von ihr, und sie wollt des für ihn tun.«

»Weißt du, wer das war?«, fragte Huber zwei.

»Na, den hab i net gekannt. Hat sehr elegant ausg'schaut. Freundlich war er. A fescher schwarzer Teufel. Sie hat ihn alleweil ›mein Prinz‹ g'nannt.« Er sagte das albern zappelnd, mit schrill verstellter Stimme, und machte dabei eine Miene wie eine hysterische Furie. Voller Abscheu schüttelte er den Kopf. »Prinz! … Wäh …«

»Ja, und dann? Hast du die beiden gehen lassen?«, fragte Huber zwei.

»I wollt sie z'rückhalten. Aber wie die Madln so sind …«, sagte der Hias bedauernd. »Sie war beinhart und wollt das unbedingt. Aber erst einen Tag später. Hab ihnen g'sagt, wenn, dann sollen sie gleich in der Früh rauf. Wegen dem Wetter und so. Schließlich hab ich ihnen noch g'sagt, dass ich sie bis zum Hochkar bring. Um sieben in der Früh sind wir los. Dann hab ich sie aufi'bracht. Sie wollten auf der anderen Seit am Normalweg hoch. Da ist es leichter«, sagte er an Sperber gewandt. »Für Preuß'n und so.« Dann wandte er sich wieder an Huber zwei: »Dann sind sie losg'stiegn. Am Mittag warn's schon längst am Gipfel. Da sind's lang bliebn, des hab i mit'm Fernglas g'sehn. Von weiter oben. Dann nix mehr. Dann ist das Wetter schlecht g'worden. Abends hab i mir schon Sorgen g'macht. Am nächsten Tag bin i los, sie suchen. Da hab i dann g'sehn, wie sie da g'hängt sind.«

»Wieso hast du die Bergwacht nicht früher verständigt?«, wollte Huber zwei wissen.

»Weil die Desiré eine gute Bergsteigerin ist. Und die Wand und des Gebirg waren schneefrei. Was soll da passieren?«

»Na ja, du siehst ja selbst …«

»Ja, aber doch net vom Berg. Des war der Satan. Des hat des Gebirg niemals nicht getan!«, beschwor der Hias aufgebracht.

Alle schwiegen. Der Hias schaute auf das Kruzifix an der Wand und bekreuzigte sich, als würde der Leibhaftige sich dadurch beeindrucken lassen. Sperber lief ein Schauer über den Rücken.

»Und was war noch am Abend zuvor? Ich meine, bevor die beiden in die Kampenwand gegangen sind?«, wollte Sperber wissen.

»I bin gleich ins Bett«, antwortete der Hias etwas zu schnell.

»Du wirst ja noch was mitbekommen haben.« Sperber kniff sein rechtes Auge zu.

»Na, nix. Die sind auch gleich schlafen gegangen.«

»Hias, komm sag schon!«, drängelte Huber zwei. »War da noch was?«

»Na ja, busselt haben's.«

»Nur gebusselt?«

»Na ja, bissl mehr schon auch. Aber das geht mi ja nix an.« Der Hias grinste. »Mi net.« Er stand jetzt auf und ging ins Haus.

Huber zwei folgte ihm bis zur Haustür. »Du, Hias!«, rief er ins Haus. »Können wir uns noch mal die Hütt'n ansehn?«

Der Hias kam zurück. »Ja, wenn's wollt's. Da wird i euch net aufhalten wollen.«

»Da wird die Spurensicherung sicher auch noch mal kommen«, sagte Huber zwei und grüßte zum Abschied. Er gab Sperber ein Zeichen und stieg ins Auto. Sperber bedankte sich herzlich für den Schnaps und den Speck und stieg ein. Huber zwei fuhr los auf die Alm.

»Suchst du was Bestimmtes?«, fragte Sperber.

»Bloß ein G'fühl.«

»Vielleicht denken wir dasselbe. Eine Journalistin verreist nie ohne Laptop. Nie ohne Handy. Ohne Kamera.« Huber zwei nickte.

Sie parkten das Auto vor der Hütte. Huber zwei stieg aus und reckte sich. Er suchte den Schlüssel unter einem Stoß Brennholz, wie der Hias ihm beschrieben hatte. Dann schloss er die Tür auf und betrat die Hütte. Sperber folgte ihm.

Huber sah an nur wenigen Stellen nach. Er kam zur Ofenbank. Klopfte an die Front. »Hohl!« Er nahm die Sitzauflage weg und versuchte den Deckel zu öffnen. Er ließ sich keinen Millimeter bewegen. Huber zwei griff hinter den Ofen und tastete sich nach unten. Es dauerte eine halbe Minute. Dann sah Sperber, wie er ein paar Verrenkungen machte. Er hörte ein Klappern und ein metallisches Schleifen. »Volltreffer!«, sagte Huber zwei, stand auf und trat wieder vor die Ofenbank. Er nahm die Auflage erneut weg. Jetzt ließ sich der Deckel öffnen. Sperber fasste hinein und hob eine schwarze Umhängetasche heraus. Darin war ein Laptop.

»Huber, du bist der Wahnsinn. Wie bist du darauf gekommen?«, fragte Sperber.

»Die Hütt'n is als Jagdhütt'n gebaut worden. Für Wilderer.« Huber zwei zwinkerte Sperber zu. »In einer Wildererhütt'n gibt's auch immer ein Büchsenfach. So ein verstecktes. Was man nur aufmachen kann, wenn man weiß, wo es is. Und oft wird das nicht mehr gebraucht. Kinder wissen so was. Die verstecken oft mal was dadrin. Hab i auch g'macht als Kind. Und die Desiré wird's vom Flori g'wusst haben.«

Sperber sah ihn an wie ein Weltwunder.

»Willst da jetzt festwachsen?«, fragte Huber zwei grinsend.

Sie gingen hinaus, sperrten die Hütte ab, legten den Schlüssel unter den Brennholzstapel und stiegen ins Auto. Sie fuhren kurz beim Hias vorbei und bedankten sich noch einmal für die Speckjause.

»Äh, Hias, hast du mal Handy und Kamera bei der Desiré gesehen?«

Er hielt kurz inne. »Na, net, dass i mi erinnern könnt.«

Sperber nickte. »Danke, Hias, du hast uns geholfen.«

Als sie fuhren, winkte ihnen der Hias von seiner Bank aus nach.

MOLOTOW

Das Notlager für Asylanten hatte seine besten Zeiten schon hinter sich. Es befand sich in einem Gewerbegebiet in München-Lerchenau und war zum Schutz mit Maschendraht umgeben. An dem Zaun hing ein Schild, das Unbefugten den Zutritt verbot.

Die Blechbehausungen waren zu gebäudeähnlichen Paketen neben- und übereinandergestapelt. An jeder Kopfseite eines Containers befand sich ein Fenster, und am anderen Ende gab es eine Treppe, die in den oberen Stock führte. Die Regenrinne verlieh dem Ganzen etwas Dauerhaftes. Eine Grünfläche vor dem Containerstapel wirkte wie eine verunglückte Insel aus ein paar Quadratmetern Behaglichkeit. An der vorderen Ecke der Grünfläche hatte man auf einer Stahlsäule einen Feuermelder angebracht.

Vor dem Zaun lungerte ein Haufen Jugendlicher in Bomberjacken und Springerstiefeln herum. Sie rauchten und tranken Flaschenbier. Ab und zu schrien sie Anti-Ausländer-Parolen.

»Na, dann wollen wir mal«, sagte Sperber zu Martha und spuckte in Richtung der Jugendlichen auf den Boden.

Das Containerdorf war ziemlich heruntergekommen. In den dunklen Fluren standen neben Kinderwagen mehrere Wäschetrockner. An den Kopfenden der Blechkisten waren die Toiletten untergebracht, bis auf eine waren alle Türen kaputt. Sperber warf einen Blick hinein. Die Abflüsse waren verstopft. Hier hatte in letzter Zeit niemand mehr geputzt. Es stank nach Exkrementen. Daneben befand sich ein kleiner Raum mit einer Waschmaschine. Dann gab es da noch die Küche, unaufgeräumt, Geschirr mit Essensresten türmte sich auf der Spüle, und in einem offenen Eimer moderte Bioabfall. In einem der Räume war ein Müllager, das den Geruch nach ranziger Butter ausströmte. Widerlich, dachte Sperber. Würgereiz packte ihn. Martha rümpfte die Nase.

»Wer hat denn hier die Aufsicht?«, fragte sie das kleine Mädchen auf dem Flur. Es verstand sie nicht. Das Mädchen hielt eine alte Semmel in der Hand und sah sie mit großen Augen an.

»Entschuldige, Martha, was ist das hier?«, fragte Sperber empört.

»Das hier ist ein Asylbewerberheim.«

»In einem äußerst bedenklichen Zustand, wie mir scheint«, sagte Sperber aufgebracht. »Wer ist dafür verantwortlich?«

»Die Regierung von Oberbayern.«

»Das ist ja nicht zu fassen. Wie leben die denn hier? Wie die Tiere! Das ist ja nicht zum Aushalten!«

Die Frau vom Flüchtlingsrat, die sie begleitete, mischte sich ein. »Tja, wir versuchen seit Langem, die Bezirksregierung auf die Zustände aufmerksam zu machen. Die Leute hier sind auf sich selbst gestellt. Eigentlich war das Lager schon geschlossen. Aber vor ein paar Wochen hat die Bezirksregierung erneut hundertsechzig Asylbewerber in diesem Loch untergebracht.«

»Woher kommen die Leute?«, fragte Sperber.

»Na ja, von überall her, wo Krieg ist oder war.«

»Und die Kongolesen? Wie viele sind das?«

»Wir hatten mal sechzehn. Sechs sind abgehauen. Also noch zehn.«

»Die wollen wir sprechen.«

»Warten Sie, ich hole sie.«

Nach wenigen Minuten kam die Frau zurück. Bei ihr waren nur die Erwachsenen, zwei Männer und zwei Frauen. Martha und Sperber begrüßten sie. Sie nickten zurückhaltend und ängstlich.

Beschwichtigend sagte Sperber auf Französisch: »Keine Angst, wir tun Ihnen nichts. Wir brauchen nur eine Auskunft.«

Einer der Männer reagierte und nickte Sperber zu.

»Sagen Sie, wer waren die sechs Leute, die hier mit Ihnen gewohnt haben?«

Der Mann schwieg.

»Hören Sie, es kann Ihnen nichts passieren«, versuchte es Martha. Sperber übersetzte.

Der Mann sah zu Boden. Sperber nahm zwei Bilder aus der Tasche und zeigte sie in die Runde. An der Reaktion einer der Frauen erkannte er, dass die beiden hier bekannt waren. Er wandte sich an die Frau. »Kennen Sie diese beiden Männer?«

Die Frau sah ängstlich zu dem Mann, der zu ihr gehörte. Er

fasste sie beim Arm. Sie legte ihre Hand auf seine und streichelte ihn kurz, sah ihm dabei liebevoll in die Augen. Dann wandte sie sich an Sperber. »Diese Männer waren hier. Sie waren nicht gut zu uns. Haben sich über uns lustig gemacht. Immer wieder gedroht, wenn wir ihnen nicht unser Essen gaben. Sie waren böse und ekelhaft. Sie wollten …«

Ihr Mann unterbrach sie. »Sie haben gedroht, unseren Frauen und Kindern … etwas anzutun. Wir beide haben versucht, sie davon abzubringen. Dann haben sie uns geschlagen. Sie sind gefährlich. Ich glaube, Mai-Mai. Schlechte Männer.«

»Und die anderen vier?«, fragte Sperber.

»Auch böse Männer«, sagte die Frau.

Alle schwiegen und sahen zu Boden.

»Woher kommen Sie?«, fragte Martha schließlich, um das Gespräch in Gang zu halten.

»Wir alle kommen aus einem Dorf in Kivu, im Kongo. Wir haben in einer Mine gearbeitet«, sagte der andere Mann. »Irgendwann haben uns Rebellen angegriffen, wollten, dass wir für sie arbeiten. Wir sind geflüchtet. Nur mir haben sie was antun können. Ich hatte aber eine Waffe, konnte mich wehren. Damit habe ich diesem Teufel in den Bauch geschossen, nachdem er mir …« Der Mann streckte seinen linken Arm aus. Seine Hand war verkrüppelt und trug eine lange fleischige Narbe. »Er ist gestorben. Die anderen sind dann weggelaufen.«

»Wir haben uns nach Uganda durchgeschlagen«, sagte die Frau. »Mit unseren Kindern. Dort haben wir es bis zur deutschen Botschaft in Kampala geschafft. Gott sei Dank hatten wir Papiere. Und jetzt sitzen wir hier und warten, dass man uns hilft.«

»Und diese sechs Männer, woher kamen die?«

»Auch aus Kivu. Rebellen. Haben auch Asyl beantragt. Haben natürlich nicht erzählt, was sie vorher gemacht haben.«

»Hatten die mal Besuch hier?«

Der Mann mit dem verstümmelten Arm druckste. »Na ja …«

»Sag's ihnen!«, drängte seine Frau.

»Da war ein Mann. Sehr gut gekleidet. Auch aus dem Kongo. Er war einmal hier und ist mit ihnen verschwunden. Als sie zurückkamen, waren sie anders. Verändert. Sie wurden sehr böse, wenn man sie fragte, wer das war. Dann sind sie in derselben Nacht noch abgehauen.«

Sperber zog ein weiteres Foto aus der Tasche. Es zeigte den Toten aus der Kampenwand.

Der Mann erschrak. Er nahm Sperber das Foto ab und reichte es den anderen. Sie alle nickten. »Ja, das ist er«, sagte der Mann.

»Können Sie uns sagen, wann er hier war?« Die Männer überlegten, sprachen sich kurz ab und gaben den Freitag vor drei Wochen an.

»Wissen Sie, wohin die sechs Männer gegangen sind?«

»Nein, das wissen wir nicht«, sagte der Mann.

»Bitte sorgen Sie dafür, dass sie nicht wiederkommen«, flehte die Frau.

»Ich kümmere mich darum«, versprach Martha. »Und das hier …«, Martha sah sich resigniert um, »… das hier ist eine Schande für unser Land.«

Sie gingen nach draußen. In dem Moment, als sie nicht mehr auf der Treppe waren, warf einer der herumlungernden Burschen eine Flasche über den Zaun, begleitet von dem Ruf »Scheiß Ausländer!«. Die Flasche drehte sich genau auf Martha zu. In der Flasche steckte ein brennender Lappen. Sperber hob geistesgegenwärtig seinen Arm und konnte die Flasche von ihrer Bahn abbringen. Sie zerbarst mit einem Knall scheppernd an einer Containerwand.

Der Molotowcocktail funktionierte. Sofort breitete sich das Benzin aus. Mit einem dumpfen Puffen brannte die ganze Wand. Schreie ertönten, Menschen liefen aus den Containern heraus und gerieten in Panik. Jemand schlug den Feuermelder ein.

Sperber hatte gesehen, wer die Flasche geworfen hatte. Im selben Augenblick noch startete er los und rannte durch das Tor vor den Zaun. Die Jugendlichen flüchteten, nur der Werfer selbst war zu langsam. Sperber erwischte ihn von hinten und schlug ihm mit der Faust von oben auf den Kopf. Dann packte er ihn mit der Linken an der Jacke, drehte ihn zu sich um und schlug mit der Rechten zu. »Direkt …«, und noch mal, »… auf …«, der Werfer bleckte die Zähne, dann schlug Sperber ein drittes Mal zu, »… die Zwölf!«, rief er und zog schmerzverzerrt die Faust zurück. Er blutete. Der Kerl winselte und spuckte zwei Zähne aus. Sperber schüttelte seine blutende Hand. Er stieß die Zahnbruchstücke mit dem Fuß zu einem Kanaldeckel und beförderte sie in den Abfluss. »Du Arsch hast mir die Hand verletzt!« Er verpasste dem Kerl eine schallende Ohrfeige. »Und du glaubst, du bist ein Held, was? Beim nächsten Mal verlierst du alle Zähne!« Sperber spuckte aus, knapp neben den winselnden Kerl. Der stand auf, hielt sich die Hände vor den blutenden Mund und lief davon. »Und die Eier reiß ich dir auch raus, du Scheißkerl!«, schrie Sperber ihm noch hinterher. Dann legte er den Kopf in seinen schmerzenden Nacken. Verflucht! Das hätte er nicht tun sollen, dachte er.

Mittlerweile war Martha aufgetaucht. Ein Busch hatte ihr die Sicht auf den Kampf genommen. »Was ist passiert?«, fragte sie besorgt, als sie Blut an Sperbers Hand sah.

»Aua«, hauchte Sperber.

Martha bedachte ihn mit gespieltem Mitleid. »Armer Fritzzz …« Schon wieder zog sie das Z so elektrisierend in die Länge. Sperber überlief ein erneuter Schauer, und seine Nackenhaare stellten sich auf.

»Sind sie weg?«, fragte Martha.

»Wer?«, fragte er abwesend. Sein Grinsen hatte etwas Dämliches.

»Fritz? Bist du noch da?« Martha wedelte mit einer Hand vor seinen Augen.

Ein Feuerwehrwagen kam mit Blaulicht um die Ecke und fuhr aufs Gelände. Sperber war wieder hellwach und sagte: »Meine Rettung naht.«

Martha ließ von ihm ab und sah dem Feuerwehrwagen nach. »So was nennt man also Asyl«, zischte sie. »Einen Tag und eine Nacht in einem solchen Container, das wünsch ich einmal jedem Mitglied dieser Regierung!«

STEIERMARK

Freimuth Sobotka war Hartungs Privatsekretär. Seine Stärke war seine Durchtriebenheit. Er war ein Virtuose der Intrige und konnte mit bösester Hinterhältigkeit Dinge geradebiegen, die mal schiefgelaufen waren. Hartung war es lieber, wenn er nicht zugegen war. Er wusste jedoch, dass er auf Sobotka nicht verzichten konnte.

Sobotka war Anwalt, spezialisiert auf internationales Recht. Der gebürtige Wiener war vor zehn Jahren zur Hartung-Gruppe gestoßen. In kürzester Zeit hatte er sich mit seinem Schmäh überall beliebt gemacht. Dann ging er daran, rücksichtslos alle Konkurrenten vor und neben sich auszuschalten. Er war Hartung schnell aufgefallen. Zuerst wollte Hartung ihn ermahnen, ihn stutzen. Dann hatte ihm Sobotkas Fähigkeit gefallen, seine Ziele galant, aber ohne Respekt anzuvisieren. Bald saß er nur noch drei Büros von Hartung entfernt. Dort saß er bis heute. Auf dem letzten räumlichen Abstand achtete Hartung, zu nah wollte er ihn nicht an sich heranlassen. Doch Sobotka beriet Hartung in allen strategischen Fragen.

Niemand kann die Sprache so gezielt und hinterlistig einsetzen wie dieser Wiener, dachte Hartung. Sobotka war großartig im Täuschen und im Zuschlagen. Nie hatte Hartung jemand kennengelernt, der sein Gegenüber dergestalt in die Irre leiten konnte, um ihm bei nächster Gelegenheit mit aristokratischer Überheblichkeit einen völlig unerwarteten Fangstoß zu versetzen.

Sobotka hatte mal wieder angeklopft, obwohl Hartung ihm schon so oft gesagt hatte, er brauche das nicht. Aber jedes Mal klopfte er, wartete jedoch nie ein »Herein!« ab, verneigte sich lediglich ganz kurz im Näherkommen mit einem »Habe die Ehre, Herr Vorstand«. Und jedes Mal hörte Hartung diesen Anflug von Spott in Sobotkas Stimme. Diese klebrige Unverschämtheit blieb einen Augenblick lang in Hartungs Gedanken haften, was Sobotka immer wieder einen kleinen Vorteil verschaffte. Und wenn Hartung einmal ausrastete und Sobotka aufforderte, das

Klopfen zu unterlassen, dann sagte dieser unterwürfig: »Entschuldigen S' bitte, Herr Vorstand!« Und Hartung wusste genau, dass Sobotka beim nächsten Mal wieder anklopfen würde. Dieser Wiener mit seiner penetrant beharrlichen Ruhe brachte ihn fast zur Weißglut, dachte Hartung. Und nicht nur ihn. Doch genau das war Sobotkas Stärke.

Als Hartung diese Eigenschaft einmal angesprochen hatte, hatte Sobotka ihm erklärt: »Diese Ruhe hat die Wiener schon immer raue Zeiten überstehen lassen. Damit haben wir sogar zwei Mal eine Belagerung der Türken ausg'sessen.« Nach einer Pause fuhr er fort: »Und ihr Deutschen? Ihr regt's euch pausenlos auf über die Türken. Und trotzdem san's jetzt hier, nicht?«

Jetzt legte Sobotka eine zusammengefaltete Zeitung auf Hartungs Schreibtisch. »Was haben wir da, Sobotka?«, fragte Hartung.

»Der Herr Vorstand wird sich freuen.« Den Satz zog er wie einen Kaugummi. Und gleichzeitig gab er seinem Gesicht den Ausdruck, als wäre dieser Kaugummi längst ausgelutscht. »Die Regierung des Kongo will die Ausfuhr von Coltan offiziell verbieten.« In Sobotkas Stimme klang spöttische Verachtung mit.

Hartung nahm die Zeitung in die Hand und las die Meldung. »Bringt uns das Ärger, Sobotka?«

»Nein, einen Ärger bringt uns das nicht. Im Gegenteil.«

»Und das Auswärtige Amt?«

»Dazu müsste der deutsche Außenminister erst einmal auf die Idee kommen, mit dem Kongo ein Handelsabkommen zum Schutz der Erzausfuhr zu schließen. Des wird er net machen, Herr Vorstand. Der wird weiterhin abwarten, was die UNO tut. Und bis die etwas beschlossen hat, gibt es den Kongo schon gar nicht mehr.« Er grinste wie ein Scharfrichter.

»Haben wir Argumente, die wir vorbringen können, Sobotka? Dagegen, dass das Auswärtige Amt mit dem Kongo einen Vertrag abschließt?«

»Unsere Industrie braucht Coltan. Etwa achtzig Prozent der weltweiten Vorräte liegen im Kongo. Davon sind legal nur etwa zehn Prozent zu beschaffen.«

Der Jammerton in Sobotkas Stimme machte Hartung verrückt.

Doch er sagte nichts. Was denn auch? »Bringt uns das Verbot Vorteile?«, fragte er.

»Unsere Transportwege sind durch eine kreative Beschaffung gekennzeichnet, wie Sie ja wissen. Durch das Vorhaben der kongolesischen Regierung werden die Preise natürlich nicht zu halten sein«, raunzte er mit gespieltem Bedauern. »Wir müssen von einer Verteidigungszulage ausgehen.«

Hartung war sprachlos. Was war denn das wieder für eine neue Vokabel: Verteidigungszulage. »Was müssen wir verteidigen?«

»Unsere Handelswege. Unsere Ankaufsdynamik. Die Rohstoffmärkte werden reagieren. Die Kinesen ...«

»... es heißt Chinesen, Sobotka, Chinesen«, warf Hartung genervt ein. »Sie sagen ja auch nicht Kef zu mir, sondern Chef!«

Sobotka sah ihn an wie ein getretener Schoßhund. »Den Kaot sprechen Sie doch auch mit einem K vorn und net mit einem Ceha«, jammerte er. »Und der Kines hat das deshalb auch verdient, finde ich. Also ... die Kinesen werden nervös, ihre Computerindustrie steht auf dem Spiel. Die Japaner ebenfalls. Und mit den Amerikanern hammer langfristige Lieferabkommen.«

»Ja, schon klar, Sobotka«, seufzte Hartung. »Die Amis stufen Tantal als strategischen Rohstoff ein. Unverzichtbar für ihre Hightech-Waffen und die Flugzeug- und Raketenindustrie. Aber was ist daran anders als vorher?«

Sobotka ließ sich nicht in seinem Gedankengang unterbrechen. »Und die Europäer wollen natürlich auch sicher sein, noch beliefert zu werden. Deutschland, Frankreich und Österreich: eine Rüstungsindustrie, eine Flugzeugindustrie, eine Chipindustrie.«

»Mann, Sobotka, jetzt lassen Sie doch mal diese Schauspielerei!«

Sobotka hob die Schultern und legte unschuldig die Hände zusammen. »So ist es aber, Herr Vorstand.«

Hartung machte eine Pause. »Was schlagen Sie vor, Sobotka?«

»Wir werden ein hartes Fazit verkünden müssen: Die Lieferungen werden knapp. Denn Hartung arbeitet ja mit einem legalen Erzmaterial. Und das ist jetzt kaum mehr zu bekommen. Puh, die Beschaffung wird sehr schwierig! Die Lieferengpässe. Der Wettbewerb. Die Preisexplosion. Alles ganz schrecklich.«

Hartung überlegte. Der Nachschub rollte, die Steiermark arbeitete, die Lager waren gefüllt. Er nickte verschmitzt. Und signalisierte Sobotka Zustimmung.

»Sobotka, was sind Sie doch für ein durchtriebener Mistkerl!«

»Danke, Herr Vorstand. Soll ich die Steirer entsprechend anweisen?«

Hartung hatte mit Sobotka vor drei Jahren eine neue Firma gegründet, die dank mehrerer Holdings und ausländischen Scheingeschäftsführern nicht so einfach zurückzuverfolgen war. Dieses Konstrukt hatte Sobotka in Rottenmann in der Obersteiermark aufgebaut. An einem Ort, wo das Coltanerz unauffällig und weitgehend unbemerkt verhüttet werden konnte. Die Steiermark, das gelobte Land, das als grünes Herz Österreichs so schön und beschaulich in den Köpfen der Menschen verankert war. Dabei war die Bergbauregion um Trieben und Rottenmann hochgradig industrialisiert. Sie lag an günstigen Verkehrswegen. Und was in Deutschland kaum jemand wusste: Hier im Herzen Österreichs gab es außerordentlich entwickelte Technologie und die besten Fachleute: exzellente Montan-Ingenieure und qualifizierte Arbeitslose, die dringend auf Jobs warteten und als Gegenleistung ihre Verschwiegenheit in die Waagschale warfen. Lange hing der Tarnmantel der Unschuld über dem Landstrich wie der seidene Schleier einer Fee aus der Fernsehwerbung. Bis zu dem schweren Grubenunglück in den neunziger Jahren, das die Menschen hier gern vergessen würden. Arbeit wollten sie, Arbeit und Ruhe. Keine Fragen und keine Antworten. Und Hartung hatte ihnen diese Arbeit gebracht. Aber davon wusste offiziell niemand.

Es war einer von Sobotkas genialen Coups gewesen, die ganze Sache in der Steiermark aufzuziehen. Weitgehend unbemerkt von der Weltöffentlichkeit. Hartung hatte seine Beziehungen zur Montan-Universität in Leoben spielen lassen. Seit das aus dem Kongo geschmuggelte Erz mit Flugzeugen, Schiffen und Lkws über Uganda, Ruanda und Italien in die Steiermark gebracht wurde, waren die Lieferwege so gut verborgen, dass Hartung noch mehr Gewinn machen konnte. Wesentlich mehr, als er es mit den von der UNO nicht geächteten Coltan-Einfuhren nach Deutschland und in die USA je gekonnt hatte. Und seine Spezln aus der Leobener Zeit profitierten davon. Sie arbeiteten entweder direkt für die neue Firma oder ebneten ihr den Weg. Viele saßen in einflussreichen Positionen in österreichischen Landes- und Bundesämtern. Ihre Hauptaufgabe war das Schweigen.

Nachdem die Bergwerke in der Region geschlossen worden waren, hatten die Bergarbeiter dringend auf neue Arbeit gewartet. Ihnen machte es nichts aus, in der Erzverhüttung tätig zu sein, sie waren hart im Nehmen. Außerdem hatte Hartung die besten Spezialisten aus Leoben engagiert. Nun wurden in der Coltanhütte in Rottenmann Niob und Tantal in reinster Form und in den vom Weltmarkt gewünschten Legierungen gewonnen. Die Anlage war nicht einmal sonderlich groß, denn produziert wurden nur ein paar hundert Tonnen im Jahr. Aber die Gewinnspanne war enorm. Allein am Einkauf verdiente die Firma etwa sechzig Millionen Euro pro Jahr. Durch die Veredelung des Erzes ließen sich Hunderte von Millionen machen. Die in Rottenmann gewonnenen Metalle konnte Hartung dann mit einer blütenweißen Weste der Welt zu einem horrenden Preis verkaufen. Wenig Einsatz und enormer Gewinn.

Die Rohstoffe kamen per Schiff nach Triest. Die Erzladungen wurden gelöscht und mit Lkws über Udine und Klagenfurt bis Rottenmann gebracht. Mit offiziellen Papieren, die über die mächtige Adele Gumumbali besorgt wurden. An ihr kam in Kivu niemand vorbei. Sie verfügte über die notwendigen offiziellen Kontakte und auch über Kontakte zu den Rebellen. Man sagte von ihr, sie sei äußerst geschickt und geschäftstüchtig. Zu Adele Gumumbali hatte die Hartung AG gute, wenn auch inoffizielle Verbindungen über Ephraim Ngonsomo aufgebaut.

Die Krönung des Ganzen aber war, dass alle Industriestaaten ein Auge zudrückten. Mangels anderer Angebote. Hartung grinste bei dem Gedanken. Niemand prüfte die Herkunft des Erzes. Alle beriefen sich auf die UNO und warteten offiziell darauf, dass sie ein Embargo verhängen würde. Und insgeheim hofften dieselben Industriestaaten, dass dies niemals zustande kam. Denn all die Mobiltelefone, Spielkonsolen und Notebooks, die Superlegierungen für Raketen und Turbinen, die sie produzierten, waren ohne Coltan aus dem Kongo nicht mehr vorstellbar.

Hartung stand auf und ging auf Sobotka zu und sagte: »Ja, tun Sie das, Sobotka, weisen Sie die Steirer entsprechend an. Erst mal halbe Auslieferung, Produktion auf zwei Drittel zurückfahren. Niemand entlassen. Keine Presse und kein Aufruhr!«

JAGDFIEBER

Der Kerl, dem Sperber die Zähne ausgeschlagen hatte, flennte und stöhnte. Er rannte. Wurde noch schneller, als er das Martinshorn hörte. Polizei? Nein, Feuerwehr. Er lief und lief, und das Blut tropfte zwischen seinen Händen hindurch. Dieser Schweinehund hatte ihm die Fresse poliert. »Das werd ich ihm heimzahlen«, winselte er.

Als er auf seine Freunde traf, änderte sich seine Haltung völlig. Er blieb stehen, richtete sich auf. Nahm die Hand vom Mund und setzte ein hasserfülltes Gesicht auf.

»Hat er dich erwischt?«, fragte einer der anderen.

»Nein, ich hab ihn erwischt!« Er spuckte ihnen direkt vor die Füße und grinste, sodass man seine Zahnlücke sehen konnte. »Ihm fehlen fünf«, behauptete er hämisch lachend. »Er hat diese Kanaken in Schutz genommen. Dafür hab ich ihm die Fresse poliert!« Die anderen grölten. »Und diese schwarzen Scheißkerle werden das ebenfalls büßen!«, schrie er.

Mit antrainierter Bewunderung schlugen ihm die anderen auf die Schulter. »Wir rächen uns! Jetzt!«, beschloss der Älteste von ihnen. Mit seinen rot unterlaufenen Augen und den grauen Tränensäcken ähnelte er einem räudigen Bluthund. »Ich weiß, wo immer ein paar Schokos rumhängen.« Er warf eine Bierflasche hinter sich.

»Okay, dann mal los!«, antwortete der Typ mit den ausgeschlagenen Zähnen, der sich dank Sperbers Schlägen nur noch mühsam auf den Beinen halten konnte. Die anderen waren schwer betrunken, und so schwankten sie alle zur nächsten Haltestelle und ließen sich von Bus und U-Bahn zum Flaucher in den Isarauen fahren. Ehe sie ausstiegen, spuckten sie auf die Sitze. Dann überquerten sie den Isarkanal und die Isar. Ihr Grölen wurde vom Autolärm übertönt.

Nachdem sie in den Auwald abgebogen waren, blieben sie stehen. Der kurz geschorene Blonde mit dem kräftigen Oberkörper holte Baseballschläger aus seinem Rucksack. »Die sitzen meistens da unten und machen ein kleines Feuer an der Isar«, sagte der Älteste. »Die kriegen jetzt eins auf die Fresse!« Die anderen johlten und freuten sich auf die Prügelei. »Ab jetzt ist Ruhe im Karton!« Sie spielten Krieg. Jagdfieber.

Sie gingen den Weg durch den Auwald entlang. Leise hörte man die Isar rauschen. Die Luft war kalt. Der lange Dünne mit dem Frostbeulengesicht und der überstehenden Oberlippe hauchte sich Atemluft in die Hände, klemmte sich den Baseballschläger unter den Arm und rieb sich die Handflächen. Die anderen benahmen sich wie tollpatschige Tigerjunge auf Beutejagd.

Zuerst entdeckte der Kräftige sie. Vier schwarzhäutige Männer in dicken Mänteln, abgerissen und verlottert, saßen auf Obstkisten im Schotterbett zwischen Fluss und Waldrand um ein Feuer herum. Sie unterhielten sich in einer völlig unbekannten Sprache. »Bantus, verfluchte Scheiße! Bekotzte Bantu-Nigger! Was wollen die hier bei uns?«, flüsterte der Dicke in hysterischem Tonfall. Er kontrollierte den Sitz der weißen Schuhbänder an seinen Springerstiefeln.

Der Kräftige klopfte rhythmisch mit dem Schläger in die Hand, der kurz geschorene Blonde kaute Kaugummi, was dem Typen mit den ausgeschlagenen Zähnen sichtlich missfiel. »Spuck die Amischeiße aus, du Arsch!«, warnte er.

»Selber Amischeiße«, gab dieser ruhig zurück und wies mit dem Kopf auf den Baseballschläger. Dann fixierte er ihn verächtlich und spuckte ihm den Kaugummi direkt vor die Füße.

LAGERFEUER

Am Feuer stand eine Kaffeekanne aus Blech. In den Händen hielten die Männer Emaillebecher, an denen sie sich wärmten. Sie lachten. Einer sang etwas. Ein anderer legte neues Holz ins Feuer. Hier waren sie geschützt, die Stelle war kaum einsehbar. Sie vertrauten darauf, nicht gestört zu werden. Um diese Jahreszeit war hier fast nichts los. In ihren fahlen Augen aber spiegelte sich ihre Vergangenheit. Der Tod und das Morden.

Der Dauphin war der legitime Nachfolger ihres Medizinmanns, er war der Prinz. Außer den Macheten hatte er ihnen das Zauberpulver besorgt. Schnee sagte er dazu, obwohl es sie von der Kälte befreite. Und sie fühlten sich stark, wenn sie es geschnupft hatten.

Sie sollten wieder das tun, was sie am besten konnten. Sie bereiteten sich vor. Zwei von ihnen waren gefangen worden. Aber es würden mehr und mehr von ihnen kommen. Sie mussten alle töten, die ihnen Coltan wegnahmen. Coltan war Gold. Nur ein anderes Wort. Der Dauphin hatte ihnen erzählt, das Gold schlummere im Stein. Man sah es nicht, aber spüren konnte man es. Man konnte sich alles dafür kaufen, was man wollte. Und es schützte sie vor ihren Geistern. Die fremden Männer, die es ihnen abnahmen, waren ihre Feinde. Sie mussten es zurückholen. Zu ihren Familien, die sie wiedersehen wollten. Sie waren arm und wollten reich werden. Das hatte ihnen der Dauphin versprochen. Er arbeitete für die Regierung im Kongo. Er war der Prinz. Er hatte ihnen das Asyl besorgt. Hier in dem Land, wo ihre Feinde lebten. In dem Land, in dem sie kein Wort verstanden. Aber der Dauphin hatte ihnen Ruhm versprochen. Im Kongo. Im Wald fühlten sie sich am wohlsten. Wenn es nur nicht so kalt wäre. So bitterkalt.

Plötzlich traten fünf Männer mit protzigen schwarzen Jacken aus dem Wald, kamen direkt auf sie zu. Einer der Schwarzen pfiff leise. Sofort drehten sich die anderen um, blieben jedoch ruhig sitzen. Dann kicherten sie. Die weißen Männer trugen Baseballschläger und kamen breitbeinig näher.

»Die bleiben einfach sitzen«, spottete der Dicke. Er tanzte

ungelenk um die Schwarzen herum, etwa zwei Meter von ihnen entfernt. »Sitzen einfach auf ihren Scheißärschen und kichern rum wie verfickte Hühner!«

»Als wär nix. Gar nix, häh?«, provozierte der Kräftige. Er ließ den Baseballschläger nach vorn schnellen und zog ihn blitzschnell wieder zurück.

»Scheiß Nigger!«, schimpfte der Älteste. Die vier Schwarzen verstanden gar nichts. Der Wind wehte vom Wald her sanft über das Schotterbett, zerrte an der Rauchfahne des Feuers.

Der Dicke rümpfte die Nase. »Hey, was stinkt denn hier so. Woooaaahh, das ist ja nicht zum Aushalten. Diese Schweine, die stinken wie tausend Haufen Scheiße! Ist ja widerlich. Uääääh!« Er zog ein Gesicht, als hätte er ein vergammeltes Ei geschlürft.

In Boxerpose hüpften sie um den Kreis der vier Afrikaner herum, kampfbereit, angriffslustig. Die Schwarzen rührten sich nicht von der Stelle, sie kicherten immer noch. Dann schlug der Dicke zu. Er hob den Schläger und haute mit voller Wucht auf eine der Holzkisten, sodass diese unter einem der Männer zerbrach. Der Afrikaner sprang blitzschnell auf und hatte bereits seine Machete unter der Holzkiste hervorgezogen. Er ließ sie durch die Luft wedeln, es pfiff kurz, dann lag der Baseballschläger des Dicken am Boden. Seine rechte Hand samt Unterarm umklammerte den Schläger immer noch. Ungläubig starrte der Dicke auf den Stumpf, aus dem das Blut zischend ins Feuer schoss, riss die Augen auf und schrie. Der Schwarze schlug ihm die Machete mehrfach gegen den Hals, bis er leblos zusammenbrach.

Die anderen Schläger hatten ebenfalls versucht, einen der Schwarzen zu treffen. Aber die Afrikaner waren geschickt ausgewichen. Vor lauter Feindseligkeit hatten die Jungs in den Bomberjacken gar nicht mitbekommen, was inzwischen mit dem Dicken passiert war. Auf einmal standen die Schwarzen vor ihnen und lachten wie irre mit weit aufgerissenen Augen. Es dauerte eine knappe Minute, dann war das Lagerfeuer im Blut von vier Männern erstickt.

Nur der fünfte konnte fliehen. Der mit den längsten Beinen und dem Frostbeulengesicht.

BESCHNEIDUNG

Martha und Huber zwei saßen auf der einen Seite des Tischs, die beiden sauber wirkenden Schwarzen auf der anderen Seite. Ihre Identität war immer noch nicht geklärt. Angst stand ihnen ins Gesicht geschrieben. Sperber sah durch eine verspiegelte Glasscheibe zu.

Martha hatte einen Dolmetscher dazugeholt, der aus dem Kongo stammte. Sperber stand neben Huber eins, der mit verschränkten Armen angefressen durch die Scheibe sah. Er war immer noch stinksauer. Er war so dämlich gewesen, Martha kurz vor dem Verhör zu erzählen, wie Sperber den beiden Angst gemacht hatte. Weil er das zugelassen hatte, waren sie beide von Martha ausgeschlossen worden. Sobald es offiziell wurde, fürchtete Martha Ärger und nicht verwertbare Aussagen.

Sperber stand neben ihm und grinste. »Nicht weinen. Das wird schon wieder. Dann darfst du auch wieder ran.«

Huber eins stand kurz davor zu platzen. Er trat einen Schritt auf Sperber zu und drohte mit einem Blick, der bedrohlicher wirkte als ein Rudel hungriger Wölfe. Sperber hob die Hände und sagte: »Oh, bitte bedenken, dass nicht ich gequatscht habe, das warst du. Sie entscheidet. Sie ist der Boss. Und sie bleibt es auch. Ich mag sie …« Sperber grinste erneut. Huber eins schnaubte und trat einen Schritt zurück.

Martha sprach zu den Schwarzen und fragte nach persönlichen Daten. Dann gab sie dem Dolmetscher zu verstehen, dass er übersetzen konnte. Die beiden Gefangenen sahen zu Boden und sagten nichts. Martha probierte es immer wieder, doch es kam keine Reaktion. Plötzlich fing einer der beiden Schwarzen zu schreien an. Er gestikulierte wild, sprang auf und beschimpfte den Dolmetscher. Dieser war sichtlich beeindruckt und wich zurück. Zwei Polizisten betraten den Raum und versuchten, den Mann zu beruhigen. Doch der hörte nicht auf, den Dolmetscher lauthals anzuschreien.

»Was sagt er?«, fragte Martha ihn aufgeregt.

Der Dolmetscher stammelte panisch vor sich hin. »Er verflucht mich und meine Familie, will dafür sorgen, dass …« In dem Moment spuckte der tobende Mann dem Dolmetscher ins Gesicht. Dieser sprang auf und wischte sich die Spucke mit einem Handstreich weg, sodass der Schleim auf Marthas Bluse landete. Martha war so angeekelt, dass sie sich nach hinten warf und mitsamt ihrem Stuhl umkippte. Der Dolmetscher riss betreten die Augen auf und rannte zur Tür. »Lassen Sie mich raus!«, forderte er den Polizisten auf. Der öffnete die Tür. Der andere Polizist, der den Schwarzen im Zaum hielt, wollte Martha höflich zu Hilfe eilen und ließ den Schwarzen deshalb los. Der nutzte die Situation und sprang den anderen Polizisten an der Tür an und biss ihm in den Hals. Der schrie laut auf. Der andere Schwarze kam seinem Kumpel jetzt zu Hilfe und trat dem Polizisten gegen das Schienbein. In dem Moment kam Huber zwei dazu, verpasste dem bissigen Mann einen Faustschlag in den Rücken und hielt ihn fest. Der Polizist, der Martha geholfen hatte, nahm sich den Zweiten vor.

Martha stand auf, rieb ihre Bluse mit einem Tuch sauber, rückte ihre Kleidung zurecht und ging direkt auf den Spucker zu. Sie verpasste ihm eine Ohrfeige und setzte sich wieder hin. »Reflex im Affekt!«, sagte sie zu dem verwundert dreinschauenden Huber zwei, der den Kerl festhielt.

»Sperber!«, schrie sie in ein Mikro. »Hast du verstanden, was der Kerl eben gesagt hat?«

»Nur so viel, dass er ihm die Eingeweide – wahrscheinlich einzeln – herausreißen und seine Familie massakrieren will. Und das sie ihn überall finden werden. Auch hier in Deutschland«, hallte es blechern aus dem Lautsprecher zurück. »Und dass er ihn verflucht, weil er darauf hört, was eine Frau ihm sagt!«

Martha sah nachdenklich aus.

»Mal sehen, wie sie auf mich reagieren?«, fragte Sperber.

Martha nickte. Wenige Augenblicke später betrat Sperber den Raum. Er ließ die beiden keinen Sekundenbruchteil aus den Augen. Doch denen war das anscheinend völlig gleichgültig.

Sperber grinste Martha entschuldigend an und hob die Schultern. »Wir versuchen es mal anders«, sagte er. Er nahm sich die

Plastikflasche mit dem Trinkwasser. Dann krempelte er sich die Ärmel hoch. Martha ließ ihn gewähren. Er nahm die Flasche, schraubte sie auf und goss sich ganz langsam Wasser über den Unterarm, so als zielte er auf seine Pulsader. Er machte das genüsslich und grinste die beiden dabei an. Sie reagierten verhalten, dann weiteten sich ihre Augen. »Das Blei ist schon geschmolzen«, sagte Sperber kalt und hoffte, dass die beiden sich an die Bilder aus dem Film erinnerten. Es war lächerlich, aber ihm fiel immer noch nichts Besseres ein. »Ihr behandelt uns gut, wir behandeln euch gut.«

Einer der beiden rutschte auf seinem Stuhl hin und her. Er sah Sperber prüfend in die Augen und konnte darin keine Regung entdecken. Die Blicke aller Anwesenden waren jetzt auf Sperber gerichtet. Dann sagte der ruhigere der beiden Schwarzen etwas. Er nannte seinen Namen und wartete. Der zweite zögerte, gab aber dann auch Auskunft.

»Wir kommen aus Kivu.«

»Was habt ihr dort gemacht?«, fragte Sperber.

»Wir waren jung. Sind zu den Rebellen.«

»Seid ihr Mai-Mai?«, fragte er unverhohlen.

Sie zögerten. Dann nickte einer der beiden.

Sperber legte ihnen das Bild des toten Ngonsomo auf den Tisch. »Wart ihr das?«

Sie schüttelten den Kopf. Er zeigte ihnen das Foto von der Machete, die sie gefunden hatten.

»Damit habt ihr das gemacht!«, sagte Martha. Sie warteten Sperbers Übersetzung ab, doch sie reagierten nicht.

»Habt ihr das damit gemacht?«, schrie Sperber sie an. »Wir haben eure Fingerabdrücke kontrolliert. Ein Abdruck stimmt überein«, sagte Sperber. »Ihr seid also klar überführt. Also: Warum habt ihr den Mann umgebracht?«

Keine Reaktion.

Sperber knallte das Bild des Prinzen auf den Tisch. Er improvisierte jetzt, aber das war die einzige Chance, dachte er. »Ist das euer Medizinmann? Hat er es befohlen?«

Die beiden erschraken. Der eine flüsterte dem anderen etwas zu. »Le Dauphin!«

»Er ist tot. Er kann euch nicht mehr helfen. Er kann euch kein Zauberwasser mehr bringen. Ihr seid jetzt wehrlos. Angreifbar. Verwundbar.« Sperber zeigte ein Bild des Prinzen, wie er neben Desiré aufgeknüpft in der Kampenwand hing.

»Die weiße Priesterin!«, schrie der andere Afrikaner hysterisch und hielt sich die Hand vor den Mund.

»Ihr kennt die Frau?«

»Die weiße Priesterin«, wiederholte der andere.

»Sie sind tot. Und sie werden euch nicht beschützen, wenn ihr uns nicht helft!«, sagte Sperber überzeugend.

Die beiden fingen an, miteinander zu diskutieren. Sperber verstand nur wenig. Dann sagte einer der beiden: »Ja, er hat uns das befohlen. Böse Männer wollen uns vernichten. Verkaufen unser Gold. Wir wollen es zurück.«

»Ihr meint Coltan? Ja, sie verkaufen euer Coltan.«

Sie nickten.

Sperber legte eine Reihe Bilder auf den Tisch. Sie zeigten Martha an der Seite der beiden Toten.

»Was machst du, Fritz?«, wollte Martha wissen.

»Die Mai-Mai in Kivu«, flüsterte Sperber, »haben eine Art Mischreligion. Sie sind zwar christlich beeinflusst, glauben aber stark an ihre Manen, also die verstorbenen Vorfahren. Dabei kommt es weniger auf die Familie an, sondern auf die Zugehörigkeit. Der Prinz ist jetzt, weil er tot ist, ihr oberster Mane. Und Desiré ihre Priesterin. Wenn sie ihnen keine Opfer bringen, dann sind diese Manen böse auf sie. Ich versuche gerade, sie von etwas zu überzeugen. Mach ein erhabenes Gesicht. Na los!«

»Aber die reden doch nicht mit mir.«

»Sie werden. Los, mach mit!«

Martha setzte eine stolze Miene auf.

Sperber redete ruhig auf die beiden ein. Mit großen Augen betrachteten sie die Bilder. Den Prinzen in all seiner Anmut tot auf diesen Bildern zu sehen, machte mit Sicherheit einen tiefen Eindruck auf sie. Und Martha daneben, so nahe beim Dauphin, wie sie offensichtlich zu ihm sprach, das würde die Männer überzeugen, hoffte Sperber.

Sperber wandte sich an Martha. Er hob den Zeigefinger an

die Lippen und forderte Martha zum Schweigen auf, bevor sie etwas erwidern konnte. »Du hast den Dauphin und die weiße Priesterin zum Schluss begleitet. Du hast jetzt Kontakt zu ihren Manen. Du allein weißt, wie man die Manen nicht erzürnt, sie beruhigen kann. Du weißt jetzt, wie die beiden über dich zu ihnen sprechen können.« Martha zeigte Sperber kurz einen Vogel, während die beiden in die Bilder vertieft waren. »Martha, mach da jetzt was draus!«, forderte Sperber leise.

Nach einer kurzen Pause sagte Martha laut und tragend: »Sag ihnen, dass ihr Dauphin möchte, dass sie weiter für ihn arbeiten sollen.« Sie nickte zur Bekräftigung. Sperber übersetzte.

Die Männer nickten.

»Ihr sollt weiterhin an das glauben, was er euch vorgelebt hat.«

Sie nickten.

»Ihr sollt mir alles sagen, was in euren Herzen weint.« Sperber übersetzte auch das.

Sie nickten.

»Ihr sollt mir sagen, wann ihr den Dauphin erreichen wollt. Ich werde es ihm weitergeben.«

Sie nickten.

»Ihr sucht eine neue Priesterin.«

Sie nickten.

»Ihr habt sie gefunden«, sagte Martha abschließend und wartete ab.

Sperber übersetzte. Er zeigte auf Martha. Sie schwiegen, sahen sich kurz an und brachen in Gelächter aus. Sie zeigten mit den Fingern auf Martha und lachten. Sie bogen sich und hielten sich die Bäuche. Sie redeten untereinander und lachten ohne Ende. Sie lachten so herzerfrischend ansteckend, dass Huber eins, Huber zwei und die anderen Polizisten auch leise lachen mussten.

Martha fühlte sich vorgeführt. »Fritz, das vergess ich dir nie, du Superexperte«, keifte sie Sperber an und donnerte die flache Hand auf den Tisch. Mit hochrotem Kopf stand sie auf, ging in eine Ecke, beruhigte sich und kam zurück.

»Warum lacht ihr so dämlich?«, schrie Sperber die beiden an. Sie lachten weiter. »He, ich habe euch etwas gefragt!«, schrie er sie erneut an. Unter leiser werdendem Gegacker hörten die beiden allmählich auf.

»Weil sie … weil sie …«, der Spucker lachte immer noch leise und zeigte erneut auf Martha, »… weil sie gar nicht Priesterin sein kann.«

»Warum kann sie das nicht?«, fragte Sperber.

Mit festem Blick antwortete jetzt der andere: »Ist sie beschnitten?« Das saß. Au Mann, Sperber, du Idiot!, dachte er und raufte sich die Haare.

»Und Desiré? Sie war doch auch nicht beschnitten!«, sagte er hastig, so als wollte er seinen Fehler korrigiert sehen.

»Sie war auserwählt vom Dauphin. Also war sie beschnitten. Sie war die weiße Priesterin.«

YORUBA

Martha kochte, als sie in ihr Büro stürmte. »Fritz«, rief sie barsch. Sie war immer noch mächtig sauer auf Sperber, weil er sie bei dem Versuch, die beiden zu überführen, bis auf die Haut bloßgestellt hatte. »Was hat uns das Scheißverhör jetzt gebracht?«, fragte sie mit immer noch zitternder Stimme und haute Sperber die Faust auf die Brust.

Sperber knickte kurz ein. Ihm war unwohl in seiner Haut. »Na ja, wir wissen jetzt zumindest, dass der Prinz ihr Auftraggeber war«, versuchte er zu beschwichtigen. »Was immer der Kerl im Schilde geführt hat …«

»Ich hab des G'fühl, dass die hier bei uns einen Feldzug planen«, sagte Huber zwei. »Das wird noch richtig ung'mütlich …«

»Wir haben nicht mehr als zwei Namen. Irgendwelche Namen von zwei mutmaßlichen Mördern«, zeterte Martha wutentbrannt und lief im Büro hin und her. »Sicher ist nur, dass einer von ihnen eine Machete in der Hand gehabt hat, mit der ein Mord verübt worden ist!« Sie blieb direkt vor Sperber stehen.

»Das beweisen zumindest ein Fingerabdruck und die Blutspuren des Opfers«, sagte Huber eins ruhig.

»Und wir wissen«, warf Huber zwei ein, »dass diese Desiré nicht nur ein Gspusi mit dem Prinzen g'habt hat. Er hat sie wohl in den Adelsstand erhoben. Oder was sollte das sonst heißen mit der weißen Priesterin?«

»Er hat versucht, sie als Priesterin zu etablieren, damit sie in der Bevölkerung Anerkennung findet«, erklärte Sperber, breitete seine Hände aus und setzte sich auf Marthas Schreibtischkante. Martha hob die Brauen und gab Sperber mit der Hand zu verstehen, er solle von ihrem Tisch verschwinden. Er folgte ihrer Aufforderung. »Er hat sie geliebt, dessen bin ich mir sicher. Er hat sie als weiße Priesterin erhaben gemacht«, fügte Sperber hinzu.

»Ja, aber eine Weiße in Afrika? Wie sollte das gehen?«, fragte Huber eins.

»Ein Beispiel«, erwiderte Sperber. »Es gab eine berühmte österreichische Künstlerin, die es in Afrika zur weißen Priesterin gebracht hat, in der weitverbreiteten Yoruba-Religion. Sie war unantastbar und erfreute sich höchstmöglicher Anerkennung. Bis zu ihrem Tod wurde sie verehrt. So was ist also möglich.« Huber eins nickte. »Aber das mit der Beschneidung …«, sagte Sperber versonnen, rieb sich die Bartstoppeln mit der rechten Hand und schüttelte sachte den Kopf.

»Aber was genau hatte dieser Prinz geplant? Was wollte er in Deutschland?«, fragte Martha direkt an Sperber gerichtet. »Mir erscheint das alles ziemlich durcheinander.«

Sperber nickte. »Desiré ist der eigentliche Schlüssel zu allem. Wer war sie? Was hat sie beschäftigt? Warum war sie im Kongo?«

»Kann sein«, sagte Martha mürrisch. »Fritz, krieg das raus! Du bist der Einzige von uns, der den Kongo einigermaßen kennt. Sie muss irgendwas mit dem Land zu tun haben. Wir brauchen mehr Informationen!«

Sperber nickte ihr zu.

»Aber keine Horrorgeschichten mit Bleigießspielchen und keine Märchen mit Prinzessinnen und Hohepriesterinnen mehr, kapiert?«, mahnte Martha.

Huber eins und Huber zwei grinsten. Sperber hob die Schultern. Er wirkte nicht sehr glücklich. »Ja, kapiert. Ich kann nur sagen, ich kann es versuchen.«

»Was für ein bescheuerter Satz! Mach's einfach!«, schnauzte Martha. Ihre Stimme klang wie ein Reibeisen. Sie war immer noch wütend auf sich selbst, dass sie sich auf Sperbers idiotischen Vorschlag eingelassen hatte. Sperber erkannte, dass es besser war, keine Antwort zu geben.

Seit zwei Tagen stand Desirés Laptop in Sperbers Schrank. Der würde ihm sicher weiterhelfen, aber er war passwortgeschützt. War eigentlich klar gewesen.

Wie konnte er bloß das Passwort knacken? »Das Scheiß Passwort! Wie komm ich auf die Schnelle bloß an ihr Passwort?«, fragte er in die Runde. Doch Martha, Huber eins und Huber zwei reagierten nicht.

Viele Leute benutzen Passwörter, die irgendwelche Kosenamen von Familienangehörigen oder Liebsten waren, von Haustieren oder Freundinnen. Wenn Desiré jedoch einigermaßen professionell gewesen war, dann hatte sie ein Passwort aus nicht nachvollziehbaren Ziffern und Zeichen gewählt, die niemand erraten konnte.

Dann erinnerte Huber zwei ihn: »Fritz, heut kannst den Laptop zur Untersuchung bringen. Penelope ist aus dem Urlaub zurück und wird dich sicher liebevoll empfangen.« Sein leiser Sarkasmus war nicht zu überhören.

Penelope, ein ungewöhnlicher Name für eine Kollegin. Doch sie war offensichtlich beim LKA die Spezialistin für alles, was mit Chiffrierung zu tun hatte. In Sperbers Anwesenheit war ihr Name schon mehrfach gefallen. Aber immer kam ihm das ein wenig gefrotzelt vor.

»Genau. Fritz, bring das Ding mal gleich runter. Penelope sitzt einen Stock tiefer. Auf dem Türschild steht OK Meindl«, sagte Martha und drehte sich weg.

PENELOPE

Sperber kam sich vor wie ein Praktikant. Jetzt sollte er auch noch Botendienste übernehmen. Aber andererseits: Ein wenig Demut konnte nicht schaden. Er ging in sein Büro, nahm Desirés Laptop und ging über die Treppe nach unten. Pfeifend schlenderte er den langen Flur entlang und las die Türschilder. Da, OK Meindl. Er klopfte an. Ein freundliches, tiefes Herein war zu hören. Sperber öffnete die Tür und stand vor dem Schreibtisch. »Morgen!«, sagte er freundlich, wie man eben eine Unbekannte grüßt.

»Ah, das muss der Silikon-Fritz sein!«, rief die Stimme jetzt überraschend schmalzig. Sie schallte aus einem dichten Dreitagebart heraus. Das Gesicht war von brünetten langen Haaren umgeben. Die Augen waren dezent geschminkt. Die Lippen schmückte ein unauffälliges, aber deutlich vorhandenes Rot. Penelope trug Schulterpolster aus den Achtzigern. An denen hing ein feiner mokkafarbener Strickpullover, der vorn an zwei spitzen Erhebungen angeheftet zu sein schien.

Sperber schluckte. Er war einigermaßen irritiert. »Angenehm«, sagte Sperber unangenehm verwirrt.

Penelope war aufgestanden und kam hinter dem Schreibtisch hervor. Sie trug einen knielangen dunkelblauen Rock, dunkle Strümpfe über makellos rasierten, aber ungewöhnlich schiefen Beinen auf riesigen Stöckelschuhen. Beim Aufstehen knickte sie kurz um, hatte sich aber sofort gefangen. Sie reichte Sperber eine tellergroße Hand und grinste ihn mit laszivem Blick von oben herab an. Sie war mindestens einen Kopf größer als er. Sperber musterte die Gestalt vor ihm von oben bis unten, verzog dann bewundernd seinen Mund und pfiff leise durch die Zähne. »Erstaunlich!«, bemerkte er und rechnete mit einer schmerzhaften Ohrfeige.

Doch Penelope gab sich hingerissen von seinem Charme. »Was für ein netter Kerl!« Sie zwinkerte ihm zu und tapste zurück an ihren Platz. »Was darf ich für dich tun, mein Freund?«, fragte Penelope in süßlichem Tonfall.

»Ähm … tja, ich weiß nicht. Bist du der Spezialist, ähm … die Spezialistin?« Sperber machte ein fragendes Gesicht und wartete die Reaktion ab.

»Ah, Spezialist, Spezialistin, ist eigentlich gleich. Sag einfach Penelope. Das sagen alle. Also, seit ich vor zwei Jahren den Prozess gewonnen hab.« Penelope war sehr auskunftsfreudig. »Ich bin transident, musst du wissen«, fügte sie fast trotzig hinzu.

Sperber stutzte. »Transident heißt das jetzt, hm …« Er kratzte sich das Kinn. »Was denn für 'nen Prozess?« Er nahm sich den Stuhl und setzte sich.

»Gegen das Land Bayern. Bis zum Bundesverfassungsgericht bin ich gegangen. Mein Dienstherr wollte mich nicht als Frau anerkennen.«

Sperber kam sich hilflos vor. Mehr aus Verlegenheit fragte er: »Und dann?«

»Ich konnte das aber medizinisch begründen. Denn ich fühle eben so. Und das hab ich juristisch durchgesetzt«, sagte sie kokett und voller Stolz.

Sperber nickte erstaunt. »So was gibt's. Wusste ich nicht.«

»So was gibt's. Blöde Antwort. Siehst du doch, dass es so was gibt!«, gab Penelope etwas beleidigt zurück. »War aber nicht ganz einfach. Die psychiatrischen Gutachten gaben mir zwar recht. Aber physiologisch gesehen war das bei mir nicht … ähm … ausreichend, will ich mal sagen. Wollten alle sehen, wie ich da untenrum aussehe. Alles Spanner! Haben sich alle gegen meinen Wunsch gesträubt. Ignoranten. Hach!« Penelope verdrehte die Augen.

»Ja, und wie hast du es dann geschafft?« Sperber rückte seine Sitzposition zurecht und war jetzt doch fasziniert.

»In Österreich hat es einen Musterprozess gegeben, das deutsche Verfassungsgericht ist dem Urteil weitgehend gefolgt. Demnach hat jeder das Recht, sich sein Geschlecht selbst auszusuchen. Gut, nicht? Willst nicht auch wechseln?«, fragte sie Sperber und klapperte mit den Lidern.

»Äh … nein danke. Ich vertrag keinen Lippenstift. Krieg ich Pickel.«

»War nur ein Scherz!« Sie lachte und wiegelte mit der Hand

ab. Nach einer Pause sagte sie: »Und dann hatte mein Anwalt zum Schluss noch einen genialen Einfall. Damit konnte das Land Bayern das Gesicht irgendwie wahren und gar nicht mehr Nein sagen.« Galant warf sie die rechte Hand nach hinten.

Sperber stutzte. »Aha, einen Einfall. Was denn für ein Einfall?«

Penelope glänzte. »Er hat der Gegenseite klargemacht, dass sie die Frauenquote auf einen Schlag um mehr als dreißig Prozent steigern können, wenn sie mich als Frau anerkennen. Und das bei gleichem Lohn wie Männer. Das macht sich doch gut in der Statistik!« Sie lehnte sich zurück und breitete die Arme aus.

Sperber lachte. »Im Ernst?«

»Ist nicht witzig! Ich hab hier zwei Kollegen in der Abteilung, und jetzt bin ich die einzige Frau!« Penelope lächelte souverän. »Ich musste nur eine Einschränkung akzeptieren.«

»Welche?«, fragte Sperber.

»Ich musste mich verpflichten, niemals einen Antrag auf Wechsel in den Außendienst zu stellen.«

Sperber nickte verständnisvoll und stellte sich Penelope im Undercover-Einsatz als Mafiosibraut vor. »Klar. Geht nicht. Ist ja auch schöner hier … in dem schicken Büro.« Er sah sich um.

»Und jetzt bin ich die Dreiunddreißigeindrittel-Frau!«

»Tolle Quote!«, gratulierte Sperber. Er ließ eine Verlegenheitspause entstehen. »Du bist bemerkenswert offen, was das Thema angeht.«

»Ist der beste Schutz. Solange du offen drüber redest, quatscht keiner hinter deinem Rücken blödes Zeug.« Wieder Pause.

»Ach übrigens: Sie oder er?«, fragte er vorsichtig nach.

»Sie oder er was?«, fragte Penelope mit leichter Drohgebärde.

»Penelope sie oder Penelope er, also die Spezialistin oder der Spezialist? Irgendwas muss dir ja lieber sein.« Sperber legte fragend den Kopf nach rechts.

»Penelope sie, die Spezialistin, wenn es dir nichts ausmacht.« Konspirativ neigte sie sich nach vorn und flüsterte: »Obwohl ich natürlich eigentlich einen anderen Namen habe.«

Sperber neigte sich auch vor und machte ein noch mehr fragendes Gesicht. »Wie?«

»Das willst du nicht wissen.«

»Doch, will ich wohl!«

Sie zierte sich, sagte aber dann sehr leise und vorsichtig: »Korbinian. Korbinian Meindl.«

Sperber grinste zurückhaltend. »Ja, schöner Name. Also, find ich.«

»Findest du nicht!«, sagte Penelope kokett.

»Sehr bayerisch! Aber schön«, sagte Sperber mit Nachdruck und zwinkerte Penelope zu. Er gab ihr noch einmal die Hand. »Okay«, meinte er dann grinsend, »Penelope passt viel besser zu dir als Korbinian.«

Penelope lächelte glücklich. »Endlich mal ein entzückender Typ hier!«, stellte sie fest. »Okay, Silikon-Fritz, was kann ich für dich tun?«

Sperber beschloss, sich die Anrede von ihr gefallen zu lassen, und fragte: »Warum nennen sie dich eigentlich Penelope?«

»Penelope war die Frau des Odysseus. Als ihr Mann sich auf seinem Abenteuerurlaub befand, hat sie sich gegen alles Drängeln der Freier gewehrt und sich am Ende standhaft durchgesetzt. Durchgesetzt, so wie ich.«

Sperber lächelte anerkennend. »Penelope, ich hab hier einen Rechner. Kannst du versuchen, das Passwort zu knacken?«

»Was heißt hier versuchen. Ich werde das Passwort knacken. Verlass dich drauf.«

»Wie lange dauert das?«

»Zwischen fünf Minuten und fünf Jahren.«

So eine ähnliche Antwort hatte Sperber zuletzt von seinem Arzt bekommen, als er ihn gefragt hatte, wie lange es dauern würde, bis seine Verletzung am Hals ausgeheilt sei.

»Oh Mann. Äh, entschuldige. Oh Penelope, das ist zu vage. Kannst du das nicht eingrenzen?«

Sie zischte leise und schüttelte kurz den Kopf. Dann wurde sie sachlich: »Also, wenn es ein gewöhnliches Wort ist, dann dauert es nicht lange. Du kannst darauf warten. Wenn der …«

»Es war eine Sie«, unterbrach Sperber kurz.

»Ah, gut zu wissen. Frauen benutzen oft Koseworte oder so was. Aber wenn sie professionell war, nutzt diese Tatsache auch nichts. Wenn sie eine willkürlich gewählte Reihenfolge von

Zeichen gewählt hat, dann kann das lange dauern. Gehen wir mal davon aus, dass der Besitzer schlau war und acht Zeichen genommen hat …«

»Wieso gerade acht?«

»Weil das ja in der Regel ausreichend ist, heißt es immer. Ist natürlich Quatsch. Ich hab immer mindestens zwölf. Aber nehmen wir das mal an, dann kann das unter Umständen ein paar Wochen dauern. Oder ein paar Tage.«

»Hm, das ist zu lange, gibt es nix anderes?«

Penelope zögerte. »Ich hab grad was ausgetüftelt. Darin berücksichtige ich die Kombinationsmöglichkeiten bei der Bildung von Akronymen. Hängt natürlich von der Sprache ab, die jemand spricht.« Penelope hob ihre Hand und drehte sie hin- und herkreisend in der Luft. »Ist noch nicht ganz ausgereift. Aber die Idee steht. Sehr komplex …«

»Was bedeutet das?«

»Na ja, viele Leute wissen ja mittlerweile, dass man so oft es geht die Passwörter wechseln sollte. Klar, oder?« Sperber nickte.

»Jetzt stell dir mal vor, du müsstest jede Woche das Passwort wechseln. Mann, wie willst du dir denn jedes Mal ein neues merken, wenn die Reihenfolge der Zeichen möglichst vielseitig kombiniert werden soll?«

»Keine Ahnung. Wie machst du das?«

»Es gibt da unter Informatikern eine ziemlich gute Idee. Das wenden viele Leute an, zumindest viele, die professionell arbeiten. Die andern Passwörter wie Mausi, Schnucki, Leckerchen oder Hasenpfote sind ja sowieso schnell geknackt. Dafür gibt es genügend Programme …«

»… die alle lexikonartig vorgehen«, ergänzte Sperber.

»Genau.« Penelope machte eine Pause.

»Und wie ist deine Idee?«, fragte Sperber.

»Sichere Passwörter kann man eben mit Akronymen bilden.«

»Ja und wie?«

Penelope sah auf die Uhr. »Ich schlage dir etwas vor, mein Schatz.«

Sperber ahnte Fürchterliches, aber er brauchte ihre Hilfe. »Ja, mein Honigfloh?«

Penelope verdrehte verzückt die Augen. »Wir treffen uns morgen Abend in meinem Lieblingslokal. Da erkläre ich dir dann alles Weitere. Ich habe jetzt leider keine Zeit mehr für dich! Sagen wir um sieben im ›Handstreich‹. Hier eine Karte. Da findest du mich.«

Er musste wohl oder übel mitspielen. »Okay, bin ich da gefährdet?«

»Keine Angst, Penelope wird dich vor den bösen Jungs beschützen.«

ISARSTRAND

Am nächsten Morgen kam Sperber in Marthas Büro. Huber eins und Huber zwei waren schon dort und grinsten ihn unverschämt an. Martha frotzelte: »Na, war's nett bei Penelope?«

»Ja. Wahrlich eine Frau mit Charakter!«

»Und an Schuss hat er auch, der Penelope«, gab Huber zwei zum Besten.

Martha mischte sich ein und schimpfte: »Huber zwei, keine abfälligen Bemerkungen über Kolleginnen!«

»… und Kollegen«, gab der zurück.

»Nun ja, Huber, wer weiß, was in deinem Kopf so alles vorgeht. Eines Tages wirst du uns noch alle überraschen und mit einem Ballettkleidchen morgens zur Arbeit erscheinen. Dann tanzt du uns das sterbende Schwein«, sagte Sperber.

Huber zwei grinste dämlich. »Sagt mal, gibt's von euch was Neues?«

»Huber eins und ich waren bei Hartung«, sagte Martha.

Huber eins berichtete: »Ein unangenehmer Typ! Ich hab ihn gefragt, ob Ngonsomo für ihn gearbeitet hat.«

»Und?«, fragte Sperber gespannt.

»Ja, sagte er, beratend. Aber momentan wäre er auf Reisen.«

»Und wie hat er reagiert, als ihr ihm die Bilder gezeigt habt? Ihr habt sie ihm doch gezeigt, oder?«

»Ja, haben wir«, antwortete Huber eins. »Er tat erschrocken, aber nicht zu sehr. Wir haben ihn gefragt, mit wem Ngonsomo bei der Hartung AG zusammengearbeitet habe. Hartung antwortete, nur mit ihm persönlich, ansonsten hätte er keinen Kontakt zu Mitarbeitern gehabt.«

»Beim Rausgehen hat mir das die Sekretärin bestätigt«, ergänzte Martha.

»Ich glaub, die war geimpft«, vermutete Huber eins.

»Das ist nicht viel, oder?«, bemerkte Sperber provokant.

Martha fand das nicht komisch. »Was sagt der Laptop?«, konterte sie.

»Noch nichts. Wird noch geknackt.«

Huber zwei setzte sich an den Tisch und trank einen Schluck Kaffee. »Hab ein bisserl recherchiert. Desiré Delarue, dreißig Jahre alt. Belgierin, genauer gesagt aus der Wallonie. Hat Politik und Journalistik in Leuwen und München studiert. Hat für namhafte Zeitungen gearbeitet. Ist oft in Krisenherden in Afrika unterwegs gewesen. Als Kind war sie mit ihren Eltern in der Zentralafrikanischen Republik und im Kongo. Vater und Mutter waren Ärzte.«

»Was wissen wir noch?«, wollte Martha wissen.

»Zurück in Belgien, hat sie als Kind später an Austauschprogrammen in den Ferien teilgenommen. War oft in Schleching in Oberbayern. Beim Hias Wallner auf dem Hof.«

»Ja, und da hat sie sich mit dem Sohn, dem Florian, angefreundet.« Sperber kratzte sich am Kopf. »Aber irgendwie kommt mir das Ganze komisch vor. Irgendwas ist da nicht ganz so, wie es der Hias erzählt hat.«

»Was soll denn da net so sein?«, fragte Huber zwei forsch. »Was soll da net stimmen?«

»Keine Ahnung, aber irgendwie ist mir das alles zu rund.« Sperber schüttelte den Kopf. Dann sah er zu Huber zwei. »Und was war der Grund für die Eltern, den Kongo wieder zu verlassen?«

Huber zwei hob die Schultern.

»Na ja, werden wir schon noch erfahren«, sagte Sperber.

In dem Moment steckte wieder einmal Reuter den Kopf durch die Tür. »Martha, da ist ein Anruf. Vier Tote an der Isar. Sehen wohl ziemlich übel aus. Glatzen und abgehackte Hände.«

»Na dann mal los!«

Im Schotterbett am Strand der Isar bot sich ihnen ein grauenhaftes Bild. Ein Paar hatte beim Spazierengehen die Toten entdeckt, jetzt war die Umgebung weiträumig abgeriegelt.

Als Sperber die Leichen sah, wurde ihm kurz schlecht. Vor allem der Blutgeruch ekelte ihn an. Als er sich gefangen hatte, ging er hin und betrachtete die einzelnen Gesichter. Da lag der Typ, dem er gestern die Zähne eingeschlagen hatte. »Ich hatte mir gleich gedacht, dass es der Kerl nicht weit bringt«, sagte er zu Martha.

Das Bild des Tatorts ähnelte dem beim ersten Opfer. Nur lagen hier noch mehr Tote herum. »Was … ist … hier … los?«, rief Martha in die Runde.

»Mai-Mai!«, antwortete Sperber.

Martha sah ihn ernst an. Klar, das wusste sie natürlich auch.

Huber eins und Huber zwei untersuchten den Tatort. Sie fanden eine Machete. Dasselbe Fabrikat wie das, mit dem man diesen Ngonsomo erledigt hatte. Ein paar Meter weiter lag ein Baseballschläger. Huber eins zog einen Gummihandschuh an und hob die Machete hoch. Sie war noch voller Blut. Sperber entdeckte außerdem eine Blutspur, die vom Tatort wegführte. »Hier!«, rief er. »Die führt in den Auwald hinein. Da ist einer abgehauen!«

»Ruft alle Krankenhäuser an. Wir müssen mit dem Kerl sprechen, der das überlebt hat!«, rief Martha. Huber eins und Huber zwei machten sich auf den Weg.

Nun nahm die Spurensicherung den Tatort akribisch unter die Lupe. Jeder Stein wurde umgedreht. Die beiden Spaziergänger wurden befragt, was sie genau gesehen hatten. Die Dame gab an, erst Schreie gehört zu haben, dann aber nichts mehr, weil sie tiefer in den Wald hineingegangen wären. Als sie wieder Sicht auf die Isar hatten, sei ihnen zunächst nichts weiter aufgefallen. Erst als sie näher kamen, habe der Mann die Toten da liegen sehen und gleich die Polizei angerufen.

Eine halbe Stunde später war klar, dass im Klinikum Rechts der Isar ein junger Mann mit schweren Verletzungen lag. Er hatte nicht sagen wollen, wie er dazu gekommen war. Allerdings hatte er dauernd von anderen Toten gesprochen. Aber zum Glück, so hatte der Arzt am Telefon erläutert, habe er seine rechte Hand mitgebracht, die ihm mit einem glatten Schnitt abgetrennt worden war.

STROM

Nach seiner Tour an der Kampenwand war Jean Colteaux erst einmal untergetaucht. Er hatte sich ein Hotelzimmer in Brannenburg genommen. Hier unterhalb des Wendelsteins hatte er Zeit zum Nachdenken. Er saß am Frühstückstisch im Hotel zur Post und las die »Süddeutsche Zeitung«. Morde in den Isarauen in München. Diese Macheten-Morde an mehreren jungen Männern sprachen für Colteaux eine eindeutige Sprache: Mai-Mai-Milizen. In Deutschland. Sie würden ihm alles verderben. Diese Scheißkerle waren blöd und unberechenbar. Meistens waren sie völlig zugedröhnt und zu dumm, um in der Nase zu bohren. Waren sie mit dem Prinzen hergekommen? Er vermutete, dass der Prinz sich Geleitschutz mitgebracht hatte, der für ihn die Drecksarbeit erledigen sollte. Colteaux würde sie finden. In den Auwäldern der Isar. Denn sie gingen immer in den Wald.

Colteaux konnte sich tagelang in der Wildnis aufhalten, getarnt und unsichtbar. Abwarten wie ein Hecht in einem Geflecht aus Wasserpflanzen, bis ein Schwarm Fische vorüberzog. Und dann lautlos zuschnappen. Er musste jetzt handeln.

Er trank seinen Kaffee und spähte über die Tasse hinweg. Sein Blick fiel auf einen vergoldeten Holzengel an der Wand. Prunk und Pomp, danach sehnen sich die Menschen überall auf der Welt, dachte er. Blitzartig kam ihm ein Gedanke. Er setzte die Kaffeetasse ab und dachte den Gedanken weiter.

Er wusste von den Weißen in Europa, dass sie Schwarze nicht leicht auseinanderhalten konnten. Der Prinz hatte seine Statur gehabt und seine Haut. Und genau das würde er jetzt gegen sie nutzen. Täuschen und Tarnen, das hatte er gelernt. Was für eine verwegene Idee! Er lachte. Und was für ein unverfrorener, ungeheuerlicher Plan.

Er stieg in seinen Leihwagen und fuhr auf die Autobahn in Richtung München. Sein Plan, dass sich Jean Colteaux in Prinz Alphonso Nkuwu, den jungen Mwami von Mwenga, verwandeln würde, amüsierte ihn so sehr, dass er am Steuer laut sang. Das kühle Wasser des Flusses, den sie Ouélé nannten und an dem er als Junge gespielt hatte, ging ihm durch den Kopf. Er stimmte das Lied seiner Kindheit an: »*Ouélé, Ouélé, moliba makasi …*« Ouélé, der Strom fließt so schnell.

So würde er sich direkt an die Hartung AG heranmachen können. Das hatte er von Anfang an vorgehabt. Und er würde Hartung davon überzeugen, dass der zukünftige Mwami von Mwenga der einzige Mensch auf diesem Planeten war, der der Hartung AG auch in Zukunft große Geschäfte garantieren konnte.

Doch niemand wusste, was er, Jean Colteaux, wirklich hier in Deutschland wollte. Nicht einmal Lucien Ndenga, der ihn hergeschickt hatte. Denn Jean Colteaux hatte noch einen persönlichen Beweggrund. Und den würde er erst zum Schluss, ganz zum Schluss verraten. Demjenigen, den es betraf. Und dann würde er zuschnappen.

WALTRAUD

Es war kurz vor sieben Uhr abends, und Sperber fühlte, wie ihm seine Kehle eng wurde. Er ging die Fraunhoferstraße entlang und bog in die Seitenstraße ein. Die Leuchtschrift ›Handstreich‹ über dem Eingang war rosa und schrill. Vor der Tür stand ein Mann in einem roten Kleid und ebenso geschminkten Lippen. »Hallo, Schwester!«, hauchte er Sperber zu. »Ganz allein heute?« Er lächelte lasziv.

Sperber sah ihn kurz an und sagte: »Ja, werd ich auch hoffentlich bleiben.« Nun saß ihm ein dicker Kloß im Hals, Sperber schluckte und öffnete die Tür. Ein alter Marianne-Rosenberg-Schlager trällerte ihm entgegen. »Er gehört zu mir, wie mein Name an der Tühür …« Auf der Karaoke-Bühne stand ein aufgedunsener Typ mit blonder Lockenperücke und sang ins Mikrofon, wobei er sich bemühte, auf seinen Stöckelschuhen so etwas wie einen Tanz hinzulegen.

An der Bar standen einige hübsch geschminkte Jungs und sangen mit. Einer streichelte seinen Begleiter und himmelte ihn an. Als er Sperber sah, streckte er seinen Arm aus und berührte ihn im Schritt. Dabei machte er eine merkwürdige Bewegung mit seiner Zunge, so als wollte er sich Schokoladereste von den Lippen wischen.

Sperber packte sein Handgelenk, zog ihn zu sich heran und sagte: »Hey, Schwester, wenn du das hier überleben willst, dann sag mal laut Entschuldigung.«

Die Schwester quiekte: »Entschuldigung!«, und wandte sich beleidigt ihrem Begleiter zu, der sehr glücklich wirkte über Sperbers Ablehnung.

Am Ende der Bar sah er Penelope, die ihm jetzt zuwinkte. Er setzte sich neben sie auf einen freien Barhocker und lächelte gequält. »Tolles Lokal. Öfter hier?«

»Jeden Abend«, hauchte Penelope und kniff ihr Gesicht zusammen. »Herrlich, dich hier zu sehen.«

»Keine falschen Hoffnungen, Penelope. Ich bin ganz anders.«

»Ja, ich weiß, das war ich auch mal. Aber ich hab's ja auch geschafft.« Penelope grinste, schob sich eine erstaunliche Menge Erdnüsse in den Mund und kaute genüsslich mit geschlossenen Augen.

»Ein Bier bitte«, rief Sperber.

Ein extrem bunt gekleideter Kellner kam mit wackelndem Hintern auf ihn zu. Er sah Penelope an und fragte: »Kollege?«

»Ja, das ist der Silikon-Fritz, mein Schatz!«

»Toller Name!«, quietschte der Kellner. »Ich heiß Waltraud!«

»Schöner Name, darf ich Waldi sagen?«, fragte Sperber.

»Mit oder ohne Schäumchen?«, fragte Waltraud.

»Wie?«

»Das Biehier!«, sang Waltraud leicht genervt.

»Mit Schaum, vor allem mit viel Bier drunter«, sagte Sperber lächelnd und klimperte mit den Wimpern. Das schien dem Kellner zu gefallen, und sogleich stand ein frisch gezapftes Helles vor ihm. Sperber prostete Penelope zu, die an ihrem Martini nippte, ganz echt mit Holzstäbchen in der Olive.

»Sag mal, mein Schatz, kannst du mir mehr über dieses Coltan erzählen? Ich will verstehen, was du da machst.«

Sperber sah sie überrascht an. »Was genau willst du wissen?«, fragte er.

»Was hat das alles mit uns hier in Bayern zu tun?«, fragte sie.

»Viel. Ganz viel. Mehr, als man glauben mag.«

»Nun? Leg los!«, bat sie ihn.

»Jeder, den du hier siehst. Jeder, der in die Kirche geht. Jeder im Fußballstadion. Jeder, der in der U-Bahn unterwegs ist. Jeder Schüler, jedes Kind. Jeder von uns allen braucht Coltan. Und das jeden Tag.«

»Wozu, ich meine, was macht man mit dem Zeug?«

»Es ist ein Mischmetall. Bestimmte Anteile haben spezielle elektrische Eigenschaften. Die sind so speziell, dass Coltan unersetzlich ist für die Herstellung elektronischer Geräte …«

»… als da wären?«

»Notebooks und vor allem Handys. Ohne Coltan könnte niemand mehr telefonieren. Spielkonsolen. Elektronische Spiele wären nicht mehr möglich.«

»Keine elektronischen Spielzeuge mehr?«, mischte sich Waltraud ein, der zufällig in der Nähe war.

»Hey, Waltraud, halt dich raus«, sagte Penelope schroff.

»Keine elektronisch gesteuerten Vibratoren mehr?«, fragte Waltraud geradezu empört. »Das wäre ja schrecklich. Klärt das auf, was immer das ist, ihr schnuckeligen Bullen.«

»Schleich dich!«, zischte Penelope.

Waltraud warf mit einem Zischlaut den Kopf in den Nacken und verschwand.

Penelope nickte und sah in ihr Glas. Plötzlich sah sie sehr männlich aus. Für einen Moment hatte sie ihr Gehabe abgestreift.

»Im Umkehrschluss heißt das also, weil wir alle diese Geräte täglich benutzen, haben die im Kongo das Problem.«

»So ist es. Jeder trägt dazu bei. Jeder, der ein Gerät kauft«, sagte Sperber.

»Und wer tut das nicht?«

»Ja, wer nicht …« Sperber trank sein Bier aus und bestellte noch eines für sich und eines für Penelope. »Hier, trink mal was Richtiges!« Er schob ihr das Bierglas hin. Sie nahm einen kräftigen Schluck und rülpste laut.

»Manchmal kommt er ja wieder durch«, sagte sie.

»Du meinst den Korbinian …«, sagte Sperber.

Penelope nickte und lächelte gequält.

»Also, Penelope, jetzt bist du dran. Wie war das mit den Passwörtern?«, fragte Sperber grinsend.

»Ja, wo waren wir? Ach ja. Sichere Passwörter kann man mit Akronymen bilden. Man denkt an einen Freund, ein Haustier, einen Kosenamen. Genau das, was andere auch machen, wenn sie sich ein Passwort ausdenken. Man nimmt aber nicht den Namen, sondern formt einen Satz. Und daraus eben ein Akronym. Also die Anfangsbuchstaben und Satzzeichen.«

Sperber hob verständnislos die Schultern.

Penelope schrie dem bunten Kellner zu: »Hey, Waltraud, Papier und Bleistift!«, und winkte ihn herbei. Waltraud kam mit wackelndem Gang und mit Papier und Bleistift, die er mit beleidigtem Blick auf die Theke legte.

»Ein Beispiel: Man denkt an seinen Hund. Einen Dackel. Der

heißt … hm, was nehmen wir denn … ah ja, Waldi. Wann hat man den bekommen? Richtig, 2005. Dann macht man daraus ein Passwort, zum Beispiel so: ›Ich habe Dackel Waldi im Jahr 2005 bekommen!‹. Das Passwort lautet dann …« Penelope schrieb eine Kombination aus Zeichen auf das Papier, schob den Zettel Sperber hin und zitierte: »IhDWiJ2005b! Das sind zwölf Zeichen, das Akronym des Satzes, den du dir gut merken kannst.«

Dann wurde es wieder laut: »Weiße Rosen aus Ahathen …«, jaulte es durch die Bar. Penelope deutete auf das Papier und schrie: »Das ist ein sicheres Passwort: Eine Kombination aus Großbuchstaben, Kleinbuchstaben, Zahlen und Sonderzeichen. Und ich versuche Gesetzmäßigkeiten dafür zu finden, wie diese Akronyme entstehen. Also sprachabhängige Häufigkeiten herauszufinden, und danach Passwörter zu entdecken. Versuch's mal!«, rief sie Sperber ins Ohr.

Sperber dachte kurz nach. Die Musik nervte ihn. Dann schrieb er auf einen Zettel: »PwOetF,an3J!«.

»Schön. Zwölf Zeichen.«

Sperber trank aus und bedankte sich bei ihr: »Danke für die Lehrstunde!« Dann wandte er sich zum Gehen.

»Hey! Was heißt das?«, rief Penelope ihm hinterher.

Er drehte sich um und fragte: »Was?«

Sie sagte leise: »Na, das Akronym!«, und deutete auf das Papier.

»Ach so! Es ist eine kleine Richtigstellung. Es heißt: Penelope war Odysseus eine treue Frau, aber nur drei Jahre!« Er grinste und verließ das Handstreich mit schnellen Schritten.

JUGENDSTIL

Die vier Männer stritten heftig. Nachdem sie das Lagerfeuer verlassen und ihre Hände hektisch in der Isar gereinigt hatten, waren sie in die große Villa zurückgekehrt. Dort hausten sie im Kellergeschoss. Seit sie hier wohnten, hatten sie die Räumlichkeiten in eine Hölle verwandelt.

Hier in Bogenhausen waren sie sicher. Der Prinz hatte vorgesorgt. Er hatte ihnen diesen Platz verschafft, wo sie unbehelligt leben konnten. Und wo vorübergehend auch er seine Residenz gehabt hatte.

Die Nachbarschaft war weitgehend uninteressiert. Die Leute hier wollten mit anderen Menschen nicht viel zu tun haben. Wer das Geld hatte, sich ein solches Haus zu mieten, der galt als integer. Die wenigen Fragen, die gestellt wurden, waren schnell beantwortet. Wegen dieser Gegebenheiten hatte der Prinz die Villa ausgewählt. Von hier aus wollte er seine Ideen umsetzen. Die vier Mai-Mai-Söldner waren bisher niemand aufgefallen, weil sie nur nachts kamen und gingen. So hatte es der Prinz befohlen.

Jetzt saßen sie alle im Wohnsalon der Villa auf dem Boden und besprachen ihre Lage. Aber sie fühlten sich nicht wohl in diesem Haus. Ihnen fehlte der Wald. Ihnen fehlten zwei ihrer Kameraden. Sie beschlossen, noch drei Tage hierzubleiben. Lebensmittel hatten sie genug. Und Koks. Doch sie stritten sich über die Zukunft. Was sollten sie tun? Wo war der Prinz? Was könnten sie ohne ihn machen? Alles einfache Fragen. Aber ihnen fielen keine Antworten ein. Befehle zu befolgen, das konnten sie, mehr nicht. Niemand hatte sie gelehrt, dass jede Frage ihre passende Antwort hatte, die man suchen musste. Ohne jemanden, der sie leitete, waren sie hilflos. Sie sehnten sich nach einem, der sie führte.

Sie pumpten sich mit Koks voll. Sie tranken Unmengen. Und dann, am zweiten Tag abends, rückten sie aus. Mit Taschen gingen sie zur Isar, setzten sich an den Waldrand und warteten. Sie warteten auf die Einsamkeit der Nacht. Sie kam. Es war mild. Und dann war er da.

Plötzlich vernahmen drei von ihnen ein Röcheln, ein Knacken und einen dumpfen Aufprall. Neben ihnen lag ihr vierter Mann.

Dann stand er direkt vor ihnen. Ein großer Schwarzer, kräftig und unerschütterlich. Im ersten Moment glaubten sie, es wäre der Prinz. In der linken Hand hielt er einen Stock, in der anderen ein Messer.

»Wer bist du?«, fragte einer der drei Überlebenden.

»Habt ihr von dem Mann mit dem Kreuz aus Stahl gehört?«

Sie zuckten zusammen. »Der, der Riesen umbringt, ohne zu zögern? Der Kräfte hat wie ein Elefant, schnell ist wie ein Leopard und schlau wie ein Löwe?«, fragte der zweite Mann geduckt.

»Der, der Kivu beherrscht und darüber entscheidet, wer stirbt und wer lebt?«, fragte der Dritte.

»Er steht vor euch. Der Dauphin ist tot. Ich bin euer Mwami. Ihr seid nun meine Krieger. Und gehorcht nur mir.«

Die drei sahen zu dem Toten neben ihnen. Der Söldner mit dem Kreuz aus Stahl duldete keinen Widerspruch. Sie nickten unterwürfig. Es gab keine Zweifel in ihnen. Vor ihnen stand der Mann, der ihnen ab jetzt die Befehle geben würde. Sie durften wieder gehorchen. Sie waren erlöst von ihren wirren Fragen. Sie waren dankbar. Sie hatten wieder einen Anführer.

Colteaux wusste das. Denn er hatte im Kongo alles über diese Menschen gelernt.

Unaufgefordert folgten sie ihm. »Zeigt mir das Haus des Prinzen!«

Sie führten ihn zu der Villa, sperrten auf und verschwanden gemeinsam mit ihrem neuen Mwami im Innern des Hauses. Colteaux nahm ihren beißend ungewaschenen Geruch wahr.

»Zeigt mir seine Räume!«, befahl er.

Einer der drei Männer lief die Treppe hinauf und gab ihm ein unterwürfiges Zeichen zu folgen. »Hier hat der Dauphin gewohnt«, flüsterte er. Das gesamte Obergeschoss war mit kostbaren Möbeln ausgestattet. Das Bad roch nach edlem Rasierwasser. Ein begehbarer Kleiderschrank war gefüllt mit exotischen und europäischen Kleidern.

Colteaux sah sich zufrieden um und fragte: »Wo hatte der Prinz seine Papiere?«

Einer zeigte auf einen Wandschrank. Der Schrank war verschlossen. Innerhalb von fünf Sekunden hatte Colteaux das Schloss geknackt und fand darin alles, was er suchte. Ausweise, Bargeld, Dokumente.

Dann wandte er sich an die drei Männer. »Hier hat das Wasser eine andere Kraft, es ist heilig. Ab jetzt wird es täglich zum Waschen genutzt. Duscht euch. Nehmt Handtücher. Putzt euch die Zähne. Ich werde euch zeigen, wie man das macht. Ihr seid jetzt die Leibwache des neuen Mwami von Mwenga. Wir werden Anzüge und Schuhe für euch kaufen. Ich werde euch einen Friseur kommen lassen. Ab morgen seid ihr andere Menschen. Redet nicht mehr kongolesisch, auch nicht untereinander. Redet französisch, so wie ihr es könnt. Das klingt für die bayerischen Menschen elegant. Ihr seid jetzt keine Männer aus dem Wald mehr. Ab jetzt schlaft ihr in weichen Betten. Ihr nehmt euch nie wieder eine Frau, wenn sie es nicht will! Ihr könnt euch welche kaufen, aber macht es nie wieder mit Gewalt. Wer zuwiderhandelt, verliert seine Manneskraft!«

Die Männer nickten beeindruckt und wussten, dass der Söldner mit dem Kreuz aus Stahl, der jetzt der neue Mwami von Mwenga war, diese Strafen umsetzen würde.

»Ihr kokst nur noch das Nötigste. Wer das nicht befolgt, der wird eine Woche ohne Koks auskommen müssen. Ihr werdet jeden Tag früh aufstehen, ihr werdet euch waschen, ihr werdet eure Anzüge tragen und jeden Tag das Hemd wechseln. Und räumt euren Müll weg und haltet euer Bad und eure Zimmer ordentlich. Merkt euch das alles. Wir werden einen neuen Fahrer engagieren. Ich will einen Weißen, einen Deutschen, der hier in München zu Hause ist. Der kann dann das Auto des Prinzen lenken. Der Weiße soll dem schwarzen König die Tür aufhalten, wenn er aus der Villa kommt und in das Auto steigt. Und eine Haushälterin brauchen wir. Sie soll sauber sein. Und sie soll Pommes frites machen können. Und belgisches Bier soll sie besorgen. Stella Artois. So will es der Mwami.«

Gut gelaunt pfiff Martha vor sich hin. »Sperber und Huber zwei …«

»Oh nein, nicht schon wieder die Nummer zwei!«, rief Sperber entsetzt.

»Sperber und Huber zwei, ihr beide fahrt ins Klinikum Rechts der Isar. Der Junge ist ansprechbar. Vernehmt ihn. Und nicht …«

»Und net zu feinfühlig!«, unterbrach Huber zwei mit verschränkten Armen.

»Genau. Nehmt ihn in die Zange. Was hatten die Kerle mit den Schwarzen zu schaffen? Wieso haben die sich mit denen überhaupt angelegt? Woher wussten die, dass sie sie dort finden? Oder war es Zufall? Vielleicht haben die Schwarzen gar nicht dort gesessen, sondern die anderen? Das ganze Programm. Vielleicht weiß er etwas, was uns weiterhilft. Huber, du bist der Gute, Sperber, du bist der Böse.«

Sperber grinste und fragte: »Huber zwei soll der Gute sein? Das ist ja wie Bananen essen gegen Verstopfung!«

Huber eins lachte. »Sperber, einen Knall hast du ja. Aber da geb ich dir einmal recht!«

Huber zwei drückte aufs Gas. Der dunkle BMW schlängelte sich durch den Stadtverkehr. Von der Einsteinstraße aus bogen sie zur Notaufnahme des Klinikums Rechts der Isar ab, und Huber zwei parkte den Wagen auf der Notfallrampe. Sperber sagte: »Hey, hier kannst du nicht einfach parken. Das ist für Rettungsfahrzeuge.«

»Und für mich«, gab Huber zwei zurück und stieg aus. Er ging zum Pförtner und zeigte seinen Dienstausweis. »Wir woll'n auf die Unfallchirurgie.«

Der Pförtner erklärte den Weg. »Aber der Wagen …« Huber zwei war schon vorbei. Sperber ging wortlos hinterher und nickte dem Pförtner mit dem Ausdruck der Machtlosigkeit zu und hob die Schultern.

»Wo liegt denn der junge Mann, der vor drei Tagen mit der

abgetrennten Hand eingeliefert wurde?«, fragte Sperber die Krankenschwester an der Stationsrezeption.

»Oh, dem geht's scho wieder viel zu gut«, sagte die Schwester mit sarkastischer Strenge. »Was wollen S' denn von ihm?«

»LKA«, sagte Huber zwei in cooler Haltung, zwinkerte der Schwester zu und reichte seinen Ausweis durch das Fenster.

Wortlos verdrehte sie die Augen, stand auf und kam heraus. »Zimmer 345.« Sie zeigte in eine bestimmte Richtung und wollte zurück in ihr Zimmer.

»Was ist denn da so laut?«, wollte Huber zwei wissen.

»Ah ... das hier ist die Unfallchirurgie. Wir haben jede Menge Jungs hier, die am Wochenende nichts Besseres zu tun haben, als sich gegenseitig die Schädel einzuschlagen. Und wenn die grad wieder laufen können, dann hängen's im Flur in den Sitzecken und telefonieren den ganzen Tag.«

»Sind Handys im Krankenhaus nicht verboten?«, fragte Sperber.

»Na ja, eigentlich schon. Aber man kann das heutzutage nicht mehr verhindern. Und eigentlich ist ja auch nichts dagegen zu sagen, wenn mal ab und zu jemand telefoniert. Aber diese Kerle! Wird immer schlimmer. Und dann belästigen sie die Krankenschwestern. Wir tragen nur noch Hosen. Kittel gehen gar nicht mehr.«

»Schad, gell?«, meinte Huber zwei. Sperber ignorierte die Bemerkung.

»Mir hat gestern einer ans Oberteil gelangt«, fuhr die Krankenschwester fort. »Der meinte tatsächlich, mir hätte das gefallen. Und dann stehst du da, und die anderen lachen und haben einen Helden.«

»Und eine ordentliche Watsch'n?«, fragte Huber zwei.

»Einen Patienten ohrfeigen? Super Idee. Wissen Sie, was dann mit mir passiert?«

»Auch wieder wahr ...«

»Ja wie? Und was machen die Pfleger?«, fragte Sperber.

»Sehen Sie einen Pfleger? Die haben sich alle versetzen lassen. Bloß weg von der Unfall!«

»Ja, aber die Ärzte, die müssen doch was unternehmen!«

»Die Ärzte, die Ärzte. Sobald ein Arzt kommt, sind die kurz ruhig, grummeln und lachen hinter seinem Rücken. Die Ärzte merken das, aber sie sagen nix. Und wenn wir uns beschweren, dann sagen sie: ›Das ist Ihre Arbeit, damit müssen Sie klarkommen, meine Liebe.‹ So ist unser Alltag. Ein Grauen!«

»Und des Zimmer 345?«, erkundigte sich Huber zwei.

»Das sind momentan die Übelsten. Wir haben den Kerl da reingelegt, weil er so eine große Klappe hatte. Hat dauernd was von Niggerkillen gefaselt und von Freunden, die er im Krieg verloren hat. Da haben wir gedacht, wenn wir den da reinlegen, dann stutzen die dem schon das Maul. Gestern hat einer von denen einer Schwesternschülerin das Mittagstablett hinterhergeworfen. Weil er kein Kartoffelpüree mochte. Er hatte fünf Mann zu Besuch. Das ganze Zimmer hat gejohlt.«

»Zimmer 345. Des wird eine Gaudi!«, rief Huber zwei und stapfte los.

»Hey, Huber!« Der drehte sich um. »Rollentausch?«

Huber zwei nickte. »Okay, ich bin der Arsch.«

Er öffnete die Tür. Auf zwei Betten rekelten sich zwei Burschen zwischen siebzehn und neunzehn. Der eine trug einen Armverband, der andere hatte offensichtlich eine Beinverletzung und massierte mit der rechten Hand anhaltend seine Männlichkeit. Drum herum standen sieben andere Jungs und redeten laut durcheinander. Sie trugen Hosen in Übergrößen, die einigen weit unten an den Hüften hingen, ohne Gürtel, und sahen aus wie rachitische Hungerleider. Dagegen sprachen jedoch ihre teilweise stark aufgedunsenen Gesichter. Sie gestikulierten, als hätten sie mindestens vier Hände. Ihre Zeigefinger und kleinen Finger wiesen an ausgestreckten Armen mit neunzig Grad nach unten, während die anderen Finger angelegt blieben. Dazu neigten sie ihren Kopf und machten ernsthafte Gesichter. Fast alle trugen Baseballkappen aus billigem Kunststoffgeflecht. Die Schilde zeigten entweder nach hinten oder zur Seite.

Am Fenster lag ein Dritter, ein etwa fünfundzwanzigjähriger junger Mann, der einen Verband an der rechten Hand trug. Er war offensichtlich sehr schlecht gelaunt. Er hatte keinen Besuch. Bis jetzt.

»Hey, haltet mal die Klappe!«, schrie Huber zwei in die Menge. Augenblicklich war Ruhe. Für zwei Sekunden.

»Was willst du, Alter?«, fragte einer der Burschen, ein blonder Jüngling, der sich einer Art Kanaksprech bediente.

»Hast Glück, dass du des net zu mir g'sagt hast!«, antwortete Huber zwei, ging auf ihn zu und haute mit dem Zeigefinger aufs Kappenschild. Die Kappe rutschte ihm übers Ohr. Huber zückte seinen Ausweis. »LKA!«

»Häh, was? Ist das so was wie die Heilsarmee?«, fragte einer in der Stimmlage eines pubertierenden Kampfpanzers. Der Bursche spuckte auf den Fußboden, direkt vor Hubers Füße.

Bevor Huber zwei etwas sagen konnte, war Sperber mittendrin und rief dem Kerl zu: »Hey, du da mit der Elefantennase und dem Reisfladengesicht. Komm mal her!« Der rührte sich nicht vom Fleck. Sperber machte zwei ruhige Schritte nach vorn, nahm dem Kerl die Mütze vom Kopf, warf sie hin und putzte mit dem Fuß in der Mütze den Boden. »Jedem, was ihm gehört. Hier geht nichts verloren.«

Stille im Raum. Sperber schob dem Kerl die Mütze zu und nickte. »Kannst sie wieder aufsetzen.« Es entstand eine Pause.

»Jungs, jetzt mal ernst: Das war ein Ausweis vom Landeskriminalamt. Das ist kurz über der Heilsarmee. Also, macht mal für zehn Minuten die Fliege. Und jetzt raus aufn Gang«, sagte Sperber und schwenkte dazu pfeifend mit dem Kopf. Die Burschen verließen gehorsam das Zimmer. »Aber lasst mir die Schwestern in Ruhe!«, rief er ihnen nach. »Und Telefonieren ist hier verboten, klar?«

Sie warteten, bis die Tür geschlossen wurde, und wandten sich dann dem Burschen mit der Handverletzung zu. »Ich bin Kommissar Huber. Das ist der Silikon-Fritz. Wie heißt du, du Pfeife?«

»Was wollt ihr von mir? Ihr könnt mir gar nix!«, zischte er frech.

Sperber sagte: »Wir wollen dir ja auch gar nix. Das haben ja schon andere besorgt.« Er wies auf den Arm und wartete.

Der Bursche war sichtlich getroffen. Er musste sich arg bemühen, die Tränen zurückzuhalten. »Diese Scheiß Nigger! Wenn ich die erwische …«

Sperber machte »Ts, ts, ts« und schüttelte dazu den Kopf. »Nicht so dick auftragen.« Er nahm sich einen Stuhl und setzte sich ans Bett, während Huber zwei mit verschränkten Armen am Bettende stehen blieb. »Die waren also schneller als ihr. Wer hat angefangen?«, fragte Sperber.

»Die!«

»Ja klar«, sagte Huber so unfreundlich, wie er konnte. »Immer die anderen. Du Feigling. Erst Streit anfangen, und dann sind die anderen schuld, gell? Ihr kotzt mich ja so an, ihr kleinen Nazischwuchteln!«

»Komm, sag mal, wie war das wirklich? Jetzt mal die Wahrheit«, forderte Sperber ihn freundlich auf.

»Wir sind aus der Stadt an die Isar. Wir wollten ein paar Nigger erschrecken, weil die da immer so rumlungern. Einfach so mal erschrecken, damit die wieder zurück in den Busch gehen und so.«

»Erschrecken. Aha. Mit Baseballschlägern. Erschrecken …«, sagte Huber zwei provokant. »Wenn du jetzt noch mal so einen Scheiß erzählst, dann ist die andre Hand auch gefährdet.« Das klang sehr überzeugend.

Sperber reagierte mitleidig auf den hilfesuchenden Blick des Burschen. »Er hat so was schon gemacht. Er ist der Kommissar. Ich bin nur der Hilfslackel. Also jetzt komm. Erzähl.«

»Ja, wir wollten sie halt plattmachen. Nicht so richtig. So aus Spaß halt. Ihr wisst schon, Mann.«

»Die saßen also da, als ihr kamt?«, fragte Sperber.

»Ja, die saßen da. Wir kannten die. Die sind wochenlang durch die Lerchenau gelaufen, immer ziemlich zugedröhnt. Aber das ist unser Stadtteil. Da wollen wir solche Typen nicht!« Er wurde aggressiv. Seine Halsadern blähten sich auf.

»Wie viele habt ihr gesehen?«

»Die vier und vorher noch zwei. Aber in letzter Zeit waren sie nur noch zu viert.«

Sperber streckte die Hand aus. Huber zwei gab ihm die Bilder der zwei Festgenommenen. »Sind das die zwei anderen?«

Der Bursche sah sich die Bilder an. »Scheiß Nigger, sind doch alle gleich. Schwarz und stinkend.«

Sperber schlug einen anderen Ton an. »Hey! Ich hab dich was anderes gefragt!«

»Ja, kann schon sein. So sahen sie aus, glaub ich. Ja, das sind sie«, sagte er mit Widerwillen.

»Sicher?«, fragte Huber zwei mit Nachdruck.

»Sicher!«, schrie der Bursche.

Sperber machte eine Pause. Dann fragte er: »Wie ist das mit der Hand passiert? Schlimme Sache, was?«

Der Bursche machte ein bedrücktes Gesicht. Er erzählte, wie rasend schnell sich das Gemetzel zugetragen hatte. Wie grauenhaft die geschrien hätten und wie wahnsinnig die auf sie losgegangen wären. Wie er vor lauter Schock keine Schmerzen hatte, geistesgegenwärtig seine Hand aufhob und in dem allgemeinen Tumult fliehen konnte.

»Haben die irgendwas gesagt, irgendwas Auffälliges gemacht?«, fragte Sperber.

»Ja, mir die Hand abgehackt mit ihren verfickten Macheten!«, schrie er.

»Man sieht's«, sagte Huber zwei. »Hast halt net aufgepasst, hä«, fügte er zynisch hinzu.

»Kommt die Hand wieder in Ordnung?«, fragte Sperber.

»Ich glaub schon. Dann …«

»… dann wirst du nie wieder einen Baseballschläger in die Hand nehmen, mein Junge!«, mahnte Sperber. »Also: Ist dir irgendwas aufgefallen an denen?«

»Sie haben so entsetzlich gestunken. Und dann hat einer so was geschrien. Aber das klang so blöd. Irgendwie 'ne blöde Sprache.«

»Was hat er geschrien?«

Er hob die Schultern. »Hat sich angehört wie … na wie ›Purle Doofi‹ oder so.«

»Purer Doofi vielleicht. Damit hat er wohl dich g'meint«, sagte Huber zwei.

»Hm, bist du sicher? Hast du eine Idee, in welcher Sprache?«, fragte Sperber.

»Ja bantumäßig, negerisch halt.«

»Okay, negerisch also.« Sperber sah zu Huber zwei. »Hast du noch Fragen?«

Huber rückte sich zurecht und stützte die Arme auf die Bettlehne. »Wie viele seid ihr, ich meine, euer Negerplattmachclub?«

»Fünf waren wir.«

»Jetzt bist du allein. Keiner mehr da«, sagte Huber zwei.

»Habt ihr auch den Leuten aus dem Asylbewerberheim was tun wollen?«, fragte Sperber.

»Wir haben gewartet, dass die mal rauskommen. Scheiß Fidschies. Aber die haben ja das Gelände nie verlassen.«

»Fidschies? Weißt du eigentlich, woher diese Leute wirklich kommen?«

»Keine Ahnung. Aus Bantusien oder so«, zischelte er abfällig und sah zum Fenster raus.

»Gut«, schloss Huber zwei. »Keine Fragen mehr.«

Sperber stand auf und fasste den Burschen kurz am Arm, bis er ihn ansah. »Such dir neue Freunde, mein Junge. Übrigens: Die Leute kommen aus dem Kongo. Aus der Gegend kamen damals die ersten Menschen, also auch deine Vorfahren. Wenn die sich damals nicht aufgemacht hätten und zu uns gewandert wären, dann würdest auch du heute noch im Kongo leben.«

Sie gingen zur Tür, drehten sich beide noch mal um und grüßten den Burschen mit einem Augenzwinkern. Der hob kurz seine gesunde Hand. Als die Tür zu war, dachte er: Sogar der Büffel hat mich gegrüßt. Sogar dieser unfreundliche Büffel.

Als Huber zwei und Sperber auf die Sitzecke zukamen, waren fünf der Burschen lautstark beim Telefonieren. Alle benutzten protzige Smartphones. Die beiden anderen spielten auf der Tastatur herum und gaben dabei ununterbrochen Kommentare ab. Es war ohrenbetäubend.

Sperber gab Huber zwei ein Zeichen. Sie marschierten schnurstracks auf die Burschen zu und nahmen ihnen schneller, als die reagieren konnten, die Handys weg. Ein Riesengeschrei ertönte. »Er ist vom Landeskriminalamt. Und ich von der Strahlenschutzinitiative.« Sperber ging zum Fenster, öffnete es und ließ ein Handy nach dem anderen fallen. Huber reichte ihm den Nachschub.

»Diebstahl!«, schrie einer.

»Ist der bescheuert?«, schrie der Nächste.

»Sachbeschädigung!«, schimpfte wieder einer.

»Hey, du Arsch. Mein Handy!«, rief einer hysterisch und wollte Sperber hindern, doch Huber zwei hielt ihn zurück.

»Beihilfe!«, rief der Kleinste und zeigte auf Huber zwei.

Sperber blieb unbeeindruckt, bis sich alle beruhigt hatten und vor ihm standen wie die Schafe. Er streckte die Hand aus dem Fenster, deutete nach unten und sagte: »Rosengarten. Weich und stachelig.«

Dann setzten sie sich in Bewegung und verließen das Krankenhaus. Als sie an der Rampe ankamen, war das Auto weg. Huber zwei wollte kurz loslaufen. »Wohin?«, fragte Sperber ihn.

Huber zwei hielt inne. »Hey, Scheiße, wo ist das Auto?«, rief er laut.

Der Pförtner schob die Glasscheibe zur Seite und sagte mit erhabener Gleichgültigkeit: »Abschleppdienst.«

LEBERKAS

Huber zwei lehnte um halb zehn an Sperbers Türrahmen und biss in eine Leberkässemmel. »Was heißt das: Purle Doofi?«

»Ich denke ›Pour le Dauphin‹«, sagte Sperber. »Also: Für den Thronfolger, für den Prinzen.«

Huber zwei nickte und biss erneut in die Semmel.

»Mann, Huber, kannst du das nicht irgendwo anders essen? Allein um den Geruch zu verdauen, brauch ich einen Underberg!«

»Des is a bayerisches Grundnahrungsmittel«, sagte Huber zwei mit gespielter Empörung. »Geh, Fritz, hast keinen Hunger? I hab dir was mitgebracht.«

Sperber schlug verzweifelt die Hände vors Gesicht. Dann gab er auf und sagte: »Gib schon her!«

Huber ging einen Schritt vor und reichte Sperber eine Papiertüte mit einer zweiten Semmel. Sperber packte sie aus, nahm sie mit zwei abgespreizten Fingern in die Hände und biss hinein.

»Und? Gut?«

Sperber nickte. »Wirklich gut.«

Huber sperrte die Tür zu und griff in seine Tasche. »Mit einer Halben is noch besser.« Er holte zwei Flaschen Augustiner heraus und öffnete sie. »Muss ja keiner wissen.« Er stellte eine Flasche auf Sperbers Tisch.

Sperber nahm die Flasche in die Hand und musterte sie verzückt. »Um die Zeit schon, Huber? Dafür würdest du im Preußenland standrechtlich erschossen!« Er machte dazu ein höchst ernstes Gesicht.

»Des wird ein Grund sein, warum so viele von die Preuß'n und die Kongolesen bei uns Asyl suchen und net umgekehrt.«

Sperber prostete ihm zu und nahm einen beherzten Schluck. »Ahhh. Wirklich gut.« Er wischte sich den Mund ab und biss erneut in die Semmel.

»I hab noch mal nachgedacht. Wegen der Desiré«, sagte Huber zwei kauend und trank einen Schluck Bier. »Nur so eine Idee.

Wenn die so oft in Ferien beim Hias war, hat vielleicht das Passwort irgendwas damit zu tun. Versuch's doch mal mit Hias oder Schleching oder Kampenwand oder Flori oder dem Namen von der Alm. Und vielleicht einer Jahreszahl. Wann sie zuletzt oder zuerst da war.«

Sperber fand die Idee gut. »Das könnte durchaus sein.«

»Jedenfalls war sie gern beim Hias. Und so wie der Hias erzählt hat … Is nur a Idee. Wenn's nix bringt, is auch nicht danebengegriffen. Was denkst du, Fritz?«

Sperber trank von seinem Bier, nahm die Flasche jedoch zu schnell hoch, sodass ihm der Schaum übers Gesicht lief. Ruckartig rutschte er zurück und streckte den Oberkörper vor. Das Bier quoll weiter aus der Flasche.

Huber zwei kommentierte: »Fritz, net gleich übersprudeln vor Begeisterung.«

»Tu doch was, Huber, das können wir doch nicht so lassen!«, rief Sperber angesichts der Pfütze, die sich unter seinem Schreibtisch bildete.

In dem Moment klopfte es an die Tür. »Hallo, niemand da?« Martha.

Sperber gab Huber zwei ein Zeichen aufzumachen.

»Hallo, Jungs, na, so konspirativ?« Sie roch das Bier und sah die Pfütze. »Net mal g'scheit saufen können's, die Preuß'n!«, bemerkte sie, nahm Sperber die Flasche aus der Hand und trank selbst einen gewaltigen Schluck. Dann stellte sie die Flasche zurück auf den Tisch und sagte: »So. Können wir jetzt bitte weitermachen, die Herren? In fünf Minuten bei mir. Da muss man ja erst mal schwimmen lernen«, sagte sie abschätzig, sah auf die Pfütze und ließ die beiden wieder allein.

Huber zwei und Sperber starrten ihr nach wie einem Weltwunder. »Bravo, sauber, des is a Chef, ha!«, stellte Huber zwei fest und klopfte Sperber auf den Rücken, dass er sich schon wieder am Bier verschluckte.

Sperber hob kurz die Hand und hustete sich das Bier aus dem Hals. Dann schlug er vor, zuerst mal zu Ende zu frühstücken. »Danach gehn wir zu Martha«, grummelte er. »Und ich sag Penelope Bescheid.«

Als sie fertig waren, schlenderten sie immer noch kauend den Flur entlang. Kollege Reuter kam ihnen entgegen. »Hey, Burschen! Ihr seid doch an dem Kongofall dran.« Offensichtlich wollte er nach seinem fatalen Bockmist einen auf »Bester Kollege aller Zeiten« machen.

»Ja und?«, fragte Huber zwei mit teilnahmsloser Miene.

»Ich hab was gehört vom Treiser Hubert, der ist beim Personenschutz. Morgen Mittag ist ein Empfang beim Miprä in der Staatskanzlei.«

»Ministerpräsident«, klärte Huber zwei Sperber auf. Er wandte sich wieder an Reuter. »Und?«

»Na ja, und der Treiser ist eingeteilt, um da so einen Kongomann zu begleiten. Unterhändler der kongolesischen Regierung, heißt es.«

Huber zwei und Sperber waren augenblicklich hellwach und angespannt. »Wo und wann?«, fragte Sperber.

»Des weiß ich nicht. Ruf ihn an«, sagte Reuter und reichte Huber einen Zettel mit Treisers Telefonnummer.

Huber zwei nickte und würdigte Reuter keines Blickes. Die beiden gingen weiter. »So viele Kongolesen in einer Woch! Des gibt's normal net!«, stellte Huber zwei fest.

»Na, dann schlag ich doch vor«, sagte Sperber zu ihm, »dass Huber eins und Huber zwei den Personenschutz übernehmen.«

PAHO

Polizeirätin Annalena Hintereggenthaler-Oberladstätter war schlank, langbeinig, hatte mittellanges hellblondes Haar und trug jeden Tag ein dunkelblaues Kostüm mit einem Halstuch und dazu Schuhe mit Absätzen. Sie war durchaus hübsch, was sie jedoch durch ihren ständig verbissenen Gesichtsausdruck hervorragend kaschierte. Seit einem Jahr war sie beim bayerischen Landeskriminalamt zuständig für die Einteilung der Personenschützer.

Sie war gefürchtet wegen ihres aufbrausenden Wesens. Im Dienstjargon nannte man das einen »bisweilen überengagierten Führungsstil«, und der hatte sie zur häufigsten Kundin der Polizeipsychologin gemacht. Sie begründete ihre Wutausbrüche üblicherweise mit hormonellen Unwägbarkeiten. Der eigentlich für ihre Ruhe bekannten Psychologin Klara Kurz war Annalena gegenüber einmal herausgerutscht, dank ihr sei ihr Arbeitsplatz auf jeden Fall gesichert. Selbst das hatte zu keinem nennenswerten Behandlungserfolg geführt.

Man wusste im LKA, dass die Juristin karrieresüchtig war und verbissen auf ihre nächste Beförderung hinarbeitete. Huber zwei hatte mal gemutmaßt, es wäre gar nicht möglich, sie zu befördern: Weil die Programme der Verwaltungscomputer zu wenig Schriftzeichen vorgesehen hätten, um bei dem Namen noch ein »Ober« vor die Polizeirätin zu setzen. Um diesem Dilemma Abhilfe zu schaffen, hatte er vorgeschlagen, sie kurz und bündig »Paho« zu nennen, aus den Anfangsbuchstaben ihres Dienstgrads und ihrer Namen. Trotz dieser erheblichen Vereinfachung mieden es ihre Kolleginnen und Kollegen, sie auch nur zu erwähnen.

Paho stammte aus Düsseldorf und war mit der irrigen Ansicht aufgewachsen, Bayern wäre ausschließlich konservativ und darüber hinaus auch noch hinterwäldlerisch. Nachdem sie den Münchner Juristen Hubert Hintereggenthaler geheiratet hatte, wollte sie ihr Wissen über eine aufgeklärte Welt zurück in das Land ihrer Vorfahren tragen – ihre Großeltern väterlicherseits stammten nämlich aus Bayern, genauer gesagt, aus der Oberpfalz.

Schon als Pubertierende hatte sie sich geschämt, wenn ihr Vater einen bayerischen Witz machte, und dieser Zustand hielt bis heute an. Sobald also der bayerische Mutterwitz zuschlug, roch sie an jeder Ecke Diskriminierung und vorsintflutliche Umgangsformen. Zumeist reagierte sie forsch und ungehalten. Unter ihren Kollegen galt sie als das Paradebeispiel eines humorlosen Roboters.

Daher verzog Martha das Gesicht, als Sperber ihr vorschlug, Huber eins und Huber zwei dem Personenschutz für den Kongolesen zuzuteilen und den Mann selbst zu begleiten. Nicht wegen des Vorschlags an sich, den fand sie gut. Aber sie musste sich jetzt mit Paho auseinandersetzen, die aus jeder kleinen Bitte einen Staatsakt machte.

Martha ging daher erst zu Polizeidirektor Müller, um sich rückzuversichern und sich die Genehmigung zu holen, mit Sperber am nächsten Tag in der Staatskanzlei anwesend zu sein. Die Verpflichtung von Huber eins und Huber zwei aber musste sie direkt mit den Personenschützern absprechen. Und da stand erst mal Paho im Weg.

Nach der kurzen Besprechung mit Müller eilte Martha die Treppe hinunter ins nächsttiefere Stockwerk. Vor Pahos Büro musste sie beim Anblick des Türschilds wie immer schmunzeln. Es war um eine Normbreite erweitert worden, denn die zweite, untere Zeile des Schilds stand dem Kollegen zu, mit dem Paho das Büro teilte.

Martha klopfte an. »Ein herzliches Grüß Gott miteinand!«, sagte sie fröhlich.

Paho sah von einem Formular auf. »Der hat hier drin nichts verloren«, erwiderte sie bissig.

»Oh, vergessen. Atheisten-Lounge. Ein schöner Tag wünsch i!«, sagte Martha in bestem Bayerisch. Sie wusste, dass die Kollegin Dialekte abscheulich fand. Paho hatte des Öfteren verlauten lassen, es müsse sich doch jeder aktiv der gemeinsamen hochdeutschen Sprache bedienen. Man konnte mit ihr stundenlang diskutieren, von welchen umgangssprachlichen Ausdrücken und Gebräuchen man sich als zivilisierter Mensch distanzieren sollte. Aber das machte längst niemand mehr.

»Was gibt es, Frau Kieninger?«, fragte Paho. Der Kollege sah kurz auf und dann wieder auf seinen Bildschirm. Von ihm sagte man, ihm wären bereits Schutzmembrane über die Trommelfelle gewachsen. Dennoch zog er in Erwartung des bevorstehenden Duells den Kopf ein.

»Ich beantrage kurzfristigen Einsatz von Huber eins und Huber zwei beim Personenschutz.«

»Warum?«

»Weil sie ermitteln sollen.«

»Wo?«

»Ja, bei einem Einsatz.«

»Mit wem?«

»Miteinander«, sagte Martha ungerührt.

Paho atmete tief durch. »Was sollen sie ermitteln?«

»Ja, des sollen sie ja erst ermitteln.«

»Wen sollen sie beschützen?«

»Den Mwami von Mwenga!«

»Wo kommt der her?«

»Aus Mwenga. Wie der Name schon sagt.«

Paho blieb äußerlich ruhig. Aber in Gedanken kochte sie wohl bereits eine Fleischbrühe aus Marthas Innereien. »Deutscher Staatsbürger?«

»Nein, Ausländer. Diplomatenstatus.«

»Welches Land?«

»Kongo. Demokratische Republik.«

»Wann soll der Einsatz sein?«

»Fragen Sie Kollegen Treiser, der ist bereits eingeteilt.«

»Warum sagen Sie das nicht gleich?«

»Sie haben mich nicht gleich danach gefragt.«

Paho lief rot an. »Ja und?«, schrie sie aufgebracht. »Muss man denn euch Bayern immer alles aus der Nase ziehen?«

»Hey, Mädel, beruhig dich!«, sagte Martha. »Was heißt denn überhaupt ›ihr Bayern‹? Wir sind so verschieden wie ihr Nordrheiner und Westfalen auch.«

»Es gibt keine Nordrheiner!«

»Ja, warum heißt es dann so?«

»Nur das Land heißt so. Die Leute heißen Rheinländer!« Sie ärgerte sich über Marthas Ignoranz.

»Na gut. Dann sind wir die Bayerländer. Wieder was g'lernt!«, sagte sie, schürzte die Lippen und zog die Brauen hoch. »Und jetzt, Frau Hintereggenthaler-Oberladstätter, gibt's die Einsatzgenehmigung?«

»So schnell geht das nicht, das wissen Sie doch. Ich muss das erst bearbeiten«, keifte Paho.

»Ja, haben S' jetzt net alles mitg'schrieben?«, fragte Martha mit dem Ausdruck größter Verwunderung.

»Frau Kieninger. Sie wissen genau, wie die Vorschriften sind und dass das Zeit braucht!«

»Ja, klar. Schicken Sie die Genehmigung bitte direkt an Polizeidirektor Müller. Der wartet schon drauf. Und …«, Martha lächelte, grüßte den Kollegen und wandte sich zum Gehen, »… der Einsatz ist morgen.«

STAATSKANZLEI

Martha trug einen schwarzen Hosenanzug und eine weiße Bluse sowie flache schwarze Schuhe. Sperber hatte seinen besten dunkelblauen Anzug ausgemottet und sich noch ein neues weißes Hemd und eine gedeckte moderne Krawatte gekauft. Seine Schuhe putzte er erst im Büro mit Marthas Putzzeug, weil er zu Hause keine Schuhcreme hatte. »Mist!«, schrie er danach und zeigte auf den schwarzen Fleck auf seiner linken Manschette.

Für Sperber die Genehmigung zu bekommen war einigermaßen schwierig gewesen. Als Polizist ging er nicht durch. Darum hatte ihn Polizeidirektor Müller über den persönlichen Referenten des bayerischen Innenministers eingeschleust. Weil er offiziell nicht an dem Polizeieinsatz teilnehmen durfte, hatte man ihn als besonders verdienten Wissenschaftler auf die Einladungsliste gesetzt. Als jemand, der lange im Kongo war und daher mit dem Unterhändler aus dem Kongo eine Unterhaltung führen konnte. Martha war seine Begleitung.

Huber eins und Huber zwei wurden zum Personenschutz für den Kongolesen eingeteilt. An ihrer Seite war Kollege Treiser, der zwar über die beiden Grünschnäbel schimpfte, aber einsah, dass es für diese Ermittlungen notwendig war.

Der Empfang fand statt im Prinz-Carl-Palais, den Repräsentationsräumen des bayerischen Ministerpräsidenten. Martha und Sperber fuhren mit einem Zivilpolizeifahrzeug vor. Ein Blaulicht klebte auf dem Dach. Martha stieg zuerst aus, dann Sperber. Er fühlte sich hervorragend von ihr beschützt und sagte ihr das auch. »Danke, Frau Oberkommissarin, das ist eine große Ehre für mich.«

Martha schwieg. An der Tür zeigte sie ihren Ausweis und Sperber seine offizielle Einladung zum Empfang. Nacheinander trafen Gäste ein, die man aus den Medien kannte. Hauptsächlich Geschäftsleute und Industrielle, aber auch einige Leute aus dem Showbusiness und der Kunstszene. Traditionell fühlte sich der Ministerpräsident der Kunst verpflichtet. Insbesondere die

Verwaltung der Staatskanzlei nahm immer wieder für sich in Anspruch, der Kunst gegenüber sehr aufgeschlossen zu sein. Man versuchte das auch in der Architektur und den Räumlichkeiten auszudrücken.

Sperber betrat den großen Saal und nahm sich ein Glas Orangensaft von einem Tablett, an dem eine Kellnerin festgeklebt zu sein schien. Er schlenderte durch den Raum. Da er hier niemand kannte, stellte er sich irgendwohin und schaute gelangweilt auf sein Glas. Martha stellte sich etwas abseits, so war es geplant.

Neben ihm posierte eine Schauspielerin, die seit jeher durch ihre besondere Schönheit, aber auch hin und wieder durch intelligente Kommentare geglänzt hatte. Ihre besten Zeiten waren zwar eindeutig vorbei. Aber sie sah in Wirklichkeit wesentlich besser aus, als es ihr viele Neiderinnen und Neider zugestanden. Weil er so allein im Raum stand, bemerkte sie ihn und fand ihn interessant genug, auf eine Reaktion von ihm zu warten. Sperber fing ihren Blick auf und grüßte verhalten schüchtern. Da sie ihn natürlich nicht kannte, kniff sie kurz die Augen zusammen und trat dann zwei Schritte auf ihn zu. »Kennen wir uns?«, fragte sie interessiert.

»Äh, nein, ich glaube nicht. Ich meine natürlich, ich weiß schon, wer Sie sind. Aber mich werden Sie kaum kennen.« Sperber schüttelte verlegen lächelnd den Kopf.

»Was trinken Sie da? Saft? Die Zeit ist zu schade, um sie mit so etwas zu vergeuden!« Sie winkte dem Kellner, der sofort mit einem Tablett Winzersekt antanzte. Sie nahm Sperber den Orangensaft aus der Hand, hob zwei Gläser vom Tablett und reichte ihm eines.

»Zum Wohlsein. Anne Arendt.«

»Oh, sehr angenehm. Mein Name ist Sperber.« Sie stießen an. Sie lächelt wirklich entzückend, dachte Sperber.

»Und weiter?«

»Friedrich Sperber.«

»Was machen Sie hier, Friedrich Sperber? Lassen Sie mich raten. Sie sind der Vorsitzende vom Catering-Komitee.«

»Sie scherzen.«

»Natürlich. Sie sind der Chef des Kölner Zoos?«

»Mein Tonfall?«

»Ihre unbändige Ausstrahlung!«, gab sie zurück.

Sperber lächelte. »Wieder falsch!«

»Na, helfen Sie mir doch ein bisschen.«

»Wissenschaftler. Ich bin Wissenschaftler.«

»Oh, Professor, Institutsleiter?«

Bevor er etwas sagen konnte, sagte Martha, die plötzlich hinter ihm stand: »Entschuldigen Sie. Aber Herr Dr. Sperber ist oft etwas schüchtern. Ich bin sein Personenschutz. Und ich bin stolz drauf.« Mit Zurückhaltung ergänzte sie: »Er ist der nächste Physiknobelpreisträger. Aber …«, Martha legte den Zeigefinger vor die Lippen und zischte leise: »Verraten Sie es noch niemand. Es ist noch nicht offiziell verkündet. Das wird heut vielleicht der Ministerpräsident machen.« Und schon war sie wieder weg.

Diese Mistgurke! Das war wohl die Retourkutsche für die Priesterin, dachte Sperber.

Anne Arendt gab sich in höchstem Maße beeindruckt. Sie hielt sich die behandschuhte Hand vor den Mund und quietschte vor Vergnügen. »Ein echter N… Oh, jetzt hätt ich es fast verraten! Sie müssen mir ganz viel über sich erzählen. Kommen Sie, mein Lieber, ich entführe Sie kurz.« Sie nahm ihn beim Arm und zerrte ihn in eine ruhigere Ecke des Raums.

»Es ist ja eher langweilig, was Wissenschaftler so machen«, sagte Sperber.

»Wenn Sie wüssten, wie langweilig sogenannte Künstler sind. Bis auf wenige Ausnahmen. In München ist ja gar nix mehr los. Sind alle nach Berlin und Köln. Bei uns gibt es nur noch die Abgehalfterten und Übriggebliebenen.«

»Ah, und ich habe gedacht, dass gerade in München …«

Sie unterbrach ihn. »I wo! Alles vorbei. Die Bussis werden jetzt anderswo verteilt. Nur ganz selten tut sich noch mal was.«

In dem Moment betrat ein Mann Mitte dreißig den Raum. Glatte, lange schwarze Haare, ungewöhnlich effektvoll an der Seite zusammengebunden. Er trug eine Brille wie Elton John und eine lila Samtschlaghose aus den Siebzigern. Dazu billige Männersandalen. Sein Jackett war lang und dunkelgrün. Er trug einen weißen Verband um den Kopf und ging an zwei wild bemalten Krücken, wobei er das linke Bein, das er nachzog, bei jedem Schritt vibrierend in Szene setzte. Er wurde von vielen Umherstehenden überschwänglich begrüßt und hofiert.

»Der da zum Beispiel. Ein Highlight, der Mann. Der hat die Kunstszene noch mal so richtig aufgemischt. Haben Sie von ihm gelesen?«, fragte sie.

»Nein, wer ist das?«

»Max Schoberbeck. Österreicher. Sein Motto: I schaaß mi um niix«, zitierte sie ihn. »Wahnsinnig interessanter Typ! Er war bis vor Kurzem nur innerhalb der Kunstszene bekannt. Ein genialer Mann. Kennen Sie sich aus mit moderner Kunst?«, fragte Anne Arendt, wobei sie Sperber von der Seite ansah, als dürfte sie ihm gleich seine TÜV-Zertifizierung für die Eignung als Mitglied dieser Gesellschaft überreichen.

»Na ja, ich hab früher mal mit Dosenmilch und Hühnerblut experimentiert und damit den Wandschrank meiner Eltern angemalt. Das Kunstwerk war aber nicht von langer Dauer«, versuchte es Sperber. »Mein Vater hat den Schrank verbrannt. Sie sehen: Ich bin wirklich kein Experte.«

»Die moderne Kunst trachtet nach Erneuerung. Seit dem Impressionismus ist das so. Eine wahre Zeitenwende. Wer danach noch vorlagengetreu gearbeitet hat, war kein Künstler mehr.«

»So hab ich das noch nie betrachtet.« Sperber nahm sich noch einen Winzersekt. Der Saal füllte sich immer mehr mit illustren Gästen.

»Es folgten Phasen der Dekonstruktion.«

»Dekonstruktion? Also des Auseinandernehmens, oder was meinen Sie?«

»Ja, so könnte man sagen. Man hat schließlich nur noch Kuben und Rhomben gemalt, dann nur noch Flächen, Striche und Quadrate. Sie erinnern sich?«

»Ja, ja«, sagte Sperber beflissen. »Klar. Und nackte Frauen waren auch dabei.«

Anne Arendt atmete tief durch. »Ja, aber das war doch kein Trend, nichts Innovatives. Frauen gab es immer in der Kunst. Und nackt waren sie auch schon immer, ... wenn man sie ausgezogen hat.« Sie hob eine Braue und lächelte verwegen. »Na ja. Dann kam Picasso. Und hat angefangen, alles, was Form hat, zu dekonstru…«

»Auseinanderzunehmen.«

»Ja, genau. Er nahm alles auseinander und hat es neu zusammengesetzt. Eine Revolution in der Malerei.«

»Ich erinnere mich. Scheußliche Gesichter, dicke Ärsche und kleine Füße.«

»Ja, und dann kamen irgendwann wieder neue Ideen. Zum Beispiel kam Jasper Johns in den Fünfzigern auf die verrückte Idee …«

Applaus brauste auf. Ein trübsinnig dreinblickender Schauspieler aus einer bekannten Vorabendserie betrat den Saal. Sperber nutzte Anne Arendts Sprechpause, um den kunsthistorischen Vortrag abzukürzen.

»Ja, und was macht jetzt Max Schoberbeck?«, fragte Sperber.

»Oh, das übertrifft wirklich alles!« Anne Arendt geriet ins Schwärmen: »Haben Sie schon gesehen, was seit einer Woche auf dem Vorplatz der Pinakothek der Moderne steht?«

»Nein, gesehen nicht. Nur gehört, dass man dort einen Haufen Schrott abgeladen hat. Da war ein Bild in der Zeitung.«

»Ignorantengewäsch!«, rief Anne Arendt gegen erneuten Applaus an und hakte sich bei Sperber ein. »Das sind zwei ineinander verkeilte Automobile. Im Original dort aufgestellt. Max Schoberbeck hat die endgültige Dekonstruktion geschaffen, die brachiale Zerstörung.«

Sperber betrachtete sie skeptisch. »Was ist das Besondere daran?«, fragte er erstaunt.

»Er hat einen Unfall gehabt. Und in diesem Moment schuf dieser Max Schoberbeck sein größtes Kunstwerk, sozusagen aus dem Augenblick heraus. Er besaß die Genialität, den Direktor der Pinakothek der Moderne noch vom Ort des Geschehens aus anzurufen. Und er hat ihm diesen Unfall verkauft.«

Sperber stutzte. »Den Unfall verkauft?«

»Aber ja«, rief sie euphorisch. »Nicht etwa die Autos, nein, den Unfall als Ereignis! Der Unfall an sich ist das Kunstwerk. Die zerstörten Autos als Sinnbild der Dekonstruktion. Und der Moment des Unfalls ist ohne Zeit. Verstehen Sie?« Sie wartete auf

Sperbers Nicken. Das blieb jedoch aus. »Der Unfall, die Überführung der Dimensionslosigkeit in eine Form. Vollkommen neu! Die Konstruktion der Dekonstruktion! Absolut revolutionär!«

»Absolut!«, bestätigte Sperber.

Anne Arendt war erschöpft. Sperber auch.

Ein Raunen war zu hören. Die Menschen wandten sich zum Saaleingang. Dort erschienen drei in Maßanzüge gekleidete Schwarze mit Sonnenbrillen. Ihnen folgte ein großer, kräftiger Mann, ebenfalls ein Schwarzer. Er trug einen dunklen Anzug und rote Schuhe. Über den Anzug war ein Leopardenfell drapiert, und auf dem Kopf trug er eine Haube, die ebenfalls aus Leopardenfell gefertigt war. Und in der Hand hielt er ein glänzendes Zepter aus geschnitztem Elfenbein. Ihm wurde ein angemessener Applaus zuteil. Man spürte förmlich die Anspannung im Raum. Und sah die lauernden Blicke einiger Männer, die sich von diesem Schwarzen etwas erhofften. Durch die Tür sah Sperber Huber eins und Huber zwei, die im Foyer zurückgeblieben waren.

Der Ministerpräsident betrat den Saal. Höflicher Applaus. Er ging auf die Bühne und begrüßte die Gäste. Er freue sich, dass Bayern ein Land der Vielfalt und der Kreativität sei. »Und Sie alle, woher Sie auch kommen«, schloss er, »sind uns herzlich willkommen unter dem weiß-blauen Himmel!« Er lächelte und begab sich unters Volk.

Er kannte sie fast alle. Die meisten von ihnen langweilten ihn. Aber wenn er eines konnte, dann war es, so zu lächeln, dass jeder dachte, es wäre echt. Dieses Lächeln würde er jetzt dem Mann aus dem Kongo schenken.

ERDÄPFEL

Sobotka saß in seinem Stammcafé und trank einen Kaffee. Kaffee! Dass sie diese saure Brühe überhaupt so nennen durften! Wenn man sich ein wenig bemühte, dann konnte man den Tassenboden sehen. Er trauerte seiner Wiener Melange nach. Diese Deutschen! Ein Volk von arbeitswütigen und bierernsten Robotern, aber ohne Geschmack. Ja, Bier, das hatten sie im Überfluss. Aber nix G'scheits zum Essen, nix G'scheits zum Trinken. Keinen guten Wein, keinen guten Kaffee, keine Schmankerln, und der Tafelspitz kam von der Ochsenbrust. Und dann dieser norddeutsche Akzent, der sich in München breitmachte, als wäre eine Horde evangelikaler Sprachmissionare in Bayern eingefallen! Grauenhaft. Nach jedem Arbeitstag taten ihm die Ohren weh. Und das Heimweh nagte an ihm.

Die ersten beiden Jahre hatte er fast jeden Abend Wien nachgeweint. Tagsüber gab er sich verbindlich und versteckte sich hinter seinem Wiener Schmäh. Doch die zugereisten jungen Leute verstanden ihn oft nicht. Er galt zwar als sehr freundlich, aber auch als langsam. Viele nahmen ihn gar nicht ernst. Manche der jungen Damen, denen jeglicher Bezug zu einem regionalen Idiom ausgemerzt worden war, hielten offenbar ein gekünsteltes und nasal ausgesprochenes Deutsch, akzent- und seelenfrei, für die einzig mögliche Sprache. Sie belächelten ihn und bezeichneten in ihrer Unwissenheit seine Sprache als Dialekt! Sein Wiener Schriftdeutsch! Sie fanden ihn knuffig. Süß, der Sobotka, das war eine typische Reaktion. Dabei lachten sie mit verkniffenem Gesicht, als würden sie über ein Plüschtier reden, sie äfften ihn nach und fanden sich auch noch nett. All das vertiefte Sobotkas Gram.

In Wien hatte er zur ersten Riege der Gesellschaft gehört, dort galt er als gebildet, eloquent und blitzg'scheit, zumal er aus gutem Hause stammte. Die Deutschen jedoch kränkten ihn. Sie taten das nicht absichtlich. Aber er mochte ihre Art nicht. Diese Sprache! Topfen hieß hier Quark, die Paradeiser waren einfach nur Tomaten. Aber wie sie Geschäfte machten, das faszinierte Sobotka. Und deshalb blieb er hier.

Im Lauf der Jahre hatte er es verstanden, seine anfängliche innere Lähmung in Aktion zu verwandeln. Sein Aufenthalt in München glich inzwischen einem heimlichen Feldzug. Er war Wiener. Er konnte ausharren. Er erkannte sogar einen Vorteil darin, dass er ständig unterschätzt wurde. Mit der Zeit hatte er diese geschwätzigen Leute einen nach dem anderen auflaufen lassen. Und Hartung würde er sich bis zum Schluss aufheben. Er wusste, dass Hartung ihn nicht ausstehen konnte. Das machte ihm nichts. Wer von niemandem gemocht wird, dachte er, muss sich auch nicht mehr darum bemühen.

Die Deutschen waren ihm zu direkt. Ihre Direktheit empfanden sie als Tugend, aber oftmals war sie nichts anderes als beleidigend. Ihnen fehlte es an Diplomatie und Einfühlsamkeit. Sobotka hatte allerdings festgestellt, dass bei vielen, die glaubten, alle Schwierigkeiten wie mit einem Panzer aus dem Weg räumen zu können, der natürliche Selbstschutzreflex weitgehend verloren gegangen war. Sie waren im Alltag nicht auf der Hut. Sie waren schlechte Strategen. Es fehlte ihnen an List. Das aber, so wusste er, war seine Stärke, denn diese Fähigkeit hatte er in Wien bereits mit der Muttermilch aufgesogen. Im Wiener Vielvölkergemisch konnte man sich nur als gewiefter Taktiker einen gebührenden Platz sichern.

Jetzt musste er noch auf den richtigen Moment warten. Käme er doch bloß an die mächtige Adele Gumumbali heran! Aber wie? Die operative Verbindung hatte Ngonsomo gehalten, und jetzt würde wohl Watabe übernehmen. Diese beiden hatten aber stets ausschließlich an Hartung berichtet, und so hatte dieser den Kontakt zu Gumumbali nie aus der Hand gegeben. Die mächtige Frau direkt zu kontaktieren würde bedeuten, sich ihr auf Gedeih und Verderb auszuliefern. Dazu war es noch zu früh, dachte Sobotka.

In seiner Zeit bei der Hartung AG hatte Freimuth Sobotka zu jedem Vorstandsmitglied und zu jeder Führungskraft aus der zweiten Reihe schon einmal intensive Kontakte gepflegt. Er kannte jeden, hatte über jeden Mann und jede Frau ein geheimes

Dossier angelegt, er wusste um die Stärken und auch um die Schwächen. Was ihn am meisten erstaunte, war, dass die wenigen Damen in Hartungs Management nahezu ebenso viel Dreck am Stecken hatten wie die Herren. Persönliche Vorteilsnahme in Form von Einkäufen auf Rechnung der Hartung AG, manipulierte Reiseabrechnungen, um anschließende Ferienaufenthalte zu finanzieren, illegale Absprachen. Bei den Männern ging es häufiger um gekauften Sex während der Vorstandstagungen. Das kam aber durchaus auch bei den Damen vor, denn auch sie vergnügten sich offensichtlich gern mit Damen. Auch dann, wenn sie nicht homosexuell waren. Es war einfach Ausdruck von Macht.

Hartung waren diese Privilegien – wie er es nannte –, die sich seine Manager herausnahmen, bis zu einem gewissen Punkt egal. Nur bei der jährlichen Hauptversammlung durfte das nicht zur Sprache kommen. Er wollte sich nicht nachsagen lassen, er gehe lax mit Vorschriften um. Aber diese Privilegien sicherten ihm die Loyalität seiner Leute.

Sobotka hatte sich zunutze gemacht, dass Hartung ihn nicht leiden konnte. Hin und wieder, wenn jemand über Paul Hartung schimpfte, hatte er die Gelegenheit genutzt und leise und eher beiläufig die Möglichkeit angesprochen, man müsse ja auch einmal überlegen, dass Paul Hartung in absehbarer Zeit möglicherweise als Vorstand abgelöst werden könnte. Dafür hatte er das Codewort Amtsmüdigkeit kreiert. Subtil und indirekt, aber klar in der Zielvorstellung. Sobotka hatte jedem das Gefühl gegeben, ihm als Außenstehenden könnte man anvertrauen, wenn man mit Hartung unzufrieden war. Er würde schon nichts weitergeben. Und so glaubte jeder, in Sobotka einen geheimen Vertrauten zu haben. Das war sein Kapital, das er eines Tages nutzen würde. Seine Stunde würde kommen, es war nur eine Frage der Zeit.

Was Freimuth Sobotka allerdings nicht erkannte, war, dass er seine eigene Stellung in diesem Intrigengebäude völlig falsch einschätzte.

KONGOBONGO

Der Ministerpräsident hatte viele Hände zu schütteln. Sperber stand unauffällig mit Martha neben einer Säule und beobachtete ihn dabei. Anne Arendt war kurz zu anderen Prominenten gewechselt, warf ihm aber ab und zu ein Lächeln zu. Sie hatte ihn gebeten, nicht wegzulaufen, damit sie ihre Unterhaltung fortsetzen konnten.

In einer Ecke spielte eine Kapelle leise Salonmusik, dann kündigte der Kapellmeister in edler bayerischer Tracht an, dass jetzt bayerische Volksmusik an der Reihe sei. Die Musiker legten mit zwei Klarinetten los, dann setzte ein Instrument nach dem anderen ein, bis auch die Tuba und das Schlagwerk dabei waren.

»Heut gibt's a Rehragout, a Rehragout, a Rehragout …« Die Musik hatte augenblicklich Auswirkung auf die Stimmung im Saal. Die Leute bewegten sich, wenn auch kaum merklich, nicht mehr so steif wie zuvor. »… a Rehragout, a Rehragout …«

Jetzt stand der Ministerpräsident beim Mwami von Mwenga. Ein Exot in dieser Gesellschaft, ohne Frage, dachte Sperber. Der Ministerpräsident schüttelte dem Mwami die Hand und erkundigte sich nach seinem Wohlbefinden. Respektvolle Höflichkeiten wurden ausgetauscht.

Sperber näherte sich vorsichtig, bis er halbwegs verstehen konnte, was geredet wurde.

»Heut gibt's a Rehragout, a Rehragout, a Rehragout …«

Der Mwami fragte den Dolmetscher, was die Männer dort singen würden. Der Ministerpräsident erläuterte ihm, das sei eine bayerische Volksweise über ein traditionelles bayerisches Fleischgericht, das in diesem Lied besondere Wertschätzung erfahre.

»… Rehragout, a Rehragout …«

Der Mwami verzog erstaunt den Mund. »Wird da ein Jagdritual besungen?«, fragte er. »Wir im Kongo, …«, der Mwami fasste sich an die Brust, »… wir jagen auch. Antilopen, Giraffen, auch Affen und Löwen werden gebraten.« Der Mwami rollte die

Augen noch mehr und untermalte seine Beschreibungen mit ausladender Gestik.

»Nein«, sagte der Ministerpräsident gequält freundlich, »es geht bloß um ein Hausfrauen-Rezept.«

Der Mwami hielt inne und sah ihn verblüfft an. Dann lachte er so herzlich, dass alle Umstehenden mitlachten. Seine Präsenz war umwerfend.

»Eure Majestät«, sagte der Ministerpräsident, »wir schätzen uns überglücklich, dass Sie uns heute hier beehren. Als wir von Ihrem Aufenthalt in München erfahren haben, wollten wir es uns nicht nehmen lassen, Ihnen bedeutende Repräsentanten unserer bayerischen Industrie vorzustellen.«

Der Mwami nickte und gab sich geschmeichelt.

»Sie wissen, dass wir gern unsere Wirtschaftsbeziehungen zum Kongo intensivieren würden. Wir sind davon überzeugt, dass wir in Ihnen in naher Zukunft einen wertvollen und hochgeschätzten Partner finden könnten.« Der Ministerpräsident drehte sich um und legte einem Mann, der schräg hinter ihm stand, die Hand auf die Schulter. »Darf ich Ihnen Herrn Professor Dr. Paul Hartung vorstellen? Er kennt sich bestens aus mit vielem, was die Erze im Kongo betrifft.«

Sperber sah, dass die Augen des Mwami kurz aufblitzten und dass ein Mundwinkel für einen Moment nach oben ausschlug.

Hartung trat einen Schritt nach vorn und gab dem Mwami von Mwenga die Hand. Der zeigte sich jetzt hocherfreut und überschüttete Hartung mit Freundlichkeiten. Selbstverständlich kenne er Hartungs Namen und wisse um seine hohe Qualifikation. Hartung wiederum verneigte sich kurz, er fühlte sich in hohem Maße geehrt. Sperber war klar, dass diese Begegnung aus Hartungs Sicht nur von Vorteil sein konnte. Der neue Mwami von Mwenga war ein Hoffnungsträger der zukünftigen kongolesischen Politik, mit dem man rechnen musste.

Dann machten die Musiker eine Pause, die Gespräche der Anwesenden wurden lebhafter. Jetzt hatte der Referent des Innenministers Sperber entdeckt, kam auf ihn zu und sprach ihn an. »Herr Dr. Sperber, richtig?«

»Ja«, sagte Sperber und streckte die Hand aus. Sie wurde ignoriert.

»Bitte folgen Sie mir. Sobald sich der Ministerpräsident entfernt hat, bringe ich Sie zu unserem Wirtschafts-Staatssekretär. Er wird dem Mwami gerade vorgestellt, sehen Sie?«

Sperber nickte unauffällig.

»Der Staatssekretär wird Sie in die Gesprächsrunde aufnehmen. Ich habe mich für Ihre Zuverlässigkeit verbürgt. Bitte enttäuschen Sie mich nicht. Der Staatssekretär wünscht sich jemanden, der ihm mit Informationen über den Kongo ab und zu unauffällig unter die Arme greift.«

»Wie soll ich das machen?«, fragte Sperber.

»Mischen Sie sich nicht direkt ins Gespräch ein. Antworten Sie, wenn Sie gefragt werden. Aber zurückhaltend, versteht sich. Wenn der Staatssekretär etwas völlig Falsches sagt, dann stellen Sie das unauffällig richtig, etwa so: ›Man könnte auch sagen, dass …‹ Aber machen Sie das nicht zu oft.«

Sperber kochte. »Entschuldigen Sie, aber ist das so ein Depp, Ihr Staatssekretär?«

Der Referent verzog die Augen. »Ach, wissen Sie, er hat das ja nicht gelernt. Er wurde politisch eingesetzt. Und so viele passende Mitglieder hat eine Partei gar nicht zur Verfügung, dass man alle wichtigen Posten mit Intelligenzbestien besetzen könnte.« Er sieht ein wenig traurig aus, dachte Sperber. »So ist es nun mal«, sagte der Referent abschließend und bat Sperber, ihm zu folgen.

»Moment noch. Ich möchte, dass meine Begleitung mitgeht.« Er zeigte auf Martha.

Der Referent nickte. »Ja, natürlich, kein Problem. Kommen Sie einfach mit«, sagte er zu Martha.

Inzwischen hatte sich eine Tanzkapelle auf der Bühne formiert. Vorn standen ein Mann an einer Steeldrum und eine Frau in langem Rock an zwei langen Congas. Alle Musiker trugen Khaki-Anzüge mit Tropenhelmen und lächelten, was das Zeug hielt. Ihre Augenhöhlen waren schwarz geschminkt. Dann wurde die Beleuchtung heruntergefahren, und ein Lichtspot richtete sich auf den Mann am Mikrofon.

»It's showtiiiiiime!«, kreischte er ins Mikro. Alle Anwesenden sahen nach vorn. Er hob die Arme langsam nach oben, bis er ein

Ypsilon bildete. Und dann johlte er so laut er konnte: »Kongobongooooo!«

Er nickte kurz, und die Band legte augenblicklich los. Exotische Klänge und Rhythmen fegten durch den Saal, das Publikum johlte mit. Alle machten Tanzschritte, bis auf den Mwami von Mwenga und seine Begleiter. Doch diese Musik wurde offensichtlich zu Ehren des fremden Gastes gespielt, und die Menschen jubelten dem Mwami aus dem Kongo zu. Sie lachten ihm zu und klatschten. Zum Abschluss ertönte als Krönung: *»In the jungle the mighty jungle the lion sleeps tonight. Ohi'mbube ohi'mbube, ohi'mbube ohi'mbube …«* Das tanzende Volk hatte vor Rührung Tränen in den Augen und war glücklich, dem Mann aus dem Kongo das kleine, aber weltoffene Bayern präsentieren zu können.

Colteaux begriff, dass er jetzt in seiner Rolle nichts verderben durfte. Also begann auch er zu tanzen. Seine Begleiter blieben stocksteif stehen.

Als die Musik endete, gab es tosenden Applaus für ihn, den Mwami, und für die Band. Der Gast aus dem Kongo bedankte sich höflich, indem er beschwichtigend in die Menge winkte und sich mit aristokratischer Zurückhaltung vor den Musikern verneigte. Diese verbeugten sich ebenfalls, alle gleichzeitig und immer noch mit einem eingeätzten Lächeln im Gesicht.

Dann fragte der Mwami den Staatssekretär: »Was für eine Art Musik war das?« Er lächelte dabei sehr höflich.

»Äh, wir nahmen an, es wäre Musik aus Ihrer Gegend, also Ihrem Land.« Er sah sich verunsichert nach seinem PR-Berater um.

Der Mwami machte ein erstauntes Gesicht. »Ah. Ja, danke. Das war wunderbar. Das sind übrigens schöne Instrumente da vorn, die kennt man bei uns im Kongo gar nicht. Gelegentlich müssen Sie mir die einmal erläutern.«

Der Staatssekretär lief vor Scham rot an. »Bongotrommeln sind nicht aus dem Kongo?«

Sein Berater stand jetzt neben ihm, räusperte sich und flüsterte hinter vorgehaltener Hand: »Das da auf der Bühne, die langen Trommeln, das sind Congas. Bongos sind so kleine Dinger! Und die sind auch nicht aus dem Kongo. Und die Steeldrum mit der

Frau dran, die kommt aus der Karibik!« Er schnellte zurück wie eine Eidechse. Der Staatssekretär fühlte sich vorgeführt.

Der Mwami von Mwenga stellte noch eine Frage und legte dabei den Kopf leicht nach links: »Was ist Kongobongo?«

»Ja, das ist doch ein Tanz. Im Kongo, oder?«, fragte der Staatssekretär, sein Lächeln war wie in Stein gemeißelt. Sein Berater wollte im Boden versinken.

»Ein Tanz? Hm …« Der Mwami drehte sich kurz zu seinen Begleitern um und fragte: »Kennt ihr den Tanz? Bongo? Kongobongo?« Sie verneinten mit einem Kopfschütteln. Um sie herum wurde es jetzt leiser. Die Leute hatten mitbekommen, was da gerade ablief.

Der Mwami wandte sich wieder an den Staatssekretär: »Bongo ist ein Gebirge. In der Zentralafrikanischen Republik. Aber Kongobongo …« Er schüttelte den Kopf.

Herrgott, ist das peinlich!, dachte der Staatssekretär. Wer auch immer diese Showkapelle engagiert hatte, der war seinen Job jetzt los.

»Aber schönes Wort«, rief der Mwami jetzt zur Erleichterung der Umstehenden. Dann lachte er laut und warf den Kopf in den Nacken. Der Staatssekretär war völlig konsterniert und schweißnass. Er brachte kein Wort mehr über die Lippen. Der Mwami breitete mit gespenstischer Präsenz die Arme aus. Die Leute warteten wie gebannt, was er machen würde.

Dann schrie der Mwami von Mwenga laut: »Kongobongooooo!«, und die Band legte von vorn los.

GROSSWILDJAGD

Adele Gumumbalis Gesicht sah besorgt aus. Die Zeiten hatten sich geändert. »Was soll das heißen: Prinz Alphonso ist tot?«

»Ja, Madam, in Deutschland«, sagte Leo. »In Bayern, auf einem Berg. So hoch wie der Kilimandscharo, heißt es.«

»Nein, nein, Leo«, sagte Adele. »So hoch sind die Berge dort nicht. Dort sieht es aus wie bei ›Derrick‹. Der kommt aus Bayern!«

Leo nickte. »Und seine weiße Priesterin ist auch tot.«

Adele sah versonnen aus dem Fenster. »Der Plan des Prinzen, Hartung zu verunsichern, ist also nicht aufgegangen.« Dann wandte sie sich wieder an Leo. »Ist die Information zuverlässig?«

»Ja, ich denke schon. Ich bin dem Gerücht nachgegangen und habe im Internet etwas gefunden. Es stand in mehreren deutschen Nachrichten-Portalen. Nach der Beschreibung der Opfer können es nur die beiden sein. Und der Prinz hat sich seitdem ja auch nicht mehr bei uns gemeldet.«

»Erst kümmert er sich um Ngonsomo, und jetzt hat es den Prinzen selbst erwischt, samt seiner schönen Prinzessin!«, sagte Adele seufzend und zog ihre Stirn kraus. »Was machen wir bloß, Leo? Was machen wir bloß?« Sie atmete schwer. »Ich werde mir etwas einfallen lassen müssen.«

Mit Prinz Alphonso Nkuwu hatte sie ein Abkommen geschlossen. Er wollte, dass der Erzhandel legalisiert wurde. Da die kongolesische Regierung seine Stärke als Integrationsfigur erkannt hatte, war er als Unterhändler der Regierung zu ihr gekommen. Allerdings nicht ohne Eigeninteresse, denn im Gegenzug hatte die Regierung ihm territoriale Autonomie versprochen, als Mwami von Mwenga.

Er hatte Adele geholfen, ihren Einfluss auszubauen. Der Prinz hatte gewusst, wie wichtig und unumgänglich ihre Fähigkeiten waren. Und sie hatte schon lange geahnt, dass ihre Abnehmer irgendwann kein geschmuggeltes Erz mehr kaufen würden. Es war eine Frage der Zeit. In Zukunft sah sie sich daher nicht nur als unumstrittene Königin der Schmuggler, sondern hatte sich vom Prinzen bereits den Posten der offiziellen Geschäftsführerin der staatlichen Erzhandelsgesellschaft zusagen lassen. Aus einem einfachen Grund: weil sie sich im Coltanhandel auskannte. Diesen Vorteil hatte auch die Regierung erkannt und ihre Bedingungen akzeptiert. Und irgendwer musste ja dafür zuständig sein. Was aus Sicht von Menschenrechtskommissionen und der UN als Unrecht galt, galt hier in Kivu als absolut normal. Für viele glich Adele einer Mutter, die ihnen Brot gab. Ihrer Güte wegen wurde sie von ihren Mitarbeitern vergöttert, und jeder fürchtete, ihre Gunst zu verlieren.

Nur zwei Menschen konnten sie wirklich aus der Ruhe bringen: Lucien Ndenga, ehemaliger General der Regierungsarmee und jetzt Oberhaupt seines eigenen Reiches im Norden von Kivu. Er war ein Tutsi. Allein das war für sie Grund genug, ihn zu verachten. Und Jean Colteaux, den man den Söldner mit dem Kreuz aus Stahl nannte. Die beiden waren die Einzigen, die ihr im Weg standen.

Ndenga und seine rechte Hand Jean Colteaux lebten ebenfalls vom Coltanschmuggel und nahmen ihr einen Teil des Profits weg. Wenn auch nur einen kleinen. Und bisher war es ihr trotz ihres strategischen Geschicks nicht gelungen, die beiden auf ihre Seite zu ziehen.

Gegen Ndenga und seine Männer hatte sie kaum eine Chance. Das wusste sie. Sie waren zu gut ausgebildet, zu stark und besser organisiert als die Regierungstruppen. Ihre Waffen besorgten sie sich über Uganda. Außerdem hatte Ndenga Rückhalt bei der Bevölkerung. Denn er half den Menschen, wenn die Mai-Mai es mal wieder übertrieben. Zumeist leitete Jean Colteaux, dieser frittenfressende Belgier, diese Operationen. Man sagte von ihm, dass er die Mai-Mai nicht besonders schätzte. Er habe schon viele von ihnen umgebracht. Aber manchmal arbeiteten Ndenga und Colteaux auch mit den Mai-Mai zusammen. Dieser Colteaux, das wusste Adele, hasste sie, weil sie die Hutu unterstützte. Bereits mehrmals hatte er sie als indische Hexe beschimpft. Und Colteaux plante etwas, das wusste sie. Das beunruhigte sie in höchstem Maße.

Für ihre Zusammenarbeit mit der Regierung hatte Adele Gumumbali zur Bedingung gemacht, dass die Regierungstruppen ihr halfen, Lucien Ndenga und Jean Colteaux unschädlich zu machen. Dafür setzte die Regierung verstärkt die Mai-Mai-Milizen ein, die seither in Kivu wie die Berserker wüteten. Sie begingen ungeheuerliche Gräueltaten an der Bevölkerung, die sich nun bedauerlicherweise vermehrt zu Ndenga hingezogen fühlte.

Dann hatte Adele eine Idee. Hartungs Mittelsmann Ngonsomo hatte die Geschäftsverbindungen nach Deutschland gefestigt, die Hartung-Gruppe war mittlerweile ihr wichtigster Großabnehmer. Ngonsomo hatte jedoch auch bei kleineren Rebellengruppen gekauft, das wusste sie. Leo hatte Adele berichtet, Ngonsomos Nachfolger werde sein ehemaliger Assistent Robert Watabe. Über ihn käme man vielleicht an eine Liste der Rebellenlieferanten und deren Lieferwege. Vielleicht könnte man sie – mit Hilfe von Regierungstruppen – auf diesem Weg aushebeln?

»Leo, wir sollten versuchen, diesen Sobotka zu kontaktieren. Wir wissen nicht viel über ihn. Aber Ngonsomo hat mir einmal berichtet, dass Sobotka ein ausgefuchster Typ ist. Ein Intrigant.«

»Wie wollen wir es anstellen?«

»Er spricht Französisch. Ruf ihn an und frag ihn, ob er sich ein paar Tage freinehmen kann. Mal sehen, ob er das Format für die Großwildjagd hat.«

Alle tanzten. Der Mwami war offensichtlich gut gelaunt, und selbst der Ministerpräsident hatte schon ein paar Schritte gewagt. Jetzt waren auch die Begleiter des Mwami in Bewegung, wenn auch ohne eine Miene zu verziehen. Der Staatssekretär war immer noch schweißgebadet. Er redete sich jetzt selbst ein, doch alles richtig gemacht zu haben. Wer immer die Showkapelle engagiert hatte, der konnte sich über ein Lob freuen!

Der Referent des Innenministers, Sperber und Martha durchquerten den Saal. Kurz flüsterte der Referent dem Staatssekretär etwas ins Ohr und deutete auf Sperber. Ohne zu grüßen nahm der Staatssekretär ihn zur Kenntnis.

Die Musik machte wieder eine Pause. Der Mwami lachte erneut. Sperber stand jetzt etwa drei Meter von ihm entfernt. Er hatte das immer deutlicher werdende Gefühl, dass mit diesem Mann irgendetwas nicht stimmte. Was es genau war, hätte er nicht sagen können, es war mehr eine Ahnung. Aber gerade das beunruhigte Sperber. Was war hier falsch?

Der Staatssekretär fasste Sperber am Arm und ging mit ihm auf den Mwami zu. »Herrn Professor Hartung habe ich Ihnen bereits vorgestellt. Darf ich Sie auch mit unserem Dr. Specht bekannt machen …«

»Sperber, Friedrich Sperber«, sagte Sperber.

»Ah … ja, also Herr Dr. Sperber war jahrelang im Kongo und hat dort Erfahrungen im Bergbau gesammelt. Er kennt sich in Ihrem Land aus.«

»Eure Majestät«, sagte Sperber mit einer unmerklichen Verbeugung.

»Darf ich fragen, wo im Kongo Sie gearbeitet haben?«, fragte der Mwami.

»In Kivu. Südlich von Goma.«

»Oh, wann war das?«

Sperber fiel der belgische Akzent auf, aber der war im Kongo nichts Ungewöhnliches.

»Vor einigen Jahren. War eine wilde Zeit dort. Ich hoffe, es hat sich einigermaßen beruhigt.«

»Ja, es ist ruhiger geworden. Mein Land strebt nach Frieden. Ich möchte erreichen, dass unser Land für seine Rohstoffe angemessen bezahlt wird. Zurzeit fließt das Geld …«, er sah jetzt Hartung höflich, aber direkt an, »… noch in ziemlich unklare Kanäle. Die Regierung hat mich beauftragt, das zu ändern. Wir wollen den Menschen im Kongo mehr Wohlstand und vor allem Frieden verschaffen.« Er nickte sanft.

Jetzt mischte Hartung sich ein. »Herr Dr. Sperber, entschuldigen Sie, mein Name ist Paul Hartung.«

»Ihr Name ist mir natürlich bekannt, angenehm«, gab Sperber zurück, zeigte aber Zurückhaltung.

Hartung fuhr fort: »Eure Majestät, ich möchte Ihnen sagen, dass wir von der deutschen Industrie aus gern unseren Beitrag dazu leisten möchten. Was können wir noch mehr tun als das, was zurzeit schon geschieht? Sie wissen sicher, dass wir uns stets bemüht haben, die internationalen Resolutionen einzuhalten?«

»Wir brauchen Partner, die nur noch legales Erz annehmen«, antwortete der Mwami umgehend. »Dabei geht es vor allem um Niob und Tantal. Wir in Afrika nennen das Erz Coltan.«

»Wir sind wie gesagt sehr bemüht. Aber ich bin sicher, dass wir noch Gelegenheit finden, das an anderer Stelle zu besprechen!«, sagte Hartung.

»Da stimme ich Ihnen zu. Aber wir sollten prüfen, ob Ihr Beispiel schon jetzt Schule machen kann, damit wir auch andere Unternehmen dazu bewegen können, Ihrem Modell zu folgen. Darf ich Sie zu einem Gespräch in mein Haus einladen?«

»Es wäre mir eine Ehre«, sagte Hartung. »Unsere Sekretariate sollten noch für diese Woche einen Termin ausmachen.« Der Mwami nickte.

Sperber wurde aufgeregt. Er wusste, dass Hartung in der Steiermark an zweifelhaften Produktionsstätten beteiligt war, und warf einen Ball ins Spiel: »Es gibt da zum Beispiel bestimmte österreichische Unternehmen. Die könnten sich sicher an Ihrer Haltung ein Beispiel nehmen.«

Hartung warf ihm einen kalten Blick zu und reagierte gelassen.

»Österreich sollte eigentlich denselben Standards folgen, die wir hier in Deutschland auch haben. Aber in Einzelfällen weiß ich das natürlich nicht.«

»Nun, so viele entsprechende Erzhütten gibt es nicht in Österreich. Eigentlich nur eine einzige. In der Steiermark.«

Hartung schwieg eine Sekunde zu lange. »Ja, die kenne ich natürlich. Das soll ja ein hochmodernes Werk sein.«

»Sind Sie nicht sogar an diesem Werk beteiligt?«, fragte Sperber.

»Oh, das wird schon so sein. Aber die Anteilsverhältnisse habe ich nicht im Kopf.« Er lachte, als wären derartige Kleinigkeiten für ihn gar nicht von Bedeutung. »Solche Dinge regelt mein Sekretär für mich.« Er warf joviale Blicke in die Runde, um die anderen gegen Sperber auf seine Seite zu ziehen.

Martha gab Sperber einen Knuff, um ihm mitzuteilen, er solle vorsichtiger agieren.

In dem Moment mischte sich wieder der Staatssekretär ein. »Meine Herren, darf ich Sie noch zu einem Sekt einladen? Aus unserem schönen Frankenland. Dort wächst ein hervorragender Weißwein. Ich kann ihn nur empfehlen.« Er winkte einem Kellner.

Als alle schwiegen und auf den Sekt warteten, legte Sperber überraschend nach: »Eure Majestät, darf ich Sie noch etwas fragen?«

Der Mwami wandte sich ihm wieder zu. »Ja, gern. Fragen Sie. Sie sind ein … ein sehr interessierter Mann.« Das klang bedrohlich.

»Wie ist es möglich, dass immer noch so viel illegales Coltan Ihr Land verlassen kann? Das kann man doch nicht allein der westlichen Industrie vorwerfen.«

Der Blick des Mwami bohrte sich starr in Sperbers Augen. Totenstille. Der Staatssekretär lief rot an. Dennoch antwortete der Mwami scheinbar offen: »Natürlich haben da auch Leute im Kongo die Hände im Spiel. Sie wissen selbst, wie die Minen aussehen. Die Arbeiter schuften sich fast zu Tode, sie müssen das Material oft mit bloßen Händen aus dem Boden kratzen. Und dann bekommen sie von den Zwischenhändlern nur wenig Geld für ihre Ausbeute.« Er formte seine Hände zu Halbkugeln und starrte auf seine Fingernägel, wobei sein Gesicht den Schmerz der Schürfer widerspiegelte. Der Mwami machte aus seinen Erläuterungen ein fast surreales Schauspiel. Die Umherstehenden hörten gebannt zu.

»Welche Rolle spielt dabei die Regierungsarmee? Man sagt, sie bedienen sich manchmal der Mai-Mai-Milizen, wenn es darum geht, nun … Schwierigkeiten aus dem Weg zu räumen.«

Eisiges Schweigen.

»Er hat Diplomatenstatus!«, flüsterte Martha ihm ins Ohr. »Man kann ihm nichts!« Als wüsste Sperber das nicht.

Der Mwami lächelte jetzt eisig. »Das sind unbewiesene Gerüchte. Wir haben unsere Armee. Die kämpft *gegen* die Rebellen, nicht *mit* ihnen.« Er stellte sein Sektglas auf das Tablett, das der wie angewurzelt dastehende Kellner bereithielt. »Und jetzt entschuldigen Sie mich bitte, Dr. Sperber. Vielleicht darf ich Sie eines Tages im Kongo wieder begrüßen, in einer unserer Minen?«

Der Mwami verneigte sich kurz und ließ Sperber einfach stehen. Der Staatssekretär warf ihm einen vernichtenden Blick zu. »Lassen Sie sich hier bloß nie wieder blicken«, zischte er. »Auf Ihre Dienste werden wir in Zukunft gern verzichten. Dr. … Specht.« Er wandte sich um und ging.

Auch der Kellner wollte gerade gehen. »Halt«, sagte Sperber und stellte sein Glas auf das Tablett, während er das des Mwami nahm und in sein Einstecktuch wickelte. »Das können wir doch zur Sicherheit mal auswerten, oder?«, fragte er Martha.

Sie steckte das Glas in ihre Tasche und antwortete: »Legal geht das nicht.« Sie grinste. »Aber wir finden schon einen Weg.«

Beim Hinausgehen blieb Sperber neben dem Staatssekretär stehen. »Herr äh … Staatssekretär. Spechte haben einen Vorteil.« Der Staatssekretär sah ihn herablassend an, und Sperber setzte hinzu: »Sie können geschickter fliegen als Krähen.«

SCHUSSLINIE

Als Sperber mit Martha das Palais verlassen wollte, kam Anne Arendt noch einmal auf ihn zu.

»Schade, dass Sie schon gehen müssen. Besuchen Sie mich doch in meinem Kunstcafé. Ich würde mich freuen. Für Sie bin ich immer zu sprechen.« Sie küsste ihren Finger und legte ihn auf seine Wange. Sperber fuhr ein kleiner Schauer durch den Magen.

Martha wartete auf ihn. »Na, du hast ja sogar Chancen bei Leuten, von denen man gar nicht weiß, dass es sie noch gibt!«

Sie gingen zum Auto. Als sie eingestiegen waren, meinte Martha: »Dem Mwami bist du ja ganz schön auf den Schlips getreten. Ich dachte schon, du erregst zu viel Aufmerksamkeit.«

Sperber musste ihr recht geben. »Aber mit dem Kerl stimmt was nicht. Dieser Leopardenkönig verursacht mir ein mieses Gefühl. Ich weiß nicht, was es ist. Er spielt seine Rolle gut, aber irgendetwas sagt mir, der ist nicht echt. Die wollen nur alle, er wäre es …«

Im Büro angekommen, kochte Martha einen Kaffee.

»Wenn wir die Hintermänner kriegen wollen, dann müssen wir uns mehr mit dem Erz beschäftigen«, bemerkte Sperber kritisch. »Wir ermitteln so simpel wie irgendwelche Dorfpolizisten.«

Martha sah ihn erstaunt an und fragte: »Sag mal, ist dir die Staatskanzlei zu Kopf gestiegen?« In ihrem Blick lagen Vorwurf und Maßregelung zugleich.

»Martha, hör zu. Das LKA ermittelt in Mordfällen, sehr außergewöhnlichen, das gebe ich schon zu. Und die Fälle hängen alle zusammen. Aber ich glaube, wir verzetteln uns. Denn die Morde sind nur Teil eines großen Ganzen. Sie sind wohl kaum der Schlüssel zu dem, was dahintersteckt, sondern eher die Auswirkung. Und genau das ist der Punkt. Wir dürfen nicht betriebsblind werden.«

Martha sah Huber eins und Huber zwei der Reihe nach an, und dann wieder zu Sperber: »Betriebsblind? Soso. Und was schlägt der Herr Silikon-Fritz vor?«

»Ich schlage jetzt vor, dass ihr euch weiter mit den Morden beschäftigt. Und dann schlage ich vor, dass ihr diesen Mwami mal beschattet. Irgendeiner sollte mal vierundzwanzig Stunden lang genau notieren, was der so treibt. Wer besucht ihn? Wer von seinen Leuten geht wohin? Und was tun die den ganzen Tag?«

»Fritz, der hat einen Diplomatenpass! Kapierst du das nicht? Wenn wir den beschatten, kriegen wir richtig Ärger.« Martha war aufgebracht.

»Doch, das weiß ich, und ich hab das übrigens im Palais schon gewusst. Tu nicht so, als wäre ich blöd, Martha! Stell halt ein Auto hin, die müssen sich dabei ja nicht doof anstellen. Und wenn jemand fragt, dann beschattet das LKA halt den Nachbarn. Was ist daran so schwierig? Hey, ihr seid die Polizei! Ihr könnt das!« Huber eins und Huber zwei hörten mit verschränkten Armen zu und mischten sich nicht ein. »Es kann doch nicht sein, dass das LKA es nicht auf die Reihe bringt, einen höchst zweifelhaften Menschen in unserem Land zu beschatten. Sieh halt zu, dass du das hinkriegst. Das ist dein Job, Martha!«

»Dein Ton passt mir nicht, Friedrich Sperber.« Sie erklärte ihm, welche Vorschriften es da gab. Und dann sagte sie ihm, dass er recht habe, was diesen Kerl angehe. »Ich bin ja deiner Meinung, Fritz. Aber blöderweise hast du uns mit deinem Auftritt heute in die Schusslinie gebracht.«

Sperber nickte. »Vielleicht ist es dann ganz gut, wenn ich mich mal zurückziehe. Ich mache Folgendes: Ich werde mich mit dem Erz befassen. Es muss eine Möglichkeit geben herauszufinden, was da alles gemauschelt wird. Wir müssen an diesen Hartung ran. Oder steht der auch unter Denkmalschutz? Ich habe nämlich das dumpfe Gefühl, dass da noch mehr auf uns zukommt.«

Martha zögerte. »Mach das, Fritz. Ich glaube auch, dass du hier bei uns momentan nicht an der richtigen Stelle bist.«

Das saß. Sperber musste schlucken. Das tat richtig weh. Bis zum Wochenende würde er sich mit den wissenschaftlichen Grundlagen beschäftigen. Er wollte diesem Hartung auf den Zahn fühlen, und dazu brauchte er Faktenwissen. Er nickte Martha zu, ging zur Tür und fragte dann: »Martha, irgendwann. Auf einen Whisky?«

Martha gab keine Antwort. Sie warf ihm einen enttäuschten Blick zu. Aber darin entdeckte Sperber auch ein kleines Ja. Nur ein kleines. Doch immerhin ein Ja. Er öffnete die Tür und verließ lächelnd ihr Büro.

ZUCKERWATTE

Er setzte sich in seinen Schreibtischstuhl, legte die Lehne nach hinten und die Füße auf den Tisch. Dann griff er zum Buch »Erzmikroskopie«.

Verdammt, es musste doch Möglichkeiten geben, legales von illegalem Coltan zu unterscheiden. Er hatte mal gelernt, wie man mit einem Mikroskop geschliffene Erzproben prüfen konnte. Man legte die Probe unter das Objektiv, beleuchtete sie von oben mit polarisiertem Licht und beobachtete anhand der schillernden Farben die Veränderungen, die sich ergaben, wenn man die Probe drehte. Und aus jeder Mine sah ein Erz jeweils etwas anders aus.

Er musste sich Coltanproben besorgen. Aus verschiedenen Provinzen. Und dann musste er herausfinden, wie das illegale Erz aus Kivu zusammengesetzt war, und wie im Vergleich dazu das aus den legalen Minen in Ruanda, Uganda oder Mosambik. Damit hätte er etwas in der Hand, um zu beweisen, dass in Deutschland illegales Material verarbeitet wurde. Sperber war klar, er würde sich mit mächtigen Leuten anlegen. Er wollte an die Hartung-Gruppe heran.

Er brauchte also ein Mikroskop. Er wählte die Nummer der Beschaffung. »Beschaffungsstelle LKA, Marion Murmeister. Wie kann ich Ihnen helfen?«

Sperber kam sich im ersten Moment so vor, als wäre er in einer Hotline für Bodylotion gelandet.

»Helfen? Mir kann keiner mehr helfen. Aber ich brauch ein Mikroskop! Sperber hier.«

»Sperber … hm … Sperber gibt's net«, sagte die Dame.

»Gibt's doch!«

»Hm … und wo gibt's den?«

»Kieninger, Oberkommissarin Kieninger. Versuchen Sie es damit.«

»Hören Sie, Sie sind keine Frau! Das hör i ganz genau, dass Sie net die Frau Kieninger sind!«

»Ja, ja, klar. Ich heiße Sperber und arbeite in Frau Kieningers Truppe, und ich brauche ein Mikroskop.«

»Dürfen Sie denn das?«

»Was bitte?«

»Ja, dürfen Sie einfach so ein Mikroskop haben wollen? Das kostet einen Haufen Geld! So ein Mikroskop.« Stille.

Sperber sah den Hörer an. »Hallo? Soll ich persönlich zu Ihnen kommen? Das wäre vielleicht einfacher.«

»Ja, wenn Sie meinen. Und bringen S' mir Ihren Dienstausweis mit. Sonst wird das gar nix mit einem Mikroskop. Könnt ja jeder kemma!« Sie hatte aufgelegt.

Diese bayerische Direktheit, so charmant wie abgekühlte Brotsuppe, beeindruckte Sperber jedes Mal aufs Neue. Er ging ins Erdgeschoss und fand das Büro von Marion Murmeister. Sie war klein, dicklich und hatte ein Vollmondgesicht. Ihre Frisur stand auf Sturm und hatte mindestens drei Farben: Braun, Blond und Rot. Eine vierte Farbe vermutete Sperber in dem vogelnestartigen Gebilde an ihrem Hinterkopf.

»Grüß Gott, Frau Kollegin. Sperber. Der ohne Dienstausweis«, sagte er grinsend und reichte ihr die Hand.

Sie antwortete mit einem strengen Blick, der sie aussehen ließ wie ein ausgestopfter Wiedehopf. Sie machte keinerlei Anstalten, ihm die Hand zu geben. »Ohne Ausweis geht gar nix!«

»Ja, vielleicht will ich ja auch gar nix. Dazu brauch ich doch keinen Ausweis, oder?«

Sie erstarrte und blickte von ihrem Bildschirm auf. »Wenn S' mi pflanz'n wollen, dann müssen S' früher aufstehn!«

»Noch früher geht nicht. Da sind andere noch wach.«

»Sie, was tun Sie eigentlich hier?«

»Sperber heiß ich und arbeite bei Frau OK Kieninger.«

»Ah, sind Sie der mit die Kunstbrüste? Sie sind mir ja einer. Kunstbrüste im Röntgen eingeschmuggelt! Schämen sollten S' sich.«

Uff. Die Geschichte schien Kreise zu ziehen. Und zwar keine guten.

»Und an Namen haben S' ja auch schon. Silikon-Fritz, gell?« Sie lächelte aus unerfindlichen Gründen.

Na ja, was sollte er machen. »Okay, eigentlich Sperber.« Er reichte noch mal die Hand. Diesmal erwiderte sie seine Freundlichkeit.

Sie stand auf und blieb dabei nahezu unverändert groß, trotz enormer Absätze unter ihren strammen Waden. Sie trug grüne Netzstrümpfe und einen hautengen dunkelroten langen Lederrock, der kurz vor dem Bersten stand. Ihre Bluse war weit aufgeknöpft und saß trotzdem stramm. »Ich brauch erst eine Genehmigung von Ihrer Chefin. Für was war das noch?«, fragte sie und stolzierte zu einem Aktenschrank. Ihre Erscheinung war ein sorgfältig choreografiertes Bollwerk gegen den Zeitgeschmack die weibliche Figur betreffend.

»Für ein Erzmikroskop. Vielleicht haben Sie noch eines aus Altbeständen? In der Asservatenkammer. Das keiner mehr braucht. Wo sich jemand freut, wenn es nicht mehr in irgendeiner Ecke verstaubt. Es ist ja so: Ich glaube gar nicht, dass Sie ein solches Gerät haben. So was hat das LKA sicher nicht. Woher denn auch?«

»Moment mal, Sie haben gar keine Ahnung, was wir alles haben oder nicht haben. Das LKA ist gut ausgerüstet«, sagte sie in betontem Hochdeutsch. »Das is net so wie bei die Preuß'n. Bayern ist nämlich ein sehr modernes Land mit allem, was man so braucht, um modern zu sein!«, sagte sie selbstbewusst und streckte ihre Brust nach vorn.

»Das glaube ich Ihnen aufs Wort!«, sagte Sperber und verlor seinen Blick in ihrem bunten Haarnest. Dann fügte er hinzu: »Ansonsten müssten wir eines beantragen und kaufen. Kostet 'nen Haufen Geld!«

»Na ja«, sagte sie kokett und musterte Sperber. »I schau mal, was mein Blechtrottel hergibt.« Sie schwang ihren Körper mit überraschender Geschmeidigkeit wieder hinter den Schreibtisch und rief eine Datenbank auf.

Es dauerte etwa eine Minute. Sie sah überaus angestrengt auf ihren Bildschirm, so als würde er dadurch besser arbeiten. »Ha, da haben wir was! Ein Leitz-Erzmikroskop.« Sie rückte ihre Lesebrille zurecht. »Zuletzt gebraucht 1985. Mit Beleuchtungseinrichtung, Auflicht, hm … Wech-sel-ob-jek-ti-ven und

Wech-sel-o-ku-la-ren. Ja, is das was, Herr Silikon?«, fragte sie stolz.

»Das Beste, Frau Marion. Das Beste! Das ist eine grandiose Lösung meines Problems. Wie komm ich jetzt ran an das Ding?«, fragte Sperber in dem Glauben, die Hürden der bayerischen Bürokratie sicher umschifft zu haben.

Sie lächelte so entzückend wie ein Riesenberg rosa Zuckerwatte und hauchte ihm zu: »Mit dem Dienstausweis Ihrer Chefin.«

WEISSBIER

Herbert Sondermann war mit dem Nachtzug angereist. Er war dem rheinischen Karneval entflohen, zum ersten Mal seit Jahren. In Köln ging das nicht anders: entweder mittendrin oder weg.

»So viel Schlaf hab ich zum letzten Mal gehabt, bevor ich in die Schule gekommen bin«, sagte er, als er Sperber am Bahnhof gähnend die Hand gab. »Boah, bin ich ausgeschlafen. Wat trinken die hier, Sperber?«

»Große Krüge voll mit Bier. Und dazu lutscht man Würste aus. Und der Senf ist süß.«

»Wie kann Senf denn süß sein? Man kann doch auch aus Chili kein Zucker machen, oder?«, fragte Sondermann verwundert. »Wo können wir das probieren?«

»Fahren wir in die Innenstadt«, schlug Sperber vor.

Im Weißen Bräuhaus setzten sie sich an einen hohen Tisch mit Barhockern und bestellten Weißwürste und Weißbier. Sondermann trank das erste Bier in einem Zug aus.

»Lecker!«

Sperber nickte erstaunt und lachte. Sondermann sagte zum Kellner: »Herr Festwirt. Noch so ein leckeres Bierchen!« Dabei entfuhr ihm ein deutlich hörbarer Rülpser. »Uff. Das Gas muss ja irgendwie raus!«

Der Kellner fand das nicht lustig. »Kannst dich net benehmen, wo du herkommst?«

Sondermann nahm das Glas in die Hand, reichte es dem Kellner und sagte: »Dasselbe noch mal, mein Freund, aber größer.«

Das Gesicht des Kellners spannte sich an. »Und an Vogel hast auch, gell?«

»Ich hab kein Vogel! Aber Durst wie 'ne Kuh!«

»Weißbier gibt's nur in den Gläsern. Wenn du ein Liter willst, nimmst ein Helles!«

Der Kellner drehte sich um, das leere Glas in der Hand. Dann kam er mit einer Mass zurück.

Sondermann sah sich das Bier an und staunte. »Jetzt is mir klar, warum die Bayern alle so dicke Köppe haben. Vor lauter Saufen und Schimpfen.« Er trank und setzte bei der Hälfte ab.

»Mal sehen, was dein Kopp gleich macht, wenn du so weiterschluckst«, gab Sperber zu bedenken.

»Nix gegen lecker Kölsch. Aber so wat hier is ja richtig bekloppt!«

Sperber legte ihm eine Weißwurst auf den Teller.

»Und jetzt?«, fragte Sondermann.

»Auslutschen. Auszutzl'n, sagt man hier. Und dazu isst du den süßen Senf …«, er zeigte auf den Topf, »… und eine Brez'n. Und dazu trinkst du viel Bier. Aber das weißt du ja schon!«

Sondermann machte sich über die Weißwurst her. »Wieso trinkst du eigentlich nix?«

»Weil ich heut noch fahren muss.«

»Quatsch, wir nehmen die U-Bahn, oder?«

»Nein, es geht weiter weg.« Sperber lachte ihn an und sagte: »Herbert, heut fahren wir noch nach Österreich.«

»Bist du bescheuert? Ich besuch dich hier in München, und du willst verreisen?«

»Du fährst mit!«

»Du hast ja nicht alle Tassen im Schrank! Ich will Münchens Kneipen erkunden. Und das heute noch!«

»Tust du ja gerade. Wir fahren gleich nach den Weißwürsten. Ich will dich dabeihaben. Es geht um den Kongo-Fall.«

Sondermann wachte auf. Es gab nur eine Sache, die ihn von seiner Lieblingsbeschäftigung, dem Biertrinken, ablenken konnte: ein spannender Fall.

»Erzähl mal.«

Sperber legte los und berichtete ihm, was vorgefallen war.

Sondermann schnalzte mit der Zunge, nahm einen Zahnstocher und trieb Bergbau zwischen seinen Zähnen. »Spannend, spannend. Habt ihr schon rausgekriegt, wer der ominöse Begleiter der Belgierin war?«

»Nein. Der hatte keinen Ausweis bei seinen Sachen. Die gesamte Kleidung der beiden ist bisher nicht aufgetaucht. Handy, Kamera, alles weg. Wir wissen nur, dass sie ihn ›Prinz‹ genannt hat.«

»Der erste schwarze Karnevalsprinz wahrscheinlich. Wurd ja auch Zeit. Alaaf!« Sondermann lachte breit.

Sperber ignorierte den Kalauer. »Wir wissen eigentlich gar nichts über ihn. Hoffentlich kriegen wir den Laptop von dieser Desiré bald mal geknackt. Da steht ja vielleicht was drin.«

»Was ist mit diesem Kabel? Habt ihr das schon untersucht?«

»Wir warten noch aufs Labor.«

Sondermann nickte und versuchte sich an der Weißwurst. Sie fiel ihm mitten auf den Teller in den Senf, der den ganzen Tisch vollspratzte. Der Kellner sah das, kam gelassen mit einem Tuch und wischte alles weg. Scherzhaft machte er Anstalten, Sondermanns Gesicht auch noch abzuwaschen.

Sondermann legte ihm einen Arm um die Schulter und fragte: »Trinkst du eins mit?«

Der Kellner verneinte unter der Anmerkung, dass er sich mit Preußen nicht verbrüdern dürfe. Sondermann antwortete: »Und ich dachte immer, es gäb schon Waffenstillstand?« Er prostete ihm zu. »Und was sollen wir in Österreich?«, fragte er dann Sperber.

»Hartung ist in der Steiermark mehrheitlich an einer Erzhütte beteiligt.«

»Und?«

»Ich vermute, die verarbeitet illegales Coltan.«

»Mal 'ne Frage, Freund. Was bedeutet eigentlich in deinem Wortschatz illegal?«

»Na ja, Österreich und Deutschland haben mit dem Kongo kein Handelsabkommen, das diese Einfuhren verbieten würde. Aber …«

»Man darf es also. Es ist nicht illegal, sondern lediglich unmoralisch.«

»Na ja, wenn man es genau nimmt, hast du wohl recht.«

»Was willst du dann dort? Bleiben wir hier und trinken weiter.«

»Die UNO hat aber die Verarbeitung von solchem Coltan geächtet. Es ist völkerrechtlich also hochbrisant, eine Art rechtliche Grauzone. Der Weltmarkt hat reagiert, er verlangt nach legalem Coltan. Aber: Ich vermute, dass in Österreich blutiges Kongo-Coltan verhüttet wird und als legales Niob und Tantal mit enormen Gewinnen auf den Markt kommt. Denn ist es erst mal veredelt, ist die Herkunft nicht mehr nachzuweisen. Aber im Erz sehr wohl. Wir brauchen also Erzproben. Wenn es uns gelingt, die Herkunft nachzuweisen, könnten wir Hartung gehörigen Druck machen. Das wäre nämlich ein gefundenes Fressen für die Weltpresse. Machst du mit?«

»Wie?«

»Wir müssen hinfahren und an eine Erzprobe kommen. Ich will wissen, woher die das Zeug haben.«

»Wie willst du das anstellen?«

»Uns wird schon was einfallen. Komm, sei kein Spielverderber, Herbert!«

Der Kellner kam, und Sperber zahlte.

»Hey, ich bin bei der Polizei, vergessen? Wenn du das Zeug klauen willst, ohne mich. Das ist illegal!«, machte Sondermann klar.

Sperber grinste verschmitzt und sagte: »Es ist nicht illegal, sondern lediglich unmoralisch.«

Sondermann lächelte, legte seine Serviette auf den Tisch und ließ den Rest seines Biers stehen.

SCHILCHER

Sperber saß hinter dem Steuer seines Mercedes Strich-Acht. Der alte Diesel nagelte vor sich hin. »In dem Auto sitzt man ja wie in einem Wohnzimmer«, hatte Sondermann kommentiert. »Altherrenfahrzeug, was? Bist du sicher, dass wir damit heute noch ankommen?«

»Wart's ab.«

Sondermann sah geradeaus auf die Straße. Er spürte das Bier. Sie hatten Salzburg bereits hinter sich gelassen. In Eben verließen sie die Tauernautobahn und fuhren über Radstadt nach Osten. Bald waren sie in der Steiermark.

»Verdammt, Fritz, wie weit ist das noch?«

»Nicht mehr allzu weit. Hunger?«

»Bärenhunger. Das Frühstück konnte ich ja schließlich nicht mehr austrinken.«

Sperber grinste und schlug vor, einen Landgasthof anzufahren. »Dort gibt es meistens gutes Essen, und das ist auch nicht teuer.«

Sondermann sagte: »Ist mir egal. Hauptsache feste Nahrung.«

Kurz vor Schladming steuerte Sperber einen Gasthof an der Ennstal-Bundesstraße an. Sondermann stieg aus. Er stützte seine Hände in die Gegend, wo sich vermutlich seine Hüften befanden, streckte den Bauch in die Sonne, sah sich um und sagte: »Das ist also die herrliche Steiermark!«

»Das grüne Herz Österreichs!« Sperber lächelte fröhlich.

»Und hier fahren die Leute zum Wintersport hin. Super Gegend!«

»Kannst du eigentlich Skifahren, Herbert?«

»Ich? Skifahren? Ich glaub, ich bin schneller, wenn ich runterrolle!« Er lachte. »Und wie ist das Essen hier?«

»Herbert, nirgendwo besser als hier! Bestens zum Rollen!«

»Und das Bier?«

»Sehr gut. Und steirischer Wein ist ein Gedicht!«

»Aha, sind wir also richtig! Dann lass uns mal die Schnitzel testen.«

»Okay, und dabei besprechen wir den Rest.«

Das Gasthaus verfügte über mehrere Räume. Sie setzten sich in den alten Trakt. Das Holz der Einrichtung war dunkel, der Boden aus groben Holzdielen, die Fenster waren klein. Dieses Wirtshaus wirkte einladend und war bestens geführt, wie es schien. Sie lasen die Speisekarte.

»Was hast du jetzt vor, Fritz?«

»Wir fahren noch weiter bis Rottenmann. Stellen uns vor die Firma und beobachten, welche Lkws dort anfahren. Und dann denken wir uns was aus.«

»Ich meinte eigentlich die Speisekarte!« Sondermann lachte schelmisch.

Sperber verdrehte die Augen und schnalzte mit der Zunge. »Entweder Backhendl oder Wiener Schnitzel. Ich garantiere dir, danach willst du hier nicht mehr weg.«

»Okay, und Wein. Welchen?«

»Schilcher. Den gibt's nur in der Steiermark.«

»Ja, dann is doch alles klar.«

Sie schlugen die Karten zu, und augenblicklich war die Kellnerin da. Sie trug ein offenherziges grünes Dirndl und lächelte freundlich.

»Was darf's denn sein?«, fragte sie.

»Ich nehm das Backhendl!«

»Ich auch bitte«, setzte Sperber hinzu.

»Und einen halben Liter … wie heißt der Wein?«

»Schilcher«, lachte die Kellnerin. »Und zwei Glasl'n, nehm i ou?«

»Wie?«

»Ob wir zwei Gläser nehmen …«

»Nee, nur für mich. Der muss fahren«, sagte Sondermann.

»Für mich einen G'spritzten.«

Die Kellnerin tippte alles in ihr Funkbestellgerät, nickte und verließ den Raum mit schnellem Schritt.

»Was hast du bestellt?«

»G'spritzten. Wein mit Sodawasser.«

Kaum zwei Minuten später standen die Getränke auf dem Tisch. Die Kellnerin schenkte Sondermann ein und sagte: »Wohlsein!«

Sondermann betrachtete den Wein und fragte: »Wie willst du an das Erz herankommen?« Er probierte den Wein. Sein Gesicht verzog sich. Er riss die Augen auf. »Was ist das denn? Boah. Wahnsinn, der zieht mir ja die Schuhe aus!«

»Gut?«

»Absolut irre. Trocken wie die Wüste Gobi. Und fruchtig wie das Paradies. Was ist denn das für ein Gesöff! Schmeckt wie saure Walderdbeeren. Super!« Er trank noch einen Schluck und noch einen.

»Hast du auch noch was anderes im Kopp als Saufen?«, fragte Sperber.

»Nee, wieso? Ich hab Urlaub. Da will ich die Welt schön finden dürfen.«

Sperber konnte ihm nicht widersprechen. Sondermann war Spezialermittler für organisierte Kriminalität und hatte im Alltag mit scheußlichen Dingen zu tun. Seine Gesundheit und seine Familie hatten bereits sehr darunter gelitten. Ab und zu brauchte er ein paar Tage Auszeit. Sperber freute sich, dass er hier war, wenngleich er sich auch um Herbert sorgte. Aber das hat jetzt und hier nichts zu suchen, dachte er.

»Also, wie willst du an das Erz?«

»Ich weiß ehrlich gesagt gar nicht genau, wie die das transportieren. Ich weiß nur, dass es Lkws sind.«

»Geschlossen oder offen?«

»Keine Ahnung! Vermutlich geschlossen. Das Zeug wird ja nicht in einem Brocken geliefert, das ist so ein Gemisch von Kiesgröße bis zu faustdicken Stücken. Also zumindest abgedeckte Lkws.«

Sondermann dachte nach und betrachtete dabei den Wein. Er nahm noch einen Schluck. »Wenn sie offen sind, fällt mir schon was ein.«

»Und wenn sie geschlossen sind?«, fragte Sperber.

»Dann *muss* mir was einfallen!« Er lachte.

Schwer beladen kam die Kellnerin zur Tür herein. »Zwoa Backhendl!«, rief sie und steuerte zielsicher den Tisch der beiden an. Nachdem sie alles abgestellt hatte, verschwand sie wieder.

Sie aßen, tranken und sprachen über die Schulzeit. Sie lachten viel. Nach einer halben Stunde war das Essen verdrückt, und

Sondermann hatte bereits einen Schwips. Er stöhnte, strich sich über den Bauch und bemerkte, dass ihn bisher nichts zum Platzen gebracht habe. »Aber die Österreicher, die würden das schaffen!« Der Schilcher war ihm in den Kopf gestiegen.

Nach weniger als einer Stunde hatten sie Rottenmann erreicht. Den Hüttenbetrieb zu finden war nicht schwer. Das Gelände war von einem stabilen Metallzaun umgeben. Auf einem Parkplatz standen etwa zweihundert Autos, vor dem Eingang war eine Bushaltestelle. Auf einem weißen Schild war am Eingangstor zu lesen: »Hartmetall International«.

»Das ist also die größte Coltanverarbeitung weltweit. Denk dir diese Fabrik hier weg, Herbert, und das Handy gehört der Vergangenheit an.«

Sondermann sah nachdenklich zu Sperber und dann zu den Gebäuden. »Was machen wir?«

»Wir warten auf einen Lkw.« Sie fuhren um das Gelände herum bis zum Lkw-Tor. Es dauerte keine halbe Stunde, da kamen drei Sattelschlepper an. Die großen, bis oben hin geschlossenen Ladeflächen waren mit dicken Planen und einem stabilen Seil sorgfältig zugeschnürt. Die Lkws und die Aufleger waren dunkelblau. Auf der Tür der Fahrzeuge stand in weißer Schrift »Spedition Oberreither, Trieben«.

»Das müssen die Erztransporter sein. Wir fahren jetzt die Strecke ab und versuchen, einen zu finden, der Rast macht. Irgendwo wird einer stoppen müssen auf dem Weg von Triest über Klagenfurt hierher.«

»Na, das ist ja eine hervorragende Idee. Weißt du was? Da kann es uns ja passieren, dass wir nächste Woche noch suchen!«

»Weißt du was Besseres?«

Sondermann überlegte. »Fahr mal los. Gucken wir mal«, antwortete er mit seinem typisch verschmitzten Grinsen und mit seiner ebenso typischen Zuversichtlichkeit, die er ausstrahlte, wenn es darum ging, etwas in die Tat umzusetzen.

Sie fuhren los. Auf der Landstraße nach Judenburg kamen ihnen zwei weitere dunkelblaue Lkws entgegen. Sondermann rief: »Dreh um!«

»Was?«

»Dreh um!«, schrie er.

Sperber fuhr auf den Randstreifen. »Stopp!«, rief Sondermann und stieg aus. Am Randstreifen nahm er zwei größere Steine auf, sprang wieder in den Wagen und rief: »Los!«

Sperber startete ein gewagtes Wendemanöver.

»Schafft der das?«, fragte Sondermann und tätschelte das Armaturenbrett.

Sperber gab keine Antwort. Er beschleunigte und hielt dann die Geschwindigkeit. Österreicher beachteten in der Regel die Höchstgeschwindigkeit, wie er wusste, wenn sie nicht gerade auf deutschen Autobahnen unterwegs waren. Nach ein paar Überholmanövern hatte er die beiden Lkws erreicht.

»Setz dich zwischen die beiden!«, rief Sondermann.

Sperber überholte den hinteren Lkw und scherte ein. »Jetzt lass dich zurückfallen.«

Sperber wurde langsamer. Der erste Lkw entfernte sich zunehmend von ihnen. Der zweite hinter ihnen fuhr nah auf. Der Fahrer gestikulierte und ärgerte sich anscheinend. Sie fuhren nur noch achtzig.

»Lange kann ich das nicht mehr machen!«, sagte Sperber nervös.

»Jetzt gib Gas. Lass ein Loch entstehen. Und da vorn am Seitenstreifen an der Bucht hältst du an!«, forderte Sondermann.

Sperber trat das Gaspedal voll durch, und der Mercedes beschleunigte wieder. An der Parkbucht hielt er an. »Was hast du vor?«

»'nen Clown überfährt man nicht!«, rief Sondermann rülpsend, griff erst in die eine und dann in die andere Jackentasche und holte eine rote Plastiknase sowie eine karierte Mütze mit angenähten roten Haaren heraus. Er stellte sich mitten auf die Straße und wies den Lkw an, auf den Randstreifen zu fahren. Dem Fahrer blieb gar keine andere Chance, als diesem Clown auszuweichen. Der Gegenverkehr war zu dicht.

Wutentbrannt stieg der kräftige Fahrer aus. »Du Trottel! I zerbrös'l di, dass d' nimmer weißt, wo'st herkommst!«, schrie er und baute sich drohend vor Sondermann auf. Er war einen guten Kopf größer als er.

»Angenehm, mein Freund. Hör zu. Du verlierst Ladung. Und das ist nicht ungefährlich, oder?«, fragte er laut und drückte dem Lkw-Fahrer die beiden Steine in die Hand. Der war augenblicklich kleinlaut und staunte. Dann betrachtete er die Steine genauer und stutzte. Wütend sah er Sondermann an, schnaubte und ging um den Wagen herum. Er legte die Steine an den Rand des Auflegers und stieg an der Seite hoch. Er griff unter die Plane und schien dort herumzuwühlen. Er steckte sich etwas in die Hosentaschen. Dann kam er runter.

»Da, Trottel, das is ja wohl was anders wie deine Steine, oder?«, fragte er aggressiv.

Sondermann nahm zwei Steine entgegen, sah kurz auf die anderen beiden Stücke, die er am Straßenrand gefunden hatte, und meinte: »Stimmt. Entschuldigung, hat so ausgesehen, als wärst du das. Nix für ungut, Freund. Aber ich wollte nur vorsichtig sein. Alaaf!«, rief er und warf die Stücke beiläufig über die Schulter in den Straßengraben ins hohe Gras, kurz bevor der Lkw-Fahrer die Hand ausstrecken wollte.

Der Fahrer schnaubte, machte ein wütendes Gesicht und sagte: »Beim nächst'n Mal lang i dir eine, dass d' selber im Grab'n liegst!« Er machte kehrt, bestieg seinen Lkw und brauste davon.

Sperber lag schon im Straßengraben und suchte die beiden Erzstücke. Sondermann riss sich die Nase und die Mütze vom Kopf und stieg ebenfalls hinab.

»Du bist ja so bekloppt!«, schrie Sperber und kicherte. Es dauerte eine Minute, da hatten sie die Proben gefunden. Sperber hatte sich genau gemerkt, wohin sie gefallen waren. Handgroße Stücke von Coltanerz.

Sperber hielt die Stücke hoch. Sie brachen in lautes Gelächter aus.

»Ab nach München!«, schrie Sondermann. »Ich will jetzt ein bayerisches Bier trinken, und zwar in Ruhe!«

»Wieso hattest du die Nase und die bescheuerte Kappe in der Tasche?«

»Karneval is Karneval! Irgendwie kannste aus Köln nicht einfach weglaufen!«, meinte Sondermann. »Damit wollte ich dich eigentlich überraschen. In irgendeiner Kneipe.«

»Das wäre mir sicher peinlich gewesen«, scherzte Sperber und haute seinem Schulfreund auf den Rücken. Dann stiegen sie ins Auto. In seiner Kappe legte Sondermann die Proben vor sich auf den Boden wie einen Schatz.

»Den Kerl hast du ja ganz schön zum Narren gehalten!«, sagte Sperber.

Sondermann schaute nach unten auf die Erzstücke in der Kappe und entgegnete: »Siehste? Da kriegt das Wort Narrenkappe ’ne ganz neue Bedeutung.«

DNA

Sperber saß an seinem Schreibtisch, vor ihm das Erzmikroskop. Ein schönes altes Stück, wie er fand. Schwarz lackiert mit dem weltbekannten klassischen weißen Schriftzug.

Er hatte bereits in aller Früh die beiden Erzproben vorsichtig zerteilt. Sie zerbröselten, aber er hatte ganze Stücke gefunden, wie er sie brauchte. So verfügte er über zwei mal zwei Proben von den beiden unterschiedlichen Erzteilen. Eines der Probenpaare hatte er an das Mineralogische Institut in Aachen geschickt. Zuvor allerdings hatte er mit dem Leiter des Labors telefoniert, der sich noch sehr gut an ihn erinnerte, und ihn um den Gefallen gebeten, diese Proben für ihn zu schleifen und noch am selben Tag per Eilkurier zurückzusenden.

Das andere Paar ging an das Bayerische Landesamt für Umwelt in Hof. Dort saß ein Kollege, der eine Auszählanalyse und Massenspektrometrie durchführen würde. Damit hätte er einen gesicherten chemischen Fingerabdruck und könnte mit hoher Sicherheit sagen, aus welcher Mine dieses Erz stammte.

Er ging in Marthas Büro. »Morgen allerseits!«

»Na, Steiermark überlebt?«, fragte Huber zwei.

»Na, Kongo überlebt?«, fragte Sperber. »Wo wohnt der Kerl denn hier?«

»In Bogenhausen«, sagte Huber eins. »Schöne Villa. Da haben wir ihn abgeholt zum Empfang. Wir haben nicht viel gesehen. Er besitzt zwei Autos. Eine Edelkarosse und einen Jeep. Ein großes Ding.«

»Und was gibt's noch?«

»Wir haben es geschafft, ihn zu überwachen«, sagte Martha. »Fast alles machen seine drei Lakaien für ihn. Sie fahren ihn in die Stadt, bringen ihn zum Schneider und ziehen oft von Café zu Café. Dann wieder trifft er sich mit Leuten, die wahrscheinlich aus der Industrie stammen, und abends ist er meistens zu Hause.«

»Wie, das ist schon alles?«

»Jeden Abend fährt einer seiner Jungs um sieben Uhr weg«,

sagte Huber eins. »Ungefähr eine Dreiviertelstunde später kommt er wieder. Wir sind ihm gefolgt.«

»Und wo fährt der Kerl hin?«

»Zur Pommes-Boutique in Schwabing.«

»Die kenn ich. Die einzige echte Frittenbude in München! Sehr zu empfehlen. Was macht er dort?«

»Er holt eine ganze Schüssel Pommes frites und irgendeine Soße dazu.«

»Und bei dir?«, fragte Martha.

»Ich hab Erzproben besorgt und zur Analyse weggeschickt.«

»Wie hast du die Proben besorgt?«, wollte Martha wissen.

»Mit Einfallsreichtum und einem guten Geist!«

»... aus der Flasche«, grinste Huber zwei.

»Und du?«, fragte Sperber. »Hast du auch was?«

»Spät, aber doch: Die DNA-Analyse von dem Kabel ist fertig. Zwei Blutproben stammen von den Opfern. Aber am anderen Ende, da war noch eine Spur. Von einer dritten Person. Der Kollege aus dem Labor meint zwar, die Blutspuren wären kaum verwertbar gewesen, schwer zu identifizieren, weil nur sehr wenig da war. Aber er hat eine DNA qualifiziert identifizieren können.«

»Der Abgleich mit unserer Datenbank hat nix ergeben«, sagte Martha.

»Eine dritte DNA also«, sagte Sperber versonnen. »Vielleicht der Täter?«

»Werden wir herausfinden müssen«, sagte Martha.

»Gibt's was Neues von den Isar-Morden?«

»Ja«, fuhr Martha fort. »Wir haben eine neue Leiche. Wieder in den Isarauen gefunden. Ein Hund hat sie aufgespürt, sie war vergraben. Ein Schwarzer. Anscheinend hat ihm jemand das Genick gebrochen.«

»Genick gebrochen? Kommt so was häufig vor?«, fragte Sperber.

»Eher selten. Deutet auf einen Profi hin«, erklärte Huber eins. »Militärausbildung, SEK, was weiß ich. So was muss man können.«

»Huber eins, du hast ja die Bilder von den Leibwächtern von unserem Mwami«, sagte Martha. »Nimm auch ein Bild von der neuen Leiche mit und frag die Asylbewerber, ob das die Männer sind, die sie unter Druck gesetzt haben.«

»Wenn dem so ist, dann standen sie wohl auch mit unserem Prinzen in der Kampenwand in Verbindung«, meinte Sperber. »Und dann fragt mal unseren Rechtsaußen, der das Massaker an der Isar überlebt hat.«

»Genau, das machen wir am besten gleich«, sagte Huber eins und stand sofort auf.

»Moment noch. Gibt es was von den Untersuchungen am Platz des Massakers an der Isar?«, fragte Sperber.

»Nichts Wesentliches. Das Blut, das gefunden wurde, deckt sich mit dem der Toten. Eh klar. Weitere Blutspuren wurden im nahen Umkreis nicht gefunden. Außerdem jede Menge Spuren, die auf Sperma hindeuten. Aber die stammen sicher von irgendwelchen Paaren, die dort zu Hunderten rumbumsen«, schloss Martha.

»Gott schenkte uns den Isarstrand, bevor er noch den Puff erfand!«, rief Huber zwei. Keiner applaudierte. »Des war doch a guada oder net?«, fragte er Huber eins. »Des is katholisch!«, heischte er um Anerkennung. Huber eins nickte beflissen und klopfte ihm auf die Schulter.

»Huber zwei, hol doch noch mal so klasse Leberkassemmeln«, schlug Sperber vor. »Und ich lad euch ein. Und heute Nachmittag veranstalte ich eine kleine Sause mit Unterricht in meinem Büro.«

»Mit oder ohne Bier?«, fragte Huber zwei. Martha sah ihn streng an. »Na ja, Fasching is!«, sagte er.

Tief atmend gab sich Martha geschlagen. »Okay, weil Fasching is.«

»Dann um fünf im Ruheraum«, sagte Sperber. »Und wehe, einer von euch schläft ein!«

KALEIDOSKOP

Martha, Huber eins und Huber zwei standen um ihn herum. »Ich möchte euch etwas zeigen. Ihr wisst, es geht um dieses Erz: Coltan. Eine Zusammensetzung von unterschiedlichen Mineralen, die aber irgendwie verwandt sind, wie die Mineralogen sagen. Sie stammen also aus einer Mineral-Familie, wenn man so will.«

»Was heißt das eigentlich, Coltan?«, fragte Huber eins.

»Coltan ist eigentlich ein afrikanisches Slang-Wort, das sich weltweit durchgesetzt hat. Es hat zwei Hauptbestandteile, nämlich die Minerale Columbit und Tantalit, also Col-Tan.«

Die drei nickten.

»Columbit ist ein Mineral, das hauptsächlich aus dem seltenen Metall Niob besteht. Tantalit besteht hauptsächlich aus dem seltenen Metall Tantal. So weit klar?«, fragte Sperber in die Runde. Sie nickten. »Nebenbei können aber auch andere verwandte Elemente im Coltan enthalten sein, zum Beispiel Eisen, in unterschiedlichen Mengen. Oder Mangan. Oder auch Zinn.« Er sah noch einmal fragend in die Runde.

»Geht's a bissl plausibler?«, fragte Huber zwei.

»Einen Augenblick noch. Bin gleich fertig. Ihr seid schlau, ihr versteht das.« Sperber atmete kurz durch und sprach weiter: »Coltan ist also ein natürliches Material, das aus unterschiedlichen Mineralen besteht.«

»Und wie entsteht so was?«, fragte Huber eins.

»Einfach gesagt, ist es im Erdinneren geschmolzenes Gestein, das mit einem Vulkan nach oben gekommen und abgekühlt ist. Dadurch erstarrt es. Wie Kerzenwachs, das man auf eine kühle Platte kippt. Oder heißes Blei, das man in Wasser gießt.«

»Komm bitte zum Abschluss«, drängte Martha.

»Um ein Gestein vom anderen unterscheiden zu können, schaut man sich die Gesellschaft der einzelnen Minerale an. Jedes Mineral strahlt bei Licht von oben in seinen ureigenen Farben. Wenn man ein Erstarrungsgestein also ganz plan schleift und unter ein Mikroskop legt, sollte man die einzelnen Mineralkörnchen als Kristalle unterscheiden können.«

»Und weiter?«, fragte Huber eins. »Spann uns nicht auf die Folter.«

»Wenn man also die einzelnen Kristalle nebeneinander sieht, ergibt sich ein Muster. Und das ist charakteristisch für jedes einzelne Gestein und sagt etwas über seine Herkunft aus. Kennt man also das Muster der Minerale in einem Coltanerz, so weiß man, woher es stammt. Denn jede Mine hat anderes Coltan. Man kann also mit dieser Methode das Erz aus der einen Mine von dem einer anderen Mine unterscheiden.«

»Klar!«, sagte Huber zwei überzeugt. »Genau wie im Kuhstall. Jede Kuh hat a schwarz-weißes Fell. Aber jedes Fell hat andre Flecken. Die eine Kuh heißt Rosi, die erkenn i, weil sie mehr weiße Flecken hat. Und die andre mit die mehr schwarzen Flecken, des is die Olga. Und die mit die kleineren Flecken, des is die Martha!«, sagte er scherzend und nahm zur Vorsicht Martha schnell in den Arm.

Sperber gab sich erstaunt. »Huber zwei, das ist brillant. Wenn es nicht schon einen Huber eins geben würde, du würdest von mir auf der Stelle befördert.«

Martha löste sich aus dem Knebel und sagte: »Huber zwei, aus dir wird noch richtig was. Wo hattest du bisher bloß deine Intelligenz versteckt?«

»Mal zurück zu der Kuh«, erläuterte Sperber. »Jetzt kann aber unsere Kuh eben nicht nur schwarze und weiße Flecken haben, sondern es ist eine bunte Kuh. Es gibt also noch jede Menge andere Farben, die möglich sind.«

Martha nickte. Huber eins biss in eine Semmel, und Huber zwei nahm einen Schluck Bier.

»So, und nun schaut mal durch das Mikroskop. Ich habe mir von meinem alten Dozenten zwei Erzproben geliehen. Man sieht sie im Mikroskop nebeneinander.«

Huber zwei setzte sich als Erster hin und legte die Augen vorsichtig auf die Okulare. Huber eins gab ihm einen Klaps auf den Hinterkopf. Huber zwei wehrte sich mit einem Schlag nach hinten, blieb aber mit den Augen am Mikroskop.

»Sag uns, was du siehst, Huber!«

»Des schaut aus wie damals. Als Kinder hammer so a Plastikröhrl g'habt, a Kaleidoskop. Lauter bunte Flecken. Super schaut des aus.«

»Siehst du einen Unterschied? Ich meine, zwischen der linken und der rechten Probe?«

Huber zwei grummelte. Dann versuchte er eine Unterscheidung: »Des linke hat viele blaue Flecken, des rechte mehr so a komisches Braun. Halt so irgendwie.«

Sperber sagte in die Runde: »Genau. Seht es euch nacheinander an.« Die anderen beiden untersuchten die Schliffe ebenfalls. »Die blauen Flecken sind kleine Zinnsteinkristalle. Die rötlichen sprechen für viel Eisenanteil. Eigentlich müsste man jetzt die unterschiedlichen Kristalle zählen. Diese blauen Kristalle sprechen dafür, dass diese Probe aus einer bestimmten Mine in Ruanda stammt. Das ist legal ausgeführtes Coltan. Die andere mit den schmutzig braunen Flecken, da ist mehr Columbit drin. Das ist eine Probe aus Kivu. Das ist geschmuggeltes Erz.«

Martha dachte nach. »Bringt uns das jetzt irgendwie weiter?«

»Wenn man eine solche Probe hat und genügend Einzelkristalle genau identifizieren könnte, dann hätte man eine statistisch ziemlich genaue Zusammensetzung. Das ergibt dann so etwas wie den mineralogischen Fingerabdruck einer Coltanprobe. Und jede Mine hat eben ihre eigene Zusammensetzung, also ihren eigenen Fingerabdruck. Man könnte also nachweisen, welches Erz geschmuggelt ist und welches nicht.«

»Noch mal: Was bringt uns das, Fritz?«, fragte Huber eins.

Sperber sah die drei an. »Wir haben bisher sieben Morde. Wenn Hartung so weiter verfährt, haben wir bald einen Krieg, der vom Kongo hierher nach Bayern kommt. Wir müssen erst mal wissen, was da läuft, was er eigentlich treibt. Haben wir einen Beweis gegen ihn, so haben wir ihn in der Hand. Dann sehen wir weiter.«

»Einleuchtend«, sagte Martha. »Trotzdem, Fritz: Ich will wissen, wohin die Reise geht. Es bringt nichts, wenn wir ins Blaue hinein ermitteln. Dazu haben wir zu wenig Zeit.«

»Lasst mich einfach machen«, bat Sperber.

Martha beäugte ihn skeptisch. »Wer beherrscht ein solches Verfahren, Fritz?«

»Hannover, Bundesanstalt für Geowissenschaften und Rohstoffe. Die haben solche Verfahren für Coltanerze entwickelt. Aber in Bayern ist das Umweltamt in Hof für so was zuständig. Die können das auch.«

Huber eins resümierte: »Okay, wie war das jetzt? Zinnstein ist blau. Und Eisenanteil ist mehr rötlich.«

»Und des Columbit is so a schmutziges, cremiges Braun, so a grauslige Farb«, erinnerte sich Huber zwei. »Ja Herrschaftszeiten! Gibt's denn dafür keine wissenschaftliche Farbbezeichnung?«, fragte er.

»Jugendherbergskaffeefarben«, gab Sperber grinsend zurück.

DESIRÉ

Sperbers Telefon klingelte. »Silikon-Fritz, mein Schatz, willst du nicht bei mir vorbeikommen?«

»Penelope, Augenstern! Hast du was für mich?«

»Das musst du schon selbst herausfinden!«, sagte Penelope mit einer Stimme tiefer als der Grund des Chiemsees.

Sperber legte auf und ging mit schnellem Schritt und voller Erwartung zu ihr. Als er in ihr Büro kam, saß Penelope am Schreibtisch und schminkte ihre Lippen.

»Stör ich?«, fragte Sperber.

Penelope lächelte, klappte den Spiegel zusammen und packte den Lippenstift weg. Dann zeigte sie ihre Zähne.

»Sehr schön, Penelope, sehr schön.«

»Ich muss mich doch von meiner besten Seite zeigen, wenn ein wahrer Verehrer auftaucht. Ich bin hier so einsam«, beklagte sie sich.

»Und, Passwort geknackt?«, fragte Sperber ungerührt.

Penelope wurde sachlich. »Das mit den Begriffen war eine gute Idee. Ich habe also einen Algorithmus entworfen, der diese Begriffe …«

»Penelope, bitte abgekürzt. Keine Details.«

»Ich hab es geknackt. Das Passwort. Ich hab's!«

»Du bist der Wahnsinn, Penelope!« Sperber holte eine Schachtel Pralinen hinter dem Rücken hervor, die er schon länger im Schreibtisch liegen hatte. Er hatte genau für diesen Fall vorgesorgt.

»Oh, das ist ja eine Überraschung. Schokolade! Ich hasse Schokolade. Aber mein Pinscher wird sich freuen.«

Sperber gefror das Lächeln. Seine Mundwinkel sanken nach unten.

»Scheheeerz! Ich esse sie sehr gern. Vor allem, wenn sie von dir kommen, mein süßer Fritz.« Penelope lachte und nahm die Schachtel dankend entgegen.

»Also, lass sehen, was du hast!«, forderte Sperber und schlenderte hinter ihren Schreibtisch.

»Was genau meinst du?«, fragte Penelope süffisant.

»Mann, äh … Penelope. Komm, wir sind bei der Arbeit!«

»Okay, okay, wir sind bei der Arbeit. Also, schau mal her.«

Penelope hatte Desirés Rechner aufgebaut und gab eine Reihe von Buchstaben und Zahlen ein. Es gab ein Geräusch, und der Rechner war hochgefahren. »Voilà!« Penelope breitete die Hände aus.

»Grandios. Flori steckt also im Passwort drin. Gut gemacht, Mädel!«, rutschte es Sperber heraus.

»Mm, Määädel hat er gesagt.«

»Penelope, schreib mir das Passwort bitte auf. Ich brauch das Ding jetzt.«

»Schon passiert.« Penelope öffnete die Schublade, schloss ein integriertes Fach auf und nahm einen handgeschriebenen Zettel heraus. »Nicht verlieren. Ich hab das morgen vergessen.« Sie winkte ihm zum Abschied hinterher.

Schnell rannte Sperber in sein Büro. Er setzte sich an den Schreibtisch, öffnete den Deckel und gab das Passwort ein. Acht Zeichen. Der Bildschirm blinkte. Sperber rief den Explorer auf.

Jede Menge Ordner. Benannt nach Jahren und Monaten. In den Ordnern waren Word-Dateien und Bilder abgespeichert, alle mit Datum und Stichwort benannt. Sie hatte so etwas wie ein Tagebuch geführt. Die Dateien waren Texte, die eigene Notizen und journalistische Recherchen enthielten. Und dazu immer wieder Bilder.

Die ersten Bilder stammten aus der Zeit, als sie als Kind in Afrika war. Ihre Eltern, viele Eingeborene und viel schöne Landschaft. Das Textdokument war vor zehn Jahren verfasst, beschrieb aber ihre Kindheit. Schöne Worte und Beschreibungen, die Sperber las.

Dann stockte er. Sein Hals wurde trocken. Das war grausam.

Mai 1992:
Ich war neun Jahre alt. Es war ein wunderbarer Tag. Die Sonne ging früh auf, und wie jeden Morgen sollte ich in die Dorfschule, die eine deutsche Lehrerin leitete. Sie hatte zwei einheimische Assistentinnen. Meine Eltern gingen in die nahe Krankenstation

und brachten mich pünktlich wie immer bei der Schule vorbei. Ich besuchte diese Schule seit einem halben Jahr, seitdem meine Eltern hier arbeiteten. Seit einigen Jahren waren wir schon in Zentralafrika unterwegs. Vater und Mutter hatten bereits die dritte Krankenstation aufgebaut.
Ich hatte Unterricht bei einer einheimischen Lehrerin, einer sehr freundlichen und temperamentvollen jungen Dame. Sie unterrichtete die Kinder in Französisch und manchmal auch in Englisch. Ich verstand alles sehr gut. Meine Eltern hatten immer großen Wert auf Mehrsprachigkeit gelegt.
Ich war das einzige weiße Mädchen im Dorf. Es hatte nie einen Unterschied gemacht. Ich spielte, sang und freute mich genauso wie die anderen Kinder. Unsere Hautfarbe war dabei völlig egal. Wie egal, das musste ich an diesem Tag erfahren.
An diesem Morgen kamen zwei Frauen und redeten mit der Lehrerin. Sie blickte nervös zu mir herüber und schüttelte den Kopf. Ich verstand sie nicht, weil sie flüsterten und sich ihres alten Dialekts bedienten. Schließlich sah die Lehrerin zu Boden. Die beiden Frauen kamen zu mir, streichelten mich, waren sehr lieb zu mir und nahmen mich mit. Ich erwartete nichts Böses, schließlich befand ich mich in der Schule, in die mich meine Eltern gebracht hatten.
Sie führten mich in eine Hütte und setzten mich auf eine Bank. Sie steckten mir ein Tuch in den Mund und zogen mich aus. Sie hielten mich fest und beruhigten mich. Dann kam eine alte Frau herein, mit einer Rasierklinge in der Hand. Dann erinnere ich mich nur noch an den Schmerz. Sie haben mir alles abgeschnitten und mich zugenäht. Wie ich später erfuhr, konnten sie es nicht ertragen, dass ich unrein – wie ich es in ihren Augen bis dahin gewesen war – mit den anderen Kindern im Dorf spielte und zur Schule ging.
Ich schämte mich so sehr, dass ich, nachdem sie mich zurück in die Schule gebracht hatten, auf meinem Stuhl ausharrte. Ich blutete. Ich ertrug die Schmerzen. Jetzt war ich beschnitten. Sie hatten mir erklärt, dass alle Mädchen das ertragen müssten. Ich konnte es zwar nicht verstehen, aber ich glaubte damals, es wäre mit meinen Eltern abgesprochen. Die Blutung hörte schließlich auf. Ich versteckte mich. So sehr schämte ich mich, und so sehr nagte

der Zweifel an mir. Meine Eltern brauchten drei Tage, um mich zu finden. Sie nahmen mich in die Arme und weinten mit mir. Sie versuchten mich zu operieren, zu retten, was zu retten war. Doch da war nichts mehr zu retten. Sie konnten mich nur noch auftrennen. Mehr war nicht möglich. Am Ende ist ihre Ehe daran zerbrochen.

Sperber war übel. Was musste diese Frau durchgemacht haben! Er las weiter. Ihre Eltern waren danach aus dem Dorf in Zentralafrika abgereist und in den Kongo gegangen. Auch dort wurden damals Ärzte gebraucht. In Nord-Kivu, ein paar Jahre vor dem großen Bürgerkrieg in Ruanda. Als es unruhig wurde, waren sie endgültig zurückgekehrt nach Belgien. Nach Eupen. Dort wuchs Desiré weiter auf. Ihre Eltern trennten sich, weil sie – zurück in der Zivilisation – aus dem Strudel gegenseitiger Vorwürfe nicht mehr herauskamen. Desiré blieb bei ihrer Mutter.

Als Kind ging es ihr nicht gut. Sie wusste, dass sie anders war. Sie hatte fortan Angst vor alten Frauen und vor Jungs. Als sie in das Alter kam, in dem Mädchen beginnen, miteinander über ihren Körper zu reden, musste sie jedes Mal gehen. Sie hatte nie eine beste Freundin gehabt.

Im Sommer schickte ihre Mutter Desiré in die Berge. Es gab ein Austauschprogramm. So kam sie zum Hias auf den Hof. Und dort lernte sie den Flori kennen.

Juli 1996:
Der Flori war anders als alle Jungs, denen ich bisher begegnet war. Er war zurückhaltend, liebenswert, traurig und schüchtern. In unseren Seelen gab es etwas, was uns beide verband, wie eine unsichtbare Absprache, die andere für uns getroffen hatten. Im Stillen fühlten wir uns einander sehr nah, wir mochten uns. Das wahre Ausmaß unseres jeweiligen Leids aber konnten wir uns in all den Jahren während unserer Ferien nie erzählen. Gerade, wenn wir uns wieder so nahegekommen waren, dass unser gegenseitiges Vertrauen groß genug schien, musste ich wieder abreisen. So ging es Jahr für Jahr.

Zwischendurch schrieb sie immer wieder von Afrika. Nicht geordnet oder chronologisch. Sie schrieb, wie es ihr eingefallen war. Afrika ließ sie nicht los. Dort hatte sie entscheidende Jahre ihrer Kindheit zugebracht. Ihre Eltern und sie waren immer wieder umgezogen, aber ihr hatte das anscheinend nichts ausgemacht. Die schreckliche Beschneidung erwähnte sie nicht noch einmal. Nirgendwo Hass gegenüber diesen Menschen. Im Gegenteil: Sie hatte das einfache Leben mit vielen glücklichen Menschen anscheinend so sehr in sich aufgesogen, dass es ihr Leben schon früh entscheidend geprägt hatte. Aber dieser Text war ihre Therapie, das Zuhause ihrer Traurigkeit; das entdeckte Sperber hinter ihren Worten, die wie ein Schmetterlingsnetz ihre Gedanken eingefangen hatten.

Sperber las ihre Beschreibungen der Natur, der Ausflüge, die sie mit anderen Kindern und Erwachsenen unternahm. Er las von den Tieren, die sie so geliebt hatte. Und dass sich alles so sehr veränderte, als 1994 der Krieg kam und ihre Eltern mit ihr nach Europa zurückzogen.

Dann las er eine entscheidende Stelle:

Juli 2000:
Es war der letzte Sommer beim Hias und beim Flori. Ich war gerade siebzehn Jahre alt geworden, der Florian war achtzehn. Er hatte sich stark verändert, aus dem Jungen war ein stattlicher junger Mann geworden. Als ich ihn am Bahnhof sah, spürte ich ein Ziehen im Bauch. Er lächelte mich an. Ich erkannte in seinen Augen, wie auch bei ihm etwas vor sich ging. Unser Wiedersehen war das Schönste, was ich bis dahin erlebt hatte.
Wie jedes Jahr ging der Flori mit mir auf die Alm und zeigte mir seine neue Werkstatt, die er den Sommer über auf die Hütte verlegt hatte. Jede Menge Elektronikkram: Platinen, Computergehäuse, Schalter, Lötkolben, Stecker und anderes Zubehör. Ich verstand nichts davon. Der Flori schraubte und steckte Com-

puter zusammen. Er hatte sich das alles selbst beigebracht. Es mache ihm große Freude, erzählte er mir, er wolle es zu seinem Beruf machen. In der Gegend gebe es niemanden, der etwas von Computern verstand. Aber demnächst werde jeder einen eigenen Computer zu Hause haben. Dann würden Leute wie er gebraucht.

Es vergingen zwei Wochen. An einem warmen Abend lagen der Flori und ich auf einer Wiese hinter einem Baum. Weit weg vom nächsten Weg oder irgendeiner Behausung. Mir war klar, dass jetzt etwas passieren würde. Irgendwann hielten wir es nicht mehr aus, das Kribbeln, über das wir nie sprachen. Etwas linkisch drehte sich der Flori zu mir um und gab mir einen flüchtigen Kuss auf den Mund. Ich nahm ihn in den Arm und ließ ihn nicht mehr los. Ich hatte keine Angst mehr. Nicht vor dem Flori. Wir küssten uns, hielten uns fest, streichelten uns und wälzten uns im Gras. Unendlich schön war das. Als es dunkel wurde, gingen wir zur Hütte zurück, Hand in Hand, ohne ein Wort. Der Hias saß vor der Tür und schälte Kartoffeln. Als er uns sah, lächelte er. Der Flori ging hinein und machte Feuer. Da nahm der Hias meine Hand und legte sie nur sehr kurz an seine Wange. Er war genauso glücklich wie wir beide.

Der Flori stellte den Topf auf das Feuer. Das Schmalz schmolz. Als es heiß genug war, rief der Flori laut und fröhlich »Frittüre!«, und der Hias brachte die Kartoffelstäbchen herein. Als es im Topf zischte und dampfte, fielen wir uns lachend in die Arme. Der Hias packte frische Würstchen aus, roch daran und schwärmte. Einen solchen Vater hatte ich mir immer gewünscht. Ich glaubte, ein neues Zuhause gefunden zu haben, und wollte niemals wieder weg.

Sperber machte eine Lesepause. Er sah sich Bilder aus dieser Zeit an: kraftvoll die Landschaften, glücklich die Menschen. Der Flori war ein gut aussehender Junge, und die Desiré ein bildhübsches Mädchen. Sperber lächelte. Es musste eine wunderbare Zeit für Desiré gewesen sein. Erlöst von einem Lebenstrauma. Doch er ahnte, dass die Geschichte ein anderes Ende nehmen würde. Er las weiter.

Doch bald veränderte der Flori sein Verhalten mir gegenüber. Er machte mir den Hof, wurde albern, und wenn er mich berührte, spürte ich manchmal eine ungewollte Grobheit an ihm. Er klammerte sich an mich. Einen Tick zu lange, einen Tick zu fest. Anfangs gefiel es mir, dass er so nah bei mir sein wollte. Aber von Tag zu Tag wurde es mir unangenehmer.
Der Hias war ins Tal gefahren. Es regnete in Strömen. Ich stand auf der kleinen Terrasse vor der Hütte neben dem Tisch und sah in den rauschenden Regen. Ich liebte dieses Wetter. Da kam der Flori plötzlich von hinten und umarmte mich. So fest, dass ich fast keine Luft mehr bekam. Er küsste meinen Hals, dann drehte er mich um und küsste mich auf den Mund. Ich ließ ihn. Er zog mich in die Hütte, lehnte mich gegen den Tisch und begann mich auszuziehen. Erst meinen Pullover, dann meine Bluse, dann mein Unterhemd, dann meinen BH. Er streichelte mich und griff fester und fester zu, küsste mich. Ich ließ ihn, aber es überlief mich ein unangenehmer Schauer. Er griff unter meinen Rock, streichelte mein Bein. Ich ließ ihn. Seine Hand kroch höher. Panik stieg in mir auf. Er zog an meinem Slip. Er riss daran, er versuchte meine Scham zu streicheln. Ich wehrte mich. Ich wusste, dass ich ihm jetzt nicht mehr geben konnte.
Es war, als hätten wir eine verbotene Grenze überschritten. Ich sprang auf, schrie ihn an und schlug auf ihn ein. Ich schlug ihn, bis er hilflos am Boden lag. Ich schrie ihn auf Französisch an, er verstand kein Wort. Ich sagte nicht einmal etwas wirklich Schlimmes zu ihm, aber er erschrak so über meine Wut, dass er weiter und weiter zurückrutschte, bis an den Ofen. Dort lag er und weinte. Er sagte nichts. Er entschuldigte sich nicht. Er lag nur da, wie ein kleiner Junge. In dem Moment ekelte er mich an. Ich lief die Stiege hinauf auf den Dachboden, wo mein Bett war. Ich packte meine Tasche. Als der Hias kurz darauf kam, machte ich so lange Theater, bis er mich nach Rosenheim fuhr. Zum Bahnhof. Ich saß neben ihm auf einer Bank und konnte ihm keine Antwort geben auf seine Fragen. Als der Zug kam, stieg ich ein und fuhr fort. Da habe ich den Kontakt zu den beiden abgebrochen.

EINFALTSPINSEL

»Martha, bist du noch wach?«

»Wie kommst du darauf, Fritz. Ich schlafe tief und fest. Hörst mi net schnarchen?«

»Entschuldige. Es ist wichtig!«

»Klar, sonst würdest du dich nicht trauen anzurufen!«

»Martha, ich muss dich sprechen, sofort.«

»Hey, es ist halb zwölf. Ich lieg schon im Bett, was hast du denn so Wichtiges?«

»In einer halben Stunde im Café ›Punkt und Pinsel‹. Ich gebe dir morgen früh frei.« Er legte auf, schloss sein Büro und ging zur U-Bahn.

Das Café Punkt und Pinsel gehörte Anne Arendt. Es lag in der Briennerstraße in der Nähe vom Königsplatz, nicht weit von den Münchner Museen entfernt. Sperber betrat das Café, sah sich kurz um und setzte sich an die Bar. Die Wände hingen voll von Gemälden. Anne Arendt hatte hier eine Galerie aufgebaut, die alle Epochen der Kunstgeschichte seit der Gotik zu repräsentieren schien. Es waren keine Werke bekannter Künstler, aber immerhin aus jeder wichtigen Epoche eines, das die Umbrüche seiner jeweiligen Entstehungszeit zeigte. Die Bilder waren chronologisch geordnet.

»Die Idee war, die letzten sechshundert Jahre Kunstgeschichte auf drei Wänden unterzubringen«, sagte Anne Arendt, die plötzlich hinter Sperber stand, während er sich mit einem der Bilder anzufreunden versuchte.

»Oh, schön Sie zu sehen!«, begrüßte er sie überrascht.

»Ich wollte die Möglichkeit schaffen, anhand von zwölf Bildern den Wandel der Schaffenskraft vor Augen zu führen. Und wie geht's dem Nobelpreisträger?«

»Ich musste letztens schneller weg, als es mir lieb war«, entschuldigte er sich.

»Macht nichts. Jetzt sind Sie ja wieder da.« Sie lächelte ihn an.

Das Bild, vor dem sie standen, war das letzte in der Galerie, ein

Foto. Es zeigte die Schwarz-Weiß-Aufnahme eines Mannes, der über einen dicken Pinsel hinweg ins Auge des Betrachters zu zielen schien. Im Zentrum des Bildes sah man einen durchscheinenden roten Punkt. Der Mann war unscharf, der Pinsel scharf abgebildet.

»Ich hatte nicht erwartet, dass ich Sie hier treffen würde.«

»Das war ja ein verrückter Tag in der Staatskanzlei«, bemerkte sie. »Kennen Sie diesen Mwami von Mwenga eigentlich? Ich meine, Sie haben sich so angeregt mit ihm unterhalten.«

»Nein, ich kenne ihn nicht. Aber wir versuchen herauszufinden, wer er wirklich ist. Haben Sie irgendwas gehört? Ich meine, bei Ihnen hier wird sicherlich viel erzählt.«

»Sind Sie eigentlich ein … ein Bulle?«, fragte sie neugierig.

In dem Moment betrat Martha das Lokal. Sie sah sich um und entdeckte Sperber an der Theke.

»Hallo, Martha, schön, dass du noch …«

»Fritz, wenn das jetzt nichts Wichtiges ist, dann erlebst du einen echt bayerischen Wutanfall!«, drohte sie.

»Oh, Krise! Dann werde ich mich mal zurückziehen«, hauchte Anne Arendt ihm ins Ohr. Ehe er antworten konnte, war sie schon weg.

»Was trinkst du?«

»Du hast mich doch letztens eingeladen. Jetzt hast du die Gelegenheit!«

Er wandte sich zum Barkeeper und bestellte zwei Vat 69. »Das Zeug holt selbst die Tötesten noch aus ihren Totenbetten!«

»Kann ich brauchen. Schieß los! Ich höre.« Sie betrachtete Sperbers Gesichtsausdruck und fügte lächelnd hinzu: »Freunde!«

»Prost, Martha.« Sie nippten an ihren Gläsern. »Ich habe bis eben in Desirés Aufzeichnungen gelesen. Sie hat eine Art prosaisches Tagebuch geschrieben.«

»Was, das sagst du mir erst jetzt?«

Er schüttelte den Kopf. »Martha, das ist der Grund, warum ich dich angerufen hab!«

Sie nickte und machte mit der Hand eine Drehbewegung, er solle weitersprechen.

»Ihre Aufzeichnungen sind nicht kontinuierlich oder chronologisch. Eher rückblickend. In Kürze: Es ist erschütternd!«

Martha hievte sich auf einen Barhocker und trank noch einen Schluck. Sperber gab ihr eine verkürzte Inhaltsangabe seiner Abendlektüre. Ihre Augen weiteten sich.

»Was hältst du davon?«, fragte er.

Martha atmete laut vernehmbar aus. Sperbers Ausführung hatte sie angestrengt. Sie schüttelte den Kopf. »Ich hab schon viel gehört und gesehen.« Sie trank erneut. »Noch zwei bitte!«, rief sie. »Das ist harter Stoff!«

»Als ich müde war und schon aufhören wollte zu lesen, hab ich doch noch eine Datei aufgemacht. Da bin ich dann hängen geblieben. Sie schreibt, dass sie mit ihrem Prinz in München einen Mann getroffen hat, das muss kurz vor ihrem Ableben gewesen sein. Sie nennt ihn ›der Belgier‹ und schreibt, dass sie ihm anfangs nicht getraut hat, aber er habe nicht nur den Prinzen, sondern auch sie überzeugt. Zwar habe sie den Prinzen dennoch vor ihm gewarnt, doch der Prinz habe vor allem die Vorteile gesehen. Er wollte sich die Verbindungen des Belgiers zunutze machen. Und dann schreibt sie, sie hätten sich mit ihm beim Hias verabredet. Zum Besteigen der Kampenwand. Das klingt irgendwie alles sehr geheimnisvoll.«

»Dann haben wir also einen Unbekannten, der als Mörder in Frage käme«, schlussfolgerte Martha nüchtern. »Fritz, du und Huber zwei, ihr fahrt morgen früh gleich nach Schleching und geht noch mal zum Hias. Quetscht ihn aus! Er muss mehr wissen, als er bisher zugegeben hat. Wenn die verabredet waren …«

»… dann muss er den Mann gesehen haben!«, ergänzte Sperber.

Martha nickte und trank den dritten Whisky aus. Inzwischen hatte sie leichte Schlagseite und sah ihr Glas skeptisch an. Nachdem sie noch einmal bestellt hatten, lächelte sie. »Weißt du was, Fritz Sperber? Eigentlich bist du ja ein feiner Typ.« Bevor Sperber sich freuen konnte, hob sie den Zeigefinger und ergänzte: »Manchmal aber auch ein ganz schöner Mistkerl! Aber die Wahrheit ist: Ich mag dich gern. Vielleicht, weil du so viel Euphorie in den Whisky da hineingeschüttet hast.«

Er lächelte dümmlich und erwiderte voller Inbrunst: »Martha Kieninger, ich bin stolz darauf, dich als Personenschützerin zu haben. Nie hat mich eine Frau so extrem beschattet, ohne mir wirklich nahe zu kommen!«

Martha kicherte herzerfrischend, beugte sich vor und gab ihm einen flüchtigen Kuss auf die Wange. Sperber spürte wieder dieses Kribbeln unter den Nackenhaaren.

Nach dem vierten Whisky hakte sie sich bei ihm ein. »Du bist ein echter Kumpel, Silikon-Fritz, ein echt feiner Kumpel. I … äh … i seh aber jetzt zwei Fritze.«

Sperber hielt sie fest, küsste sie auf den Kopf, trank sein Glas aus und sagte müde: »Martha Kieninger, wir haben hier eine dienstliche Besprechung. Haltung bitte!« Er richtete sich auf. »Und Huber eins schicken wir morgen zu den Asylbewerbern. Mit den Bildern von dem neuen Toten und den drei Leibwächtern. Und er soll Interpol befragen, ob sie unseren Leopardenkönig kennen. Huber hat ja bei der Beschattung Fotos von ihm gemacht.«

»Silikon-Fritz, du bist ein … heller Kopf. Kannst ja noch richtig … denken. Das werden wir … alles … tun.« Sie hob die rechte Hand und lallte: »Noch ßwei Wik … Whisky!« Dann sah sie kurz auf, kniff die Augen zu und deutete auf das Foto an der Wand. »Hey, Fritz, da ßielt einer … auf uns. Der hat dich schon rot gemacht. So ein … Einfaltspinsel«, sagte sie gähnend und schlief an Ort und Stelle ein.

RADIO

Es goss in Strömen. Die Kampenwand steckte tief in Wolken. Huber zwei und Sperber hielten sich die Jacken über die Köpfe und rannten auf den Bauernhof zu. Sie klopften an die Tür und warteten das Herein nicht ab, was auf dem Land durchaus üblich war. Ohne Umstände betraten sie das Haus.

»Servus, Hias, der Huber is da!«, rief Huber zwei.

Der Hias lugte um die Ecke. Er saß in der Stube und las Zeitung. »Kommt's rein!«, rief er und begrüßte die beiden über seine Lesebrille hinweg.

»Hias, mal ganz ehrlich. Alles hast du uns noch nicht erzählt!«, sagte Sperber direkt und ohne Umschweife.

»Was soll des heiß'n, du Lackl?«, fragte er laut und baute sich auf.

»Jetzt einmal net so bös werd'n, Hias. Des bringt gar nix!«, mahnte Huber zwei.

»Wir meinen den Mann, der außerdem noch hier war!«, sagte Sperber. »Als die beiden auf die Kampenwand sind.«

Der Hias sah sie ernst an und nahm die Brille ab. »Setzt euch!«, forderte er sie auf. Sie setzten sich zu ihm an den Tisch.

»Ja, da war noch a Mann«, gab der Hias zu.

»Wann war er hier?«, fragte Huber zwei sichtlich überrascht.

»An dem Tag, wo i die zwei hob hängen g'sehn. Aber vorher. In aller Früh war er da. Um a halbe sieben.«

»Was hat er gewollt?«, fragte Sperber.

»Er hat g'sagt, er wär mit ihnen verabredet. Zum Bergsteigen.«

»Wie hat er gesprochen?«

»Jo, so a merkwürdig's Deutsch. So mit a weng Französisch drin. So hat sich's jedenfalls ang'hört für mi«, sagte der Hias unsicher. Aber dann nickte er. »Ja, so a französisches Deutsch.«

»Und?«

»Und was?«, fragte der Hias schroff.

»Was hat der Mann gesagt, als er hörte, dass die beiden schon einen Tag früher aufgebrochen waren?«, wollte Sperber wissen.

»G'wundert hat er si. I hab ihn auf ein Speck eing'laden. Aber er wollt nix. Ja, i hab ihm g'sagt, dass die beiden schon gestern los sind, wegen dem Wetter.«

»Und was hat er g'macht?«, fragte Huber zwei.

»Er hat mit dem Kopf genickt und ist die Alm 'naufgegangen. Wie der Blitz. Neblig war's. Schnell war der mit sei'm großen Rucksack. Dann hab i ihn nimmer g'sehn. Aber i hab mir dann allmählich Sorgen g'macht um die zwei. I bin zur Hütt'n und wollt schaun, ob sie dort sind. Dann hab i sie g'sucht. Und wia der Nebel aufg'rissn is, da hingen's da. Aber des wisst's ja.«

»Und der Mann, was war mit dem?«

Der Hias schüttelte den Kopf. »Woaß i net. Nie wieder g'sehn.«

»Glaubst du, *er* hat das gemacht?«

Hias machte eine lange Pause. Er blinzelte Huber zwei an und sagte: »I weiß net. Zeit g'nug hätt er g'habt. So schnell wie der war, kann er in eineinhalb Stund oben g'wesn sein.« Er zuckte mit den Schultern. »Aber i glaub's net. Na!« Er schüttelte den Kopf.

Hubers Telefon klingelte. »Ja, Martha. Der Kerl is bekannt bei Interpol? Was, abg'haut? Aus Lüttich. Aha … Eltern verschwunden. Interessant.« Huber zwei nickte Sperber zu. »Okay, Martha. Danke erst mal.«

»Und, was sagt sie?«, fragte Sperber.

»Der Mwami heißt in Wirklichkeit Jean Colteaux und war belgischer Elitesoldat. Einer der besten Bergsteiger in seinem Land, sagt Interpol.«

»Jean Colteaux? Der Söldner mit dem Kreuz aus Stahl?«, rief Sperber ungläubig.

»Sagt der dir was?«, fragte Huber zwei überrascht.

»In Kivu kennt den Namen jeder! Gesehen hat ihn noch keiner. Und wer ihn gesehen hat, sagt man, hat es nicht überlebt. Tutsi-Rebellenführer, besonders skrupellos. Oh Mann! Das ist heftig!«

»Er ist vor Jahren aus Belgien getürmt. Kein Mensch weiß, wohin, sagt Martha.«

Sperber schlug sich mit der Handwurzel vor die Stirn. Offenbar war ihm etwas eingefallen. »Es war der Tanzschritt!«

»Was?«, fragte Huber zwei.

»Dieser Mwami von Mwenga. Der Tanzschritt! Zu europäisch. So tanzt keiner, der im Kongo tanzen gelernt hat. Viel zu steif für einen Afrikaner. Das war es, was mich verwirrt hat.«

Huber zwei nickte erneut. »Seine Adoptiveltern sind seit seiner Flucht aus Lüttich auch verschwunden. Sie gelten als vermisst.«

»Und dann ist er in den Kongo geflohen, wo er dann untergetaucht ist bei den Rebellen«, vermutete Sperber. »Und jetzt ist er in Deutschland wieder aufgetaucht.«

»Und bringt einen Prinz und eine Journalistin um.«

»Aber eines passt nicht zu unserem Mann, den wir hier suchen. Jean Colteaux ist ja ein Schwarzer!«, gab Sperber zu bedenken.

Der Hias regte sich auf seinem Platz. »Der Mann, der an dem Morgen da war, des war ja auch a Neger.«

Sperber und Huber zwei waren wie vom Blitz getroffen. »Hias, wieso sagst denn des net gleich?«

»Ja, weil ihr net g'fragt habt's! Herrgott Sakra!«, schimpfte der Hias.

Huber zwei packte sein Handy aus und suchte nach einem Foto. Er sagte zum Hias: »Hias, des Bild'l is a bisserl unscharf. Aber man kann schon a G'sicht erkennen. Schau einmal her.« Er zeigte dem Hias ein Bild.

»Ja, ja«, sagte der Hias beflissen, »das is der Mann!«

»Sicher?«, fragte Huber zwei.

»Ganz sicher.« Huber zeigte Sperber das Foto. Der Mwami von Mwenga! Huber hatte es bei der Überwachung gemacht.

»Jetzt is klar, warum der abends so viel Pommes frites braucht. Der Mwami von Mwenga ist Belgier!« Sperber lachte.

»Hias, das hättest' uns eher sagen müssen!«, schimpfte Huber zwei verärgert.

Sperber stand auf und suchte die Toilette. »Hinten links«, rief der Hias ihm hinterher. Unterdessen unterhielt sich Huber zwei noch mit dem Hias über die Zeiten bei der Bergrettung.

Auf dem Rückweg sah Sperber auf der Tür neben der Toilette ein kleines Holzschild, das mit Bauernmalerei verziert war: »Floris Bastelstüberl«. Vorsichtig drückte er die Klinke nach unten, die Tür öffnete sich. Die Fensterläden waren geschlossen. Sperber machte das Licht an. Eine Rumpelkammer voller Elektronikbauteile. Alte Bildschirme, aufgeschraubte Computer, Platinen und Tastaturen. Über allem lag ein Schleier aus Staub. Hier hatte seit Jahren niemand sauber gemacht. Er verließ den Raum, löschte das Licht und ging in die Stube zurück.

Er fragte den Hias: »Der Flori hat eine Werkstatt gehabt? Schaut ja richtig professionell aus.«

Mit der Reaktion hatte Sperber nicht gerechnet. Der Hias sprang auf und stemmte seine Hände auf den Tisch, als wollte er sich auf ihn stürzen. »Du Saukerl! Warst in der Werkstatt! Da hat niemand was verlor'n! Das geht di nix an!«, schrie er aus Leibeskräften, dass ihm die Adern im Gesicht und am Hals anschwollen. Offenbar hatte Sperber seine empfindlichste Stelle getroffen.

Huber zwei hielt den alten Bauern zurück, versuchte, ihn zu besänftigen. »Schon gut, Hias. Er hat's net so g'meint.«

Sperber hatte Huber zwei im Blick. Der gab ihm ein Zeichen, sich zu entschuldigen.

»Tut mir leid, Hias. Ich wollte nichts aufwühlen. Mich hat nur interessiert, was der Flori so gemacht hat.«

Der Hias setzte sich wieder hin, legte die Hände übereinander und blickte ins Leere. »Die Leut haben immer g'sagt, der Flori wär dumm. Der war net dumm. Der war ruhig. Und verschwiegen. Traurig vielleicht. Aber dumm war der net!« Der Hias schüttelte vehement den Kopf. Dann erzählte er, wie der Flori herangewachsen war. Am Bauerndasein hätte er kein Interesse gezeigt. »Er war klüger als wia a Bauer«, sagte der Hias. Als der Flori noch ein kleiner Junge war, hatte der Hias ihm einen Elektrobaukasten geschenkt. Es habe keine fünf Tage gebraucht, da hatte der Flori ein Gerät zusammengebaut. Man konnte an einem Knopf drehen, das Gerät sei so etwas wie ein Radio gewesen. Diese Technik hatte der Hias nie verstanden. Aber der Flori verstand sie. Und mit der Zeit verbrachte der Flori immer mehr Zeit bei seinen Geräten. Er hatte dafür zwei Zimmer im Bauernhof eingerichtet, eines als Werkstatt, das zweite als Schauraum.

Zwar half er dem Vater noch brav im Stall, aber nach der Schule schraubte er an seinen Funkgeräten, Radios, Fernsehern und später auch an Computern. »Er war der Einz'ge im ganzen Tal, der da was davon verstanden hat!«

Sperber nickte und sagte: »Er muss ein Prachtkerl gewesen sein.« Der Hias sah ihn erst skeptisch, dann traurig an und nickte. Sie verabschiedeten sich. Niedergeschlagen schloss der Hias die Tür.

HUTBAND

Sperber und Huber zwei stürmten in Marthas Büro. Da saß nur Huber eins. »Die Asylbewerber haben den Toten aus den Isarauen und auch die drei Leibwächter von unserem Mwami erkannt«, sagte er.

»Und der Junge aus dem Krankenhaus?«, fragte Sperber.

»Er hatte so einen Schiss, als ich ihm die Bilder vorgelegt habe, dass er strikt geleugnet hat, irgendjemanden zu erkennen. Ich bin mir zwar sicher, dass er sie erkannt hat. Aber bezeugen will es der Kerl auf keinen Fall. Wir können weiterhin nur vermuten, dass das die Männer sind, die an der Isar campiert und unsere Rechtsaußen-Brüder aufgemischt haben. Hilft uns alles nur wenig weiter.«

»Dann können wir denen nichts beweisen, oder?«, meinte Sperber. Huber eins hob die Schultern und nickte.

»Verfluchter Mist!«, schrie Martha und schlug die Bürotür hinter sich zu. Sie kam gerade von Müller und war außer sich. »Diese Vollidioten. Der geht uns durch die Lappen!« Sie schmiss die Aktenmappe hin, die sie in der Hand hielt.

»Was ist denn los, Martha?«, fragte Huber zwei gespannt.

»Müller hat mir eben untersagt, diesen Colteaux und seine Leute auffliegen zu lassen. Der Innenminister persönlich hat sich eingeschaltet. Der Mann genießt weiterhin absolute Immunität, obwohl er vermutlich eine falsche Identität angenommen hat.«

»Das ist ja ein Ding!«, sagte Sperber fassungslos lächelnd und schüttelte den Kopf.

»Müller sagt, er habe den Staatsanwalt um Aufhebung der Immunität gebeten. Der hat im Innenministerium nachgefragt, und nun das. Der Mwami von Mwenga sei so wichtig für die bayerische Wirtschaft, dass die Beziehungen absolute Priorität hätten.«

»Ja, aber er ist doch gar nicht der, für den er sich ausgibt. Haben die das nicht kapiert?«

»Müller meint, die hätten ihm gar nicht zugehört. Es wäre

ihnen einfach egal gewesen. So etwas kommt in solchen Diplomatenkreisen, insbesondere bei Unterhändlern, schon mal vor. Wir sollen ihn überwachen und abwarten. Sollte er versuchen, Bayern zu verlassen, könnten wir ja immer noch zugreifen. So eine verdammte Scheiße!«, schrie Martha.

Die Tür ging auf. Der Kopf von Reuter lugte herein. »Is was passiert?«, fragte er mit gespielter Sorge.

»Nix is!«, rief Martha und warf mit ihrem Anti-Stressball nach dem Kopf an der Tür, der sofort verschwand.

Dann öffnete sich die Tür erneut einen Spaltbreit, und ein Umschlag flog herein, der auf dem Boden landete. Huber eins hob ihn auf. »Oh! Die Analysen von den DNA-Tests!«, sagte er.

»Mach auf und schau, was drin ist«, sagte Martha, die immer noch sauer war. Sie ging zur Kaffeemaschine und ließ sich dabei erzählen, was Sperber und Huber zwei morgens beim Hias erfahren hatten.

Da rief Huber eins: »Jetzt haltet euch fest!« Er hielt ein paar Papiere in der Hand. »Die Spurensicherung hat also auf der Hütte vom Hias die Rucksäcke der beiden Toten sichergestellt. In Desirés Rucksack haben sie eine Haarbürste gefunden. Am Rucksack ihres Begleiters konnten sie Hautspuren sicherstellen. Dann hat die Spusi noch zwei Hüte aus der Hütte mitgenommen. Einen vom Hias, der in der Küche hing, den anderen aus dem Zimmer mit den Computersachen. Da stand innen auf dem Hutband ›Flori‹ drauf. Die DNA vom Hias und vom Flori haben wir auch analysiert, um unbekannte DNA-Spuren von vornherein ausschließen zu können.«

»Eh klar«, sagte Huber zwei gelangweilt.

»Und dann haben wir noch das Glas von unserem Verdächtigen, Jean Colteaux alias Mwami von Mwenga. Wir haben also die DNA von Desiré, dem Prinzen, dem Hias, dem Flori und diesem Jean Colteaux.«

»Weiter!«, forderte Martha.

»An dem Kabel, an dem die beiden aufgehängt waren, haben wir die Spuren der beiden am unteren Ende gefunden.«

»Ich hab das Gefühl, dass es langsam spannend wird«, sagte Sperber.

»Gehen wir mal davon aus«, fuhr Huber eins fort, »dass der Täter im Winter Handschuhe anhatte, dann haben wir seine DNA höchstwahrscheinlich gar nicht am Kabel.«

Alle nickten.

»Aber die DNA aus dem Blut, das wir an dem anderen Ende des Kabels gefunden haben, wurde analysiert …«, Huber eins machte eine Kunstpause, »… und die stammt eindeutig vom Flori.«

Martha staunte. »Das ist ja ein Ding!«

Sperber setzte sich auf einen Bürostuhl und stützte das Kinn in seine rechte Hand. »Der Flori spielt also doch noch irgendeine Rolle …«

»Was meinst du?«, fragte Huber zwei etwas forsch.

»Desiré hat immerhin seinen Namen in ihrem Passwort verwendet«, antwortete Sperber. »Sie hat ihn anscheinend immer noch sehr gemocht, trotz allem. Und jetzt die DNA-Spur. Das ist doch alles kein Zufall!«

»Wie auch immer Blut vom Flori an das Kabel gekommen ist, klar ist jetzt, dass das Kabel aus dem Haus oder der Hütte vom Hias stammt, oder?«, stellte Huber eins fest.

Martha stimmte zu. »Dieser Jean Colteaux könnte das Kabel aus der Hütte mitgenommen haben.« Sperber nickte bestätigend.

»Der Schlüssel der Hütte liegt ja unter dem Brennholzstapel. So ein Versteck findet man schnell«, bemerkte Huber zwei.

»Aber trotzdem frag ich mich, wieso da Blut war. Ich meine, Blut vom Flori? Merkwürdig.« Sperber schüttelte den Kopf.

Huber zwei überlegte: »Wenn der Colteaux morgens zur Hütte is und dort das Kabel mitg'nommen hat, dann war eben immer noch des Blut vom Flori dran, weil er damit einmal gearbeitet hat. G'schnitten wird er si haben. Passiert doch alle nas'n lang.«

»Möglich. Aber warum sucht der Colteaux sich gerade ein Kabel aus, um zwei Leute in eine Wand zu hängen? Wäre ein Bergseil nicht einfacher gewesen?«, gab Martha zu bedenken.

»Wenn er aus dem Kongo gekommen ist, wird er wohl bestimmt seine Bergausrüstung nach Bayern mitgebracht haben«, sagte Sperber sarkastisch.

»Auch wieder wahr«, lenkte Martha ein.

»Außerdem«, sagte Huber eins, »wird er gedacht haben, die beiden hätten ohnehin ein Seil dabei. Dann erfährt er, dass die beiden schon unterwegs sind, kommt auf die Hütte und denkt, verdammt, was ist, wenn die kein Seil dabeihaben? Ich weiß auch nicht, was genau er gedacht hat. Aber nehmen wir an, er kommt in die Hütte, sucht ein Seil. Findet keines, aber dafür dreißig Meter Computerkabel, das vom Gewicht her sogar noch leichter ist als ein Bergseil und für seine Zwecke allemal stabil und reißfest genug. Er packt es einfach ein und geht los.«

Martha rührte in ihrem Kaffee. »Na ja, der Gedanke drängt sich nicht gerade auf. Aber wie so oft: So könnte es gewesen sein.«

Huber eins nickte. Sperber blieb skeptisch. »Hm, so ganz überzeugt mich das nicht. Aber auszuschließen ist es auch nicht. Aber es würde passen zum Ruf von Jean Colteaux. In Kivu war sein Name jedem bekannt. Er galt als rücksichtslos und als besonders kreativer Kopf. Insofern könnte es natürlich sein, dass er es so gemacht hat. Ich werde gleich noch weiter in Desirés Aufzeichnungen lesen«, sagte Sperber mit müder Stimme. »Vielleicht findet sich noch etwas, was uns weiterhilft.«

HAIFISCHBECKEN

Freimuth Sobotka war total übermüdet. Leo hatte ihn nach Goma gefahren, und von dort war er nach Kinshasa geflogen. Nach einem holprigen Flug saß er jetzt in einer Maschine, die ihn zurück nach München bringen sollte. Er hatte drei Tage in einem traumhaften Landhaus verbracht, das Adele Gumumbali gehörte. Es lag in ihrem privaten Jagdrevier, auf einem Hügel, der zum Kivu-See hin sanft abfiel. Der Ausblick über die Ebene war atemberaubend, Großwild zog in beeindruckenden Herden vorbei. Adele hatte ihm erzählt, sie komme so oft hierher, wie es ihr möglich sei. Das Anwesen glich einem Hochsicherheitstrakt, Adele war scheinbar besser bewacht als der amerikanische Präsident. Niemand kam an sie ran.

Gleich am ersten Morgen waren sie losgezogen. Adele hatte nicht viel gesagt. Nachdem er von Leo eingekleidet worden war, hatte Adele ihm eine Büchse in die Hand gedrückt. Zum letzten Mal geschossen hatte er in seinem Dienst beim österreichischen Bundesheer.

Mit einem sandfarbenen Range Rover waren sie zu einem weit entfernten Aussichtspunkt gefahren. Von hier aus konnten sie die gesamte Ebene überblicken. Adele nahm ein starkes Swarowski-Jagdglas aus dem Futteral und reichte es Sobotka. »Dort hinten, ganz weit hinten! Da sieht man eine Büffelherde. Weiter rechts, fast am Horizont, sind Elefanten«, hatte sie gesagt. Mit verschränkten Armen stand sie neben ihm und wartete, bis er das Glas senkte. »Für den Anfang nehmen wir einen Büffel.«

Sobotkas erster Schuss ging daneben. Die Büffel wurden aufgeschreckt und wollten flüchten, doch der zweite Schuss saß: ein Büffel, der nicht rechtzeitig weggekommen war. Wie in Zeitlupe brach das mächtige Tier zusammen. Er, Freimuth Sobotka, hatte tatsächlich einen Büffel erlegt.

Beim Zielen auf den Büffel hatte er einen erregenden Adrenalinstoß verspürt. Es hatte fast etwas Sexuelles, Sobotka war lange danach noch wie im Rausch. Ihn hatte das Jagdfieber gepackt. Nach dem Schuss brachte Leo sie mit dem Range Rover zu dem erlegten Tier. Sobotka und Adele hatten sich neben den toten Büffel gestellt, und Leo hatte Fotos gemacht.

Jetzt saß Sobotka im Flugzeug und betrachtete die Bilder, die Leo ihm ausgedruckt hatte. Auf einem war Sobotka allein mit dem Tier zu sehen. Adele hatte ihn aufgefordert, die große Büchse mehr in Position zu bringen, um dem Bild etwas Martialisches zu geben. Auf anderen Bildern standen Adele und er gemeinsam vor dem toten Büffel.

Am Abend nach der Jagd hatte Adele ein großes Mahl zubereiten lassen. Dazu gab es Rotwein, einen kräftigen Côtes du Rhône, eigens für Adele importiert. Sobotka wurde beim Reden immer aufgeregter, während er wie besessen immer wieder sein erstes Jagderlebnis schilderte. Adele lächelte, aber sie ließ ihn gewähren, bis Leo ihm kurz und unauffällig eine Hand auf die Schulter legte. Sobotka begriff. Adele wollte endlich zum Geschäftlichen kommen.

Sie bot ihm an, mit ihm zu kooperieren. »Mich erfüllt mit Sorge«, erklärte sie, »dass Hartung mit so vielen verschiedenen Lieferanten zusammenarbeitet.« Wenn Sobotka dafür sorgen würde, dass Hartung die anderen Anbieter von seiner Liste strich, dann würde sie in Zukunft alles in ihrer Macht Stehende tun, um Sobotka selbst eine bessere Position zu verschaffen. Sie habe zahlreiche Möglichkeiten und auch international großen Einfluss. Sogar bei Hartung.

»Adele, eine Frage habe ich an Sie. Wieso bereden Sie das nicht alles mit Paul Hartung persönlich? Sie kennen ihn doch gut«, wollte Sobotka wissen.

»Weil er nicht möchte, dass ich direkten Kontakt zu ihm habe«, hatte Adele geantwortet. »Paul Hartung will auf keinen Fall mit mir in Verbindung gebracht werden. Das ist der Grund, warum ich mich über Ihre Privatadresse an Sie gewendet und nicht über die Firma Kontakt zu Ihnen gesucht habe. Der Kontakt mit Hartung lief grundsätzlich über Ephraim Ngonsomo. Den gibt es ja nun nicht mehr. Diesen Watabe kenne ich nicht. Ich weiß nicht, ob ich ihm trauen kann.«

Zum Schluss des Abends aber hatte sie ihn gewarnt. Vor einem Mann. »Jean Colteaux hält sich nach allem, was wir wissen, zurzeit in Deutschland auf«, hatte sie ihm nahezu konspirativ zugeflüstert. »Dieser Mann ist hochgefährlich. Er bringt Leute ohne Skrupel um. Wir vermuten, dass er dort in die Rolle des Mwami von Mwenga geschlüpft ist, nachdem er den Prinzen umgebracht hat.«

»Woher wissen Sie das alles?«, fragte Sobotka skeptisch.

»Nun, ich habe gute Verbindungen, auch nach Deutschland«, sagte Adele und lächelte überlegen.

»Was will er denn in Deutschland?«, hatte Sobotka gefragt. »Wäre es für ihn nicht besser, seine Probleme hier anzugehen?«

»Allen Hutu gegenüber ist dieser Mann blind vor Hass. Und auch jedem gegenüber, der die Hutu unterstützt. Er hasst demzufolge auch mich, aber er kommt an mich nicht ran, das weiß er. Er versucht also, mir zu schaden, wo es nur geht. Deshalb ist auch Hartung in Gefahr. Hartung hat nur mit den Hutu gehandelt, Tutsi-Rebellen aber weitgehend vermieden.«

»Warum eigentlich?«, fragte Sobotka eher abfällig. Für ihn waren alle Schwarzen gleich, er lehnte es ab, sich mit den politischen Problemen dieser Länder zu beschäftigen.

»Was genau dahintersteckt, weiß ich auch nicht. Ich weiß nur, dass Hartung im Krieg irgendwann einmal die Hutu unterstützt hat. Und dass Colteaux alles daransetzen will, ihm und mir die Handelswege abzuschneiden. Koste es, was es wolle.«

Sobotka hatte sie kurzerhand gefragt: »Kann man mit diesem Colteaux nicht reden?«

Adele hatte ihn überrascht angesehen. »Mit Jean Colteaux reden? Das ist ungefähr so, als würde man sich mit einem Haifisch in einem Schwimmbecken zum Mittagessen verabreden. Dieser Mann täuscht alle, und dann spannt er sie für sich ein und nutzt sie aus.« Mit Nachdruck hatte sie von ihm eine Zusage verlangt, dass er auf keinen Fall versuchen würde, mit Colteaux in Verbindung zu treten.

Sobotka hatte zustimmend genickt. Aber jetzt im Flugzeug grinste er. Was wollte diese Frau ihm schon vorschreiben. Er würde diesen Jean Colteaux kontaktieren. Wollen wir doch mal sehen, wer besser im Täuschen ist, dachte Sobotka. Er würde ihn schon irgendwie davon überzeugen, dass er ihm nützlich sein könnte.

HELLABRUNN

Jean Colteaux saß in seiner Villa vor dem Küchentisch. Er trug ein ärmelloses Trägerhemd, eine weite Hose mit Beintaschen und war barfuß. Vor ihm stand eine Schüssel mit Pommes frites. Mit dem Gabelstiel öffnete er den Kapselverschluss der Stella-Artois-Flasche, dass der Deckel mit einem lauten Ploppen durch die Küche flog. Colteaux trank die Flasche in einem Zug leer. Die zweite Flasche stand schon bereit.

Er nahm den Salzstreuer und schüttete das feine Salz über die Pommes frites. Mit der Hand nahm er einen Kartoffelschnitz nach dem anderen, tunkte ihn in die Mayonnaise, die in einer Pappschachtel auf dem Tisch stand, und verschlang ihn. Nachdem er die Schüssel in Höchstgeschwindigkeit geleert hatte, rieb er sich den Bauch und rülpste so laut, dass die Haushälterin vor Schreck einen Teller in die Spüle fallen ließ.

Er lachte und zwinkerte der Frau zu, die sich umgedreht und ihre Hände in der Höhe ihres Herzens übereinandergelegt hatte. Sie war Vietnamesin und sprach einigermaßen Französisch. Colteaux hatte sie zu absoluter Verschwiegenheit verpflichtet. Er wusste, dass Asiaten in dieser Hinsicht zuverlässig waren.

Dann griff er zum Telefon und wählte die Nummer einer Münchener Event-Agentur. »Sunshine and Moonlight Event-Agentur. Jennifer Schmitz. Wie kann ich aus Ihrem Alltag einen Festtag machen?«, fragte die hohe Stimme am anderen Ende.

Colteaux sah den Hörer an und sagte: »Ich brauche eine große Sause in meinem Haus.«

»Moment, ich verbinde Sie mit unserem Creative Director!« Es klickte. »Darius Schmitz, Creative Director, guten Tag.«

»Herr Darius, ich möchte ein paar Leute einladen. Es soll ein großes Essen geben.«

»Soll es unter einem bestimmten Motto stehen?«

»Ja, Kongo.«

»Ja, da sind Sie doch richtig bei uns! Da werden wir unsere Afrika-Expertin ranlassen. Was hätten Sie denn gern zum Essen?«

Colteaux trank einen Schluck Bier. »Elefantenrüssel, Büffeleier, Affenhirn. Und einen afrikanischen Koch brauchen wir natürlich.«

Der Mann am anderen Ende stockte. »Hm … Mein Herr, ich glaube, da werden wir hier Schwierigkeiten mit den Einfuhrbestimmungen bekommen. So was gibt es in Deutschland nicht. Den Koch kann ich ja besorgen. Aber diese Zutaten eher nicht.«

»Ich dachte, Sie sind eine Event-Agentur? Hören Sie, so was isst man auch im Kongo nicht jeden Tag. Das ist Ihr Problem, wie Sie das machen. Sie und ihr Koch haben doch sicher Phantasie.«

»Nun ja. Es hat natürlich alles seine Grenzen. Aber da fällt uns sicher etwas ein.«

»Wir sollten das besprechen. Vielleicht kommen Sie mich besuchen. Geht das noch heute?«

»Ja, natürlich. Ich bring den Koch und die Expertin gleich mit«, erwiderte Darius Schmitz etwas gestelzt. Sie machten einen Termin für den Nachmittag aus. »Mit wem spreche ich eigentlich?«

»Das spielt keine Rolle. Ich bezahle bar. Kommen Sie einfach bei mir vorbei, dann regeln wir gleich alles. Und bringen Sie einen Designer mit. Die Einladungen müssen heute noch raus. Das ist extrem wichtig! Sie müssen die Briefe heute noch persönlich zustellen.«

»Machen wir. Das Problem ist, woher wir die Zutaten bekommen.«

»Mann, jetzt stellen Sie sich doch nicht so dämlich an!«, schnauzte Colteaux in den Hörer. »Zur Not holen wir sie im Tierpark Hellabrunn!«

Sperber nahm das Päckchen entgegen und öffnete es mit seinem Taschenmesser. Es enthielt eine kleine Pappschachtel und einen Begleitbrief. Bayerisches Landesamt für Umwelt, Hof. Im Briefumschlag befand sich ein ausführliches Gutachten zu den beiden Erzproben, die er dorthin geschickt hatte. Er las das Schreiben durch und eilte in Marthas Büro.

»Martha, das Gutachten aus Hof ist da.«

»Und?«

»Die beiden Proben sind eindeutig aus Kivu. Und zwar aus Minen in der Umgebung von Lueshe. Diese Proben stammen in jedem Fall aus illegal ausgeführtem Coltan.«

»Gut, deine Vermutung stimmte also.«

»Es gibt uns aber immer noch keine Möglichkeit zu handeln«, sagte Huber eins.

»Wenn die Welt erfährt, dass Hartungs weiße Weste mit blutigem Coltan beschmutzt ist, dann ist der Skandal perfekt und seine Reputation im Eimer. Die kriegen dann ganz schöne Schwierigkeiten.«

»Aber verboten ist es nicht, was er macht«, sagte Huber eins.

»Nein, das nicht. Doch ich kann mir nicht vorstellen, dass die Bayerische Staatsregierung daran interessiert ist, mit einem öffentlich entlarvten und geächteten Industriellen zusammenzuarbeiten und ihn auch noch zu unterstützen.«

»Ihn anzuschwärzen ist jedenfalls nicht die Aufgabe des LKA«, bemerkte Huber eins.

Martha zögerte. »Ich schlage vor, dass wir die Sache mal mit Müller besprechen.« Sie stand auf und winkte Sperber mit dem Kopf, ihr zu folgen.

Müller bat die beiden Besucher, sich zu setzen. »Was gibt es, Martha?«

»Kollege Sperber hat da eine interessante Entdeckung gemacht. Wenn auch auf … sagen wir mal, verschlungenen Wegen. Aber die Sache ist eindeutig.«

»Schießen Sie los, Friedrich Sperber.« Er lehnte sich zurück.

Sperber schilderte, was er herausgefunden hatte, und dass die Staatsregierung Hartung hofierte. »Die Proben wurden sorgfältig untersucht, nach dem aktuellen Stand der Wissenschaft. Die Kollegen in Hof haben festgestellt, dass die vorliegenden Proben aufgrund ihrer chemischen und mineralogischen Zusammensetzung nicht aus legalen Ländern wie Ruanda oder Uganda kommen können. Das ist aber genau das, was die Hartung-Gruppe behauptet. Dieses Erz stammt eindeutig aus Minen in Kivu. Es kann sich daher nur um illegal geschmuggeltes Erz handeln, das von Kindern, Bauern und anderen versklavten Minenarbeitern gewonnen wird. Die Vereinten Nationen haben das geächtet, und die meisten der Coltan verarbeitenden Unternehmen weltweit halten sich angeblich daran.«

»Wie viele Unternehmen dieser Art gibt es weltweit?«

»Etwa zehn«, sagte Sperber. »Die Hartung-Gruppe ist das größte.«

»Ich möchte gar nicht wissen, wie Sie an die Proben herangekommen sind, Sperber.«

»Tja, jedenfalls nicht geklaut, wenn Sie darauf anspielen«, scherzte Sperber gequält und berichtete Müller kurz von Sondermanns Husarenstück.

Müller schlug die Hände über dem Kopf zusammen und schimpfte: »Dieser Kerl ändert sich wohl nie. Den muss man eigentlich den ganzen Tag an die Kette legen.« Er schüttelte den Kopf.

»Der beißt sogar Ketten durch«, meinte Sperber.

»Aber Sie sind ja auch nicht zu verachten, Herr Sperber!«, mahnte Müller. »Gibt es irgendeine offizielle Version, wie diese Proben in Ihre Hände geraten sind?«, fragte Müller.

»Nun ja, wir können sagen, sie sind vom Lkw gefallen. Und ich habe sie einfach aufgehoben. Ist nicht mal gelogen.«

Müller sah Sperber streng an. »Na ja, damit können wir uns zumindest rausreden.«

»Allerdings kann ich kaum beurteilen, ob diese Proben und ihre Analyse für die Polizeiarbeit tatsächlich verwertbar sind«, schloss Sperber.

Müller grübelte. Dann richtete er sich auf und sagte: »Ich verstehe Polizeiarbeit auch so, Schaden vom Land Bayern abzuwenden.«

»Was Sperber da aufgedeckt hat«, fügte Martha hinzu, »ist für Bayern von erheblichem Interesse. Wenn so etwas auf anderem Weg herauskäme, gäbe das doch sicher einen Riesen-Imageverlust.«

»Ja, dem stimme ich zu. Wir müssen den Innenminister informieren. Bevor dieser Wirtschafts-Staatsekretär noch mehr Unheil anrichtet.« Er griff zum Telefonhörer.

Eine halbe Stunde später waren sie auf dem Weg zur Staatskanzlei. Dort bat sie der Referent des Innenministers in sein Büro.

»Meine Dame, meine Herren, Ihre Recherchen ändern die Lage kolossal. Wir können und dürfen auf keinen Fall einen Mann unterstützen, der geächtetes Erz verarbeitet und in solche Machenschaften verwickelt ist. Wir können es uns natürlich nicht leisten, dass die Öffentlichkeit auch nur im Ansatz vermuten kann, wir hätten davon gewusst. Das Problem ist: Wir können ihm nach unseren Gesetzen nichts verbieten. Und mit dem Kongo gibt es keine entsprechenden Handelsabkommen.«

»Aber Sie können es so darstellen, als wären solche Abkommen in Vorbereitung«, schlug Sperber vor. Müller warf ihm einen scharfen Blick zu.

»Gar keine schlechte Idee. Die verarbeitende Industrie will ja ohnehin allmählich in diese Richtung.«

Sperber meldete sich noch einmal zu Wort: »Ich schlage vor, dass wir Hartung auf irgendeine Weise auffliegen lassen. Während eines öffentlichen Vortrags zum Beispiel. Er hält am Nachmittag einen bei der Fraunhofer Gesellschaft zum Thema ›Elektronik und Rohstoffe‹, hier in München. Ich gehe dorthin und stelle ihm ein paar ungemütliche Fragen. Dort ist auf jeden Fall die Fachpresse zu erwarten. Mal sehen, wie er reagiert.«

Als sie den Referenten verlassen hatten, sagte Müller zu Sperber: »Sperber, versauen Sie das nicht.«

»Wie kann ich etwas versauen, was schon längst eine Sauerei ist?«

UNENTSCHIEDEN

Der Hörsaal war bis zum letzten Platz belegt. Studenten, Hochschullehrer, jede Menge Banker und natürlich Fachjournalisten. Paul Hartung zog immer viele Leute an. Er war ein charismatischer Redner. Im Saal herrschte Anspannung, es roch nach Schweiß und teurem Rasierwasser.

Hartung wurde vom Präsidenten der Gesellschaft angekündigt: »Meine Damen und Herren, Sie alle wissen, wie wichtig im Augenblick der Blick auf die internationalen Rohstoffmärkte ist. Wenn die Industrie das Haus ist, in dem wir wohnen, dann sind die Rohstoffe das Fundament. Begrüßen Sie alle mit mir einen Mann, den man bereits als Student Niob-Tantal nannte …«, ein raunendes Lachen ging durch das Auditorium, »… Herrn Professor Dr. Paul Hartung, der König des Coltans.« Applaus brandete auf, bis Paul Hartung am Rednerpult stand.

»Sehr verehrter Herr Präsident, meine Damen und Herren. Niob-Tantal, ja, so wurde ich selbst einmal genannt. Heute bin ich mit Niob-Tantal sozusagen verheiratet.« Wieder ein leises Gelächter. »Und glauben Sie mir, seitdem hatte ich keinen Ehekrach mehr.« Lauteres Lachen. »Lassen Sie mich sagen, dass es mir eine große Ehre ist, vor Ihnen hier sprechen zu dürfen. Fast alle hier dürften selbst viel von Rohstoffen verstehen. Ich sehe hier viele Gesichter, vor denen ich mich in aller Bescheidenheit verneigen möchte.« Jetzt hatte er das Auditorium in der Tasche.

Hartung spulte seine übliche Rede ab, wie wichtig Coltan sei, wie bedeutsam für die Industrie, und dass die Hartung-Gruppe stets darum bemüht sei, neue legale Quellen für den Einkauf von Coltan zu erschließen, auch wenn das einigermaßen schwierig sei.

In diesem Moment stand Sperber in der vierten Reihe auf und rief so laut er konnte: »Herr Professor Hartung, gestatten Sie eine Zwischenfrage?« Ein Raunen ging durch das Auditorium. Wie tausend Nadeln trafen ihn böse Blicke, er spürte es nahezu körperlich.

Hartung unterbrach seinen Vortrag. Er sah über die Gläser seiner Lesebrille hinweg und fragte: »Nun, mein Herr, es ist natürlich nicht üblich, eine Rede so jäh zu unterbrechen, aber bitte. Fragen Sie!«

»Sperber, Dr. Friedrich Sperber ist mein Name. Wir kennen uns von einem Treffen in der Staatskanzlei. Nun, Herr Professor Hartung, die Hartung AG ist über viele Umwege und über die Einsetzung von Holdings an der österreichischen Rottenmann Erzverhüttungsgesellschaft mbH beteiligt. Ist das richtig?«

Hartung räusperte sich. »Ich weiß nicht, was das hier zu suchen hat. Ich bitte Sie, mich meinen Vortrag fortsetzen zu lassen.«

»Herr Professor Hartung, es ist wichtig für die Anwesenden, das zu wissen.« Es gab ein paar Buhrufe, aber Sperber ließ sich nicht beirren. »Denn die Rottenmann-Erzverhüttung importiert illegal Coltanerz aus dem Kongo, genauer gesagt, aus Kivu.«

Ein lautes Gegrummel ging durch den Saal. Eine Stimme rief »Ruhe!«, eine andere: »Aufhören!«, wieder jemand: »Wir wollen den Vortrag hören!«

Doch ein Journalist sprang Sperber zur Seite: »Lassen Sie den Mann ausreden! Ich will das wissen!«

»Das ist laut UNO geächtet, was dort gemacht wird!«, rief Sperber. »Was wissen Sie darüber? Sie sind doch ein Hauptbeteiligter.«

Hartung sah ihn wütend an. »Das ist völlig absurd, was Sie da sagen. Wie können Sie so etwas behaupten?«

Sperber hielt die beiden Anschliffe der Erzproben hoch. »Das hier sind Anschliffe von Erz, die ich mikroskopiert habe. Das hier …«, jetzt hielt er das Gutachten hoch, »… ist ein Gutachten zu dem Material vom Bayerischen Umweltamt. Es bestätigt meine Äußerung.«

»Und woher, Herr Dr. Sperber, haben Sie diese Erzproben?« Hartung lachte spöttisch.

»Die sind einem der Lkws aus Triest kurz vor Rottenmann von der Ladefläche gefallen. Ich habe sie aufgehoben und mitgenommen.« Jemand lachte.

»Sie können viel erzählen, wenn der Tag lang ist!«, rief Hartung, immer noch voller Spott. »Die können Sie doch irgendwoher haben. Sie stehen da ziemlich allein mit Ihrer Behauptung!«

Sperber wartete, bis es ruhig war im Saal. Dann sagte er. »Nein, denn ich habe einen Zeugen. Einen deutschen Polizeibeamten. Einen Hauptkommissar. Der hat mich begleitet. Wir waren privat unterwegs. Ich bin sicher, dass dieser Zeuge glaubhaft genug ist.«

Augenblicklich herrschte Unruhe im Saal. Ein Fotograf baute sich auf und machte Bilder von Sperber und von Hartung. Der Journalist rief Sperber zu, er wollte ein Interview. Hartung wurde mit Fragen bombardiert. Ihm stand kalter Angstschweiß auf der Stirn. Schließlich verließ er aufgebracht den Saal. Am Ausgang drehte er sich kurz um und blickte Sperber eiskalt und wütend in die Augen. Sperber grinste, hob zum Gruß seinen Zeige- und Ringfinger an die Stirn und nickte ihm zu. In der Staatskanzlei hatte Hartung ihn noch stehen lassen. Jetzt hatte Sperber nach Punkten ausgeglichen. Unentschieden.

Hartung fuhr direkt in die Firma. Es war jetzt sechzehn Uhr. Er war völlig aufgebracht. »Sobotka! Sofort!«, schnauzte er seine Sekretärin an.

Zwei Minuten später war Sobotka da. »Guten Tag, Herr Vorstand!«, sagte er in seinem gewohnten Ton. Hartung drohte zu platzen.

»Sobotka, halten Sie die Klappe!« Er schoss aus seinem Sessel hervor und ging zum Fenster. »Dieser Sperber, dieser Kerl, wer ist das?«

»Meinen Sie den, dem Sie beim Empfang in der Staatskanzlei begegnet sind?«, fragte Sobotka leise.

»Dieser Mistkerl. Ja, genau der, von dem ich Ihnen erzählt habe. Der aus der Staatskanzlei. Haben Sie sich drum gekümmert?«

»Ah … ja, ja. Hab ich. Ja, ja«, stotterte Sobotka beflissen. »Hm … ja, das ist ein Geophysiker. Hat eigentlich überall gearbeitet. Rund um den Globus, auch im Kongo, in einer kanadischen Mine.«

»Woher wissen Sie das?«, fragte Hartung.

»Na ja, ich hab das Arbeitsamt angerufen, gefragt, ob sie einen Geophysiker für uns haben. Den Beruf gibt es ja nicht so häufig. Darauf hat man mir tatsächlich zwei Akten mit Lebensläufen zugeschickt. Eine davon war von Friedrich Sperber.« Dieser Sobotka!, dachte Hartung. Gingen ihm jemals die intriganten Ideen aus?

»Er ist also arbeitslos gemeldet … Hm.«

»Nicht ganz. Denn vorübergehend arbeitet er auf freier Basis beim LKA. Als wissenschaftlicher Berater.«

»Beim Landeskriminalamt? Wieso sagen Sie mir das erst jetzt?«, fragte Hartung sauer.

»Ich hab's ja auch erst heute erfahren, Herr Direktor.«

Hartung legte die Hände auf dem Rücken zusammen und wanderte durch sein Büro. »Dieser Kerl hat die Sache mit Rottenmann aufgedeckt. Er hat Erzproben analysiert. Unser Erz. Aus

Kivu. Und das hat er vor der ganzen Presse rausgebrüllt. Ich stand da wie ein begossener Pudel!« Hartung sagte das in einem Ton, als wäre Sobotka schuld an dem ganzen Dilemma. »Wir müssen dringend eine Gegendarstellung bekommen. Los, arbeiten Sie daran. Das soll morgen früh raus.«

»Okay, mache ich. Noch etwas anderes. Sie haben heute Abend eine Einladung. Gemeinsam mit dem Staatssekretär Brunnstätter und Robert Watabe.«

»Wo denn?«

»Der Mwami von Mwenga hat eingeladen. Die Einladung kam per Kurier. Er gibt ein Essen für Sie. Einer seiner Mitarbeiter hat sich eigens bei mir noch einmal telefonisch erkundigt, ob Sie heute Abend noch frei sind. Ich habe in Ihrem Namen zugesagt. Ich lese vor …« Sobotka hatte die Einladung in der Hand. »Der Mwami von Mwenga gibt sich die Ehre, Herrn Professor Dr. Paul Hartung sowie Herrn Robert Watabe zu einem informellen Treffen einzuladen. Der Wirtschafts-Staatssekretär Emil Brunnstätter wird als Aufsichtsrat der Hartung AG ebenfalls zugegen sein. Das Treffen wird begleitet von einem Festmahl unter dem Motto ›Zauber des Kongo‹.«

»Passt mir momentan gar nicht. Überhaupt nicht. Gehen Sie hin, Sobotka. Vertreten Sie mich.«

»Das würde ich gern. Aber ich muss dringend nach Hause und ins Bett. Mein Magen spielt verrückt, den ganzen Tag schon. Und außerdem: Das muss der Chef machen. Der Mann ist zu wichtig für uns. Der hat vor, den ganzen Coltanhandel zu legalisieren. Da sollten wir dabei sein.«

Hartung seufzte. »Immer muss ich ran! Aber so ist das nun mal.«

»Ja, der Chef ist im Zweifel immer der, der den Kopf hinhalten muss. Die Welt ist nicht gerade gerecht.« Damit drehte Sobotka sich um. Er würde die Pressemeldung nicht verfassen. Denn er vermutete, dass Hartung diesen Tag nicht überleben würde.

Sobotka fuhr nach Hause, öffnete die Wohnungstür und ließ sich sofort aufs Wohnzimmersofa fallen. Er grinste hämisch. Vorhin hatte er die Nummer auf der Einladung gewählt und den Mwami von Mwenga verlangt. Dann hatte Sobotka ihm klargemacht, dass er wisse, wer er sei. Und er hatte ihm einen Deal angeboten. Er werde ihn nicht verraten, und Colteaux sei ihm dafür einen Gefallen schuldig. Einen großen Gefallen. »Welchen?«, hatte Colteaux nüchtern gefragt. Er müsse ihm helfen, Paul Hartung loszuwerden, erwiderte Sobotka.

Colteaux hatte sich gesprächsbereit gezeigt. »Herr Sobotka, ich glaube, ich kann Ihnen von großem Nutzen sein, und Sie mir ebenfalls. Wir sollten darüber reden. Ich reise schon morgen ab. Aber ich lasse Sie zu Hause abholen. Sagen wir, heute Abend gegen zweiundzwanzig Uhr?«

»Abgemacht.« Sobotka nannte ihm seine Adresse. Jean Colteaux verabschiedete sich freundlich und legte auf.

Um fünf Uhr klingelte es unerwartet an Sobotkas Tür. Vor ihm standen zwei groß gewachsene Schwarze mit Sonnenbrillen und eleganten Anzügen. Unaufgefordert betraten sie die Wohnung und schlossen die Tür.

Einer der beiden sah sich aufmerksam in Sobotkas Wohnung um und blieb vor einer Pinnwand mit Fotos stehen. Vor einem Bild, auf dem Sobotka mit Adele Gumumbali vor dem toten Büffel zu sehen war, schob er den Kopf langsam nach vorn, und sein Blick wurde hasserfüllt. Sobotka sah, dass in dem Mann etwas vor sich ging, was er nicht verstand.

In diesem Moment riss der Besucher das Foto von der Pinnwand herunter und steckte es wütend in sein Jackett. Dann drehte er sich zu Sobotka um.

»Was wollen Sie von mir?«, rief Sobotka, als der große Schwarze auf ihn zukam.

Der zweite Mann griff in einen Golfsack, den er umgehängt hatte, und zog eine Machete heraus. Sobotka wollte um Hilfe rufen, aber der Mann fuchtelte drohend mit der Waffe herum und brachte ihn dadurch zum Schweigen. Er sah ihm seine panische Angst an und grinste hämisch.

Der andere Mann, der das Bild von der Wand gerissen hatte, griff nach einer zweiten Machete. Seine weit aufgerissenen Augen funkelten, seine Mundwinkel zitterten. In gebrochenem Deutsch fragte er Sobotka: »Kurz- oder langärmelig?«

ELEFANTENTREFFEN

Gegen neunzehn Uhr waren Paul Hartung und Robert Watabe auf dem Weg zur Villa des Mwami von Mwenga. Nachdem sie das Auto abgestellt hatten, trat einer der Leibwächter auf sie zu und führte sie ins Haus.

Die Eingangshalle der Villa war mit geheimnisvollen Bildern, Waffen und Statuen dekoriert und mystisch ausgeleuchtet. Das hat eher mit karibischem Voodoo zu tun als mit dem Kongo, dachte Robert Watabe. Überall hingen schwarze Masken. Watabe strich mit der Hand über eine der Masken und bemerkte, dass sie aus Kunststoff gemacht war. Die Speere und Schilde waren auch nicht echt.

Der Staatssekretär traf kurz nach ihnen ein, und alle gemeinsam wurden sie in einen großen Raum geführt. In der Mitte prangte auf einem großen Esstisch eine aufwendig dekorierte Schale mit exotischen Früchten. Die Leibwächter wiesen jedem einen Platz zu und schlossen die Tür. Einer postierte sich vor der Tür, ein anderer öffnete einen zweiten Eingang.

Der Mwami von Mwenga trat ein. Er breitete die Arme aus und sagte mit einem breiten Lächeln: »Herzlich willkommen in meinem Hause. Fühlen Sie sich so, als wäre es Ihr eigenes!«

»Eure Majestät! Ich glaube, ich darf im Namen aller Anwesenden sprechen«, preschte der Staatssekretär vor. »Wir fühlen uns ge…«

Der Mwami ignorierte die Ansprache. Stattdessen ging er auf Hartung zu und schüttelte ihm mit beiden Händen enthusiastisch die Hand. Dann begrüßte er Watabe mit einem respektvollen Handschlag. Erst danach ging er zu Staatssekretär Brunnstätter, der versuchte, diese Protokollverletzung zu übergehen. Vor dem Besuch hatten Hartung und Brunnstätter besprochen, dass sie auf keinen Fall die Gefühle des kongolesischen Prinzen verletzen durften. Brunnstätters PR- und Kultur-Berater hatte empfohlen, sich einzulassen und bei allem mitzumachen, auch wenn es noch so außergewöhnlich sei. Sowohl Brunnstätter als auch Hartung waren fest entschlossen, im Interesse ihrer Geschäfte diesem Rat zu folgen.

Der Mwami bat die drei Herren zu Tisch. Allein Watabe kam die Situation merkwürdig vor. Doch er schwieg.

Nun gab der Mwami dem Leibwächter vor der Tür ein Zeichen, und der öffnete die schweren Türflügel. Ein hochgewachsener Schwarzer mit Kochmütze und Kochkleidung mit goldenen Knöpfen betrat den Raum. Er hielt einen Zeremonienstab aus Elfenbein in der Hand und kündigte in gebrochenem Deutsch einen Aperitif an, der von vier jungen Damen in Baströckchen und spärlichen Oberteilen hereingetragen wurde. Sie stellten vier hoch gefüllte Gläser auf den Tisch. »Vergoren Milch von Büffelkuh mit starke Schnaps von Johannisbrotfrucht.«

Brunnstätter musste schlucken. Er sah zu Hartung hinüber, aber der ließ sich nichts anmerken. Watabe hob die Augenbrauen. Dann brachten die vier Damen die Vorspeisen. Sie stellten die Teller vor jeden der vier, die am Tisch saßen, und hielten die Griffe der silbernen Abdeckhauben fest. Der Koch winkte mit dem Zeremonienstab, und gleichzeitig hoben die vier Kellnerinnen die Hauben hoch. »Supp von Büffelzung mit Einlag von Nockerl von gekochte Büffeleier, lauwarm mit Sahne von Milch von Antilop.«

Brunnstätters Gesicht verzog sich. Hartung behielt seine Contenance. Sie saßen vor einer Suppe, die verführerisch duftete. In der Mitte des Tellers lag ein nicht definierbarer kleiner Kloß, der gräulich schimmerte. Daneben befand sich ein kleiner weißer Tupfen.

»Essen Sie, meine Freunde!«, rief der Mwami voller Begeisterung. »Gute Geschäfte lassen sich nur mit vollem Magen erledigen.« Er machte eine einladende Geste und zerteilte selbst mit dem Löffel den Kloß. »Hm, altes Rezept von meiner Mutter«, sagte er. »Sie hat es in ihrer Hütte gekocht, wenn mein Vater von der Jagd zurückkam und einen Büffel erlegt hatte.« Er nahm einen halben Kloß auf den Löffel und ergänzte: »Bringt Kraft für Mann.« Er schluckte und lachte. Brunnstätter rührte aus Höflichkeit in der Suppe, traute sich aber nicht. Hartung probierte zumindest die Flüssigkeit.

»Kosten Sie, Herr Staatssekretär! Sie und Ihre Frau werden es nicht bereuen!«, verlangte der Mwami augenzwinkernd. Mit sichtlicher Überwindung nahm Brunnstätter einen halben Löffel voll Suppe. »Ja, schmeckt es Ihnen denn nicht, Herr Staatssekretär?«

Brunnstätter richtete sich auf und antwortete: »Doch, doch, Eure Majestät, vorzüglich.« Allein Watabe kostete interessiert und aß dann mit Vergnügen.

Der Mwami erzählte von seiner Familie und seinem Stamm. Aufmerksam lauschte Watabe, doch er wusste nicht, was er davon halten sollte. Sicherheitshalber schwieg er.

Nachdem die Suppenteller abgetragen waren, betrat der Koch erneut den Raum. »Über getrocknet Elefantendung gedünstet Elefantenrüsselspitz, kräftig gewürzt mit Pfeffer von Madagaskar!«

Die Hauben wurden gelüftet, und vor ihnen lag, mit reichlich Grünzeug garniert, ein langes Etwas in kräftigem Rot, das an einem Ende zwei Löcher hatte. »Ist das nicht herrlich?«, fragte der Mwami. »Kaum jemand weiß, dass sich Elefant beim Kochen verfärbt. Wie Hummer, die sind vorher auch grau. Wirft man sie in die Pfanne, werden sie beim Garen rot!« Der Mwami flüsterte verschwörerisch: »Probieren Sie, es ist vorzüglich.«

Brunnstätter berührte mit seiner Gabel das rote Ding auf seinem Teller. Es wabbelte. Er schnitt es an und betrachtete es erneut. Er sah drei Fleischstränge und eine glitschige Masse dazwischen. Augenblicklich wurde ihm schlecht. Er hob seine Serviette an den Mund, um den Brechreiz zu unterdrücken. »Altes Rezept von meiner Großmutter. Hat sie immer gemacht, wenn mein Großvater einen Elefanten erlegt hatte.«

Hartung probierte das Fleisch und kaute. Er stellte fest, dass es überraschend zart war. Watabe sah hinüber zu ihrem Gastgeber, der seelenruhig aß. Watabe folgte seinem Beispiel.

»Sie sind so schweigsam, meine Herren. Ich deute das so, dass es Ihnen schmeckt. Denn man sagt, wo nicht viele Worte gemacht werden, dort herrscht eine gefräßige Stille.« Der Mwami lachte. »Aber warten Sie, jetzt kommt der Höhepunkt. Meine absolute Leibspeise!« Er klatschte in die Hände.

Die Tür öffnete sich, und der Koch trat wieder herein. Die

vier Damen stellten saubere Teller auf den Tisch, zwei Kellner trugen eine größere Platte herein, die mit einer entsprechend großen Haube abgedeckt war. »In Französisch Chablis gekocht Affenhirn in eigen Schädel mit Petersilie und Salz aus Indisch Ozean.« Die Haube wurde gehoben. »Ahhhh!«, rief der Mwami begeistert. Ein oben offener Affenschädel mit verzerrtem Gesicht stand vor ihnen. In der Schale des Schädels dampfte eine gekräuselte Masse aus weißem Fleisch, über das viel Grünzeug verteilt war. Brunnstätter sprang auf und rannte hinaus. Man hörte, wie er sich vor der Tür erbrach.

Hartung wandte sich ab und machte ein angeekeltes Gesicht. Seine Haut war fahl. Nur mühsam fand er seine Fassung wieder.

Der Mwami stand auf und griff mit der Hand in den Affenkopf. Mit aufgerissenen Augen hob er ein Stück heraus und biss hinein. Kauend sagte er: »Altes Rezept von meiner Tante. Hat sie immer gemacht, wenn mein Onkel einen Affen vom Baum geholt hatte.« Mittlerweile war Brunnstätter wieder im Raum, einer der Leibwächter hatte ihn hereingeführt.

Robert Watabe tunkte seinen Finger in das Glas Wasser vor ihm und strich damit kurz über das Affengesicht. Dann leckte er den Finger ab. Hartung beobachtete ihn angewidert. Nun stand auch Watabe auf, griff in den Affenkopf und rief dem Koch zu: »Süßen Senf bitte!« Ohne eine Miene zu verziehen, winkte der Koch mit dem Zeremonienstab. Sofort kam eine Kellnerin und brachte einen weißen Steinguttopf. Watabe nahm sich einen Löffel von dem Senf, tunkte das weiße Etwas hinein, biss zu und sagte fachmännisch: »Bayerische Weißwurst, Münchener Qualität. Darf eigentlich nur bis zwölf Uhr mittags gegessen werden, Majestät.«

Der Mwami von Mwenga sah Watabe zu und begann laut zu lachen. Vor Vergnügen schlug er mit der Hand auf den Tisch.

Watabe kaute an seiner Weißwurst und meinte: »Fast perfekt, der ganze Zirkus hier. Vor allem der Affenkopf aus Salzteig. Sieht beinahe echt aus. Und die Idee, Münchener Weißwurst in Chablis zu sieden, finde ich hervorragend.«

KREISLAUFWIRTSCHAFT

»Schluss mit dem Zirkus!«, rief Jean Colteaux. »Meine Herren, ich habe Sie ein wenig an der Nase herumgeführt! Ich hoffe, Sie verzeihen mir die kleine Maskerade. Mein Name ist Jean Colteaux.«

Brunnstätter, immer noch kreidebleich, erhob sich und sagte: »Mein Herr, ich bin zutiefst entrüstet wegen des schlechten Schauspiels, das Sie uns hier bieten.« Er wandte sich um und wollte zur Tür. Doch einer der Leibwächter baute sich vor ihm auf und deutete unmissverständlich mit der Hand zum Tisch. »Bleiben Sie sitzen«, befahl Colteaux.

Eingeschüchtert nahm Brunnstätter wieder Platz.

»Was wollen Sie denn von uns?«, fragte Hartung in überheblichem Tonfall.

»Nicht viel. Ich will Ihr Leben.«

Keiner sagte ein Wort. Hartung rutschte hin und her, Brunnstätter begann zu schwitzen. Nur Robert Watabe blieb merkwürdig ruhig.

»Ach, übrigens: Vielleicht sollte ich Sie aufklären. Sie haben Rindersuppe mit einem Leberknödel gegessen, danach Schweinefilet in Aspik, und die Weißwurst hatten wir ja bereits. Kleiner interkultureller Beitrag zur Arroganz des europäischen Kulturverständnisses.« Colteaux gab sich äußerst charmant. »Unser Koch ist übrigens ein gefragter deutscher Sternekoch. Clemens Rüttiger. Man kann ihn mieten. Den Spaß hat er sich nicht entgehen lassen. Heute hat er sich eigentlich einen zweiten Stern verdient, finden Sie nicht?« Colteaux lachte und verschränkte die Finger. »Er wurde übrigens wie ich adoptiert. Bei ihm hat die Integration aber eindeutig besser funktioniert als bei mir. Ich war wirklich schwer erziehbar und habe es meinen Adoptiveltern nicht unbedingt gedankt.«

»Wirklich originell. Besonders gut hat mir der Rüssel gefallen«, sagte Hartung trocken.

Colteaux machte eine Pause und rieb sich die Hände. »Professor Hartung! Sie haben einen äußerst umtriebigen Sekretär. Soeben erfuhr ich, dass er keines natürlichen Todes gestorben ist.«

Verstört fuhr Hartung hoch. »Wie bitte? Sie meinen den Sobotka? Was ist mit ihm? Ich hab vor wenigen Stunden noch mit ihm gesprochen.«

»Das kann manchmal eine lange Zeit sein.« Colteaux lächelte mitleidig. »Um Ihnen die Trauer zu erleichtern, darf ich Sie darüber informieren, dass er heute noch versucht hat, Sie ans Messer zu liefern. Er schlug mir tatsächlich vor, mich Ihrer anzunehmen. Ich habe es ihm versprochen. Er war übrigens bei Adele Gumumbali, dieser indischen Hutu-Hexe!«

Hartung grinste ungläubig. »Das ist doch nicht möglich!«

Colteaux warf das Foto auf den Tisch, das Sobotka und Adele Gumumbali vor dem erlegten Büffel zeigte. »Ich hatte diese jungen Männer eigentlich losgeschickt, um ihn … sagen wir … zu verunsichern. In ihrem Übereifer haben sie die Sache jedoch etwas zu gründlich gelöst. Das Foto haben die Jungs mitgebracht. Ich bin davon überzeugt, dass er mit Adele Gumumbali etwas hinter Ihrem Rücken geplant hat. Ich habe Ihnen also einen Gefallen getan. Außerdem kann ich Verräter nicht leiden. Sie sollten es mir danken!«

Hartung sagte nichts. Er hatte seine miese Lage erkannt.

Brunnstätter lief der Schweiß in Strömen über das aschfahle Gesicht. »Ich habe mit der ganzen Sache nichts zu tun! Ich vertrete lediglich den Freistaat Bayern!«, reklamierte er.

»Ja, und Sie haben geholfen, aus dem Kongo ein Gefängnis zu machen!«, zischte Colteaux. »Herr … äh … Brunnstätter, heute sind Sie nicht in Ihrer Funktion als Staatssekretär eingeladen. Sie sind hier in Ihrer Funktion als Aufsichtsrat der Hartung AG. Genau wie Paul Hartung sind Sie verantwortlich für das, was die Hartung AG und die ihr angeschlossenen Firmen getrieben haben.«

Brunnstätter sprang auf. »Ich fordere Sie hiermit auf, mir unverzüglich zu ermöglichen, Ihr Haus zu verl…« Ein lautes Krachen unterbrach ihn. Einer der Leibwächter hatte mit voller Wucht eine Machete auf den Tisch geknallt. Brunnstätter sank in sich zusammen und fiel zurück auf seinen Stuhl. Hartung war bleich geworden. Nur Watabe wirkte immer noch gelassen.

»Paul Hartung, ich verurteile Sie hiermit zum Tode.«

Nun begann Hartung zu schreien. »Sie sind ja wahnsinnig! Wie wollen Sie mich verurteilen? Sie sind doch bloß ein Scharlatan, ein Hochstapler, ein Taugenichts aus dem Dschungel.«

Ein Leibwächter ging zu Hartung und legte ihm die Machete an die Kehle. Colteaux gab ein Zeichen. »Noch nicht!«, rief er und lächelte höflich. »Nicht vor der Urteilsbegründung.« Mit glühenden Augen sah er einen nach dem anderen an. »Glauben Sie mir, es gibt eine Begründung. Mein Leben lang hab ich darauf gewartet, sie zu verkünden.«

Colteaux legte seine Kopfbedeckung ab und zog seine bunte Jacke aus. Nun trug er eines seiner Camouflage-Hemden. »Sie beide haben im Kongo den Abbau von Coltan gefördert. Sie haben den Menschen so wenig wie möglich dafür gegeben, indem Sie sich mit Verbrechern wie Adele Gumumbali und den Rebellenführern, die das Coltan den Menschen abpressen, zusammengetan haben. Die Arbeiter in den Minen haben sich die bloßen Hände blutig geschürft, um lediglich einen Hungerlohn zu bekommen. Aus den Dörfern wurden die Männer in die Minen gezwungen, ihre Felder blieben unbestellt, ihre Frauen und Kinder waren allein. Rebellen kamen und misshandelten die Frauen, ihre Kinder haben sie geholt. Alles nur, damit die Männer es nicht mehr wagten, zurückzukehren. Damit sie weiterarbeiteten.«

Er atmete tief durch. Dann gab er den Mai-Mai-Männern in den gut sitzenden Anzügen ein Zeichen, und sie setzten ihre Sonnenbrillen ab. »Diese Männer, sehen Sie? Sie sind zwischen zwanzig und zweiundzwanzig. Sehen Sie ihre leeren Augen? Sie wirken eher wie vierzig. Vom Morden ist ihr Verstand vergiftet, vom Rauschgift sind ihre Gehirne degeneriert, und ihre Seelen sind von Grausamkeit zerfressen. Sie kennen keine Liebe. Sie kennen nur Gewalt. Und warum? Weil sie morden müssen. Weil sie nichts anderes gelernt haben, seit man sie mit sieben oder acht Jahren aus der Schule herausgeholt hat!«, sagte Colteaux leise.

»Und? Was wollen Sie von mir?«, fragte Hartung schneidend arrogant.

»1994. Können Sie sich erinnern? Im Sommer. Da waren Sie in Kivu. Im Auftrag eines französischen Minenbetreibers. Sie haben eine Coltan-Exploration durchgeführt.« Colteaux stützte seine Hände auf den Tisch und sah Hartung hasserfüllt in die Augen. Dieser hatte sein Kinn auf eine Hand gestützt und blieb völlig ungerührt. Er hielt Colteaux' Blick stand.

»Eine Million Macheten wurden damals von der ruandischen Regierung an die Hutu verteilt. Aufgestachelt durch den staatlichen Rundfunk zogen die Hutu durch das Land, kontrollierten die Ausweise und brachten jeden Tutsi um, den sie kriegen konnten. Mit einer dieser Macheten wurden meine Eltern umgebracht. Ich musste zusehen. Und soll ich Ihnen etwas sagen? Ich habe das immer noch vor Augen. Jede Nacht.«

»Colteaux, was habe ich damit zu tun?«, fragte Hartung jetzt etwas leiser.

»Sie waren es, der als Zwischenhändler diese eine Million Macheten besorgt hat. Über einen französischen Waffenhersteller. Und Sie haben die Macheten der Regierung von Ruanda zugespielt. Wie ich herausbekommen habe, war das Ihr erster Waffen-Deal. Sie müssen daran mächtig verdient haben.«

Der Staatssekretär wandte sich an Hartung und rief mit künstlicher Empörung: »Sie Schwein!« Niemand beachtete ihn.

»Die Macheten waren als Werkzeuge gedacht«, sagte Hartung leidenschaftslos.

Jetzt platzte Robert Watabe der Kragen: »Als Werkzeuge? Um Schulen zu bauen, um Hühnerställe auszumisten, um Brot zu backen?«, schrie er verächtlich. »Sie widern mich an.«

»Damit hat im Kongo alles angefangen«, fuhr Colteaux fort. »Die Hutu wurden anschließend von der Armee aus Ruanda vertrieben und kamen scharenweise über die Grenze nach Kivu. Dort marodieren sie heute noch. Und Sie, Sie liefern ihnen immer noch Waffen, die über Adele verteilt werden. Der Krieg geht weiter, das Coltan wird durch Rebellentruppen nach Uganda und Ruanda gebracht, von wo aus Adele Gumumbali das Zeug mit neuen Papieren versehen und exportieren lässt. Damit Sie es hier in Europa verarbeiten und mit satten Gewinnen verkaufen können. Davon besorgen Sie wieder Waffen und liefern sie in den Kongo. Kongolesische Kreislaufwirtschaft.«

Colteaux machte eine Pause und wandte sich an Robert Watabe. »Sie, Watabe, Sie hätten sich mit diesem Mann nicht einlassen dürfen. Doch Sie haben eine zweite Chance verdient. Machen Sie etwas daraus.« Dann blitzte er Brunnstätter voller Verachtung an. »Sie, Brunnstätter, haben das alles mitzuverantworten. Sie hätten den Tod verdient. Als Aufsichtsrat hätten Sie das Schlimmste verhindern können. Gehen Sie und berichten Sie Ihrer Regierung alles, was ich Ihnen hier erzählt habe.« Der leichenblasse Staatssekretär sprang auf und eilte feige zur Tür.

»Aber Sie, Hartung. Sie sind ein dreckiger Mistkerl. Sie werden jetzt sterben. Wären Sie nicht gewesen, hätten Millionen Menschen überlebt. Sie und Adele Gumumbali, Sie sind der Untergang des Kongo!«

Mit einem Satz eilte Hartung zur Tür und stieß Brunnstätter dabei so fest zur Seite, dass dieser hinfiel. Doch schon hatte einer der Mai-Mai den Unternehmer gepackt. Colteaux machte zwei schnelle Schritte und fasste Hartung beim Schopf.

In dem Moment war von draußen lautes Gepolter zu hören. Einer der Mai-Mai riss die Tür zum Vorraum auf. Ein weiblicher Schrei erklang: »Tun Sie das nicht, Colteaux!« Martha.

Jean Colteaux sah Paul Hartung kalt in die Augen und sagte verächtlich: »Zur Hölle mit dir!« Dann riss er an Hartungs Kopf. Es knackte, und Paul Hartung sank leblos zusammen. Er starb auf dem Boden der Villa des Mwami von Mwenga in München-Bogenhausen.

BLAULICHT

Oberkommissarin Martha Kieninger stand im Vorraum und hielt ihre Dienstwaffe in ihrer ausgestreckten Hand. Fünf SEK-Beamte stürmten die Villa und nahmen sowohl die drei Leibwächter wie auch Jean Colteaux fest. Einer der Polizisten half Brunnstätter auf die Beine, ein anderer beugte sich über Hartung. Er untersuchte ihn und sagte: »Tot!«

»Er hat es nicht anders verdient, dieses Schwein!«, sagte Robert Watabe.

»Vorsicht, was Sie sagen!«, mahnte Martha.

Hektisch stieß Emil Brunnstätter sinnlose Befehle aus, scheuchte die Polizeibeamten von einer Ecke des Raumes zur anderen.

»Hey!«, schrie Martha laut. »Ich leite hier den Einsatz!«

»Wissen Sie überhaupt, wer ich bin?«, fragte Brunnstätter herablassend.

»Wer Sie sind? Momentan sind Sie ein angepisster Hasenfuß«, sagte Martha und deutete auf seine nassen Hosenbeine. »Und Sie schwafeln Unsinn. Diesen Einsatz leite ich. Halten Sie sich also zurück!«

Brunnstätter tastete an seinem Hosenbein herum, schaute an sich herab und lief vor Scham rot an. »Ich werde mich über Sie beschweren!«, sagte er leise.

Es blitzte, und Sperber stand vor ihm. Er hatte sich mittlerweile durch die Beamten gewühlt. »Dann werde ich dieses Foto von Ihnen in die Zeitung setzen lassen. Ist ja ekelhaft.«

Brunnstätter kniff die Augen zusammen und begriff, dass er jetzt besser nichts mehr sagte. »Sonst alles okay mit Ihnen?«, fragte Martha ihn. Er nickte hilflos.

Jean Colteaux stand mit gefesselten Händen vor dem Tisch, sein Gesicht war wie versteinert. »Fritz, du solltest doch draußen warten!«, sagte Martha mürrisch.

»Ja, aber du hast nicht gesagt, wie lange«, erwiderte er grinsend und trat neben Colteaux. »Jean Colteaux. Der Söldner mit dem Kreuz aus Stahl. Mitten in München. In flagranti erwischt bei seiner Lieblingsbeschäftigung. Für einen Mann der Special Forces eine ziemlich blamable Angelegenheit.«

Colteaux antwortete mit einem Fluch auf Kongolesisch und spuckte vor Sperber aus.

Inzwischen war die Spurensicherung eingetroffen. Sperber flüsterte Martha ins Ohr: »Wir sollten ihn hier verhören, ich möchte keine Zeit verstreichen lassen. Gleich hier.« Hartungs Leiche wurde fotografiert.

Martha ging einen Moment hinaus und kam dann wieder zurück. »Es gibt einen kleinen Nebenraum.« Sperber folgte ihr, zwei SEK-Leute führten Jean Colteaux durch den Flur. »Huber eins und zwei, ihr befragt diesen Brunnstätter und Robert Watabe, was sich hier eigentlich abgespielt hat. Getrennt, versteht sich. Sucht euch ein Zimmer.«

In dem kleinen Raum sagte Sperber: »Nehmen Sie Platz, Colteaux! Wir haben hier noch einiges zu besprechen.«

»Wie konnten Sie so schnell hier sein?«, fragte Colteaux.

»Freimuth Sobotka«, sagte Martha. »Hartungs Privatsekretär hat uns … sagen wir mal … zu sich gerufen.«

»Sie haben Ihre Schergen nicht im Griff gehabt«, fügte Sperber hinzu. »Sie waren laut und haben den Tatort danach fluchtartig verlassen. Dabei wurden sie von zwei Nachbarn beobachtet. Außerdem haben sie sich mit dem Taxi hinbringen lassen. Und der Taxifahrer wusste ihre Adresse noch. Er konnte sich an die zwei bestens erinnern.« Sperber setzte sich gegenüber. Auch Martha nahm Platz. An der Tür standen die zwei SEK-Beamten.

»Mai-Mai. Idioten!«, zischte Colteaux und sah kopfschüttelnd zum Fenster hinaus.

Martha holte Luft und sagte: »Jean Colteaux, ich verhafte Sie wegen Mordes an einem Unbekannten afrikanischer Herkunft in den Isarauen, wegen Mordes an Paul Hartung in Ihrem Haus, wegen Anstiftung zum Mord an Freimuth Sobotka und wegen Mordes an Desiré Delarue und Prinz Alphonso Nkuwu, den zukünftigen Mwami von Mwenga.«

»Paul Hartung war ein mieses Schwein, er hat den Tod verdient. Freimuth Sobotka, das war nicht meine Idee. Ich wollte ihn bloß erschrecken.«

»Und wieso wurde er dann massakriert, schlimmer als ein Stück Vieh?«

»Kommen Sie! Haben Sie eigentlich eine Vorstellung davon, was diese Hartung-Leute im Kongo angerichtet haben?«

»Das steht nicht zur Debatte«, sagte Martha bestimmt.

»Der Mann in den Isarauen war eine bedauerliche Notwendigkeit. Und Desiré und den Prinzen hab ich nicht auf dem Gewissen.«

»Wer soll Ihnen das glauben?«, fragte Sperber.

»Wenn Sie mich schon bei einem Mord erwischt haben, warum sollte ich andere leugnen? Ich hätte nichts davon.«

»Wie hätten Sie sonst in die Rolle des Prinzen schlüpfen können?«

»Ursprünglich wollte ich das gar nicht. Ich wollte über ihn lediglich an Hartung herankommen. Und dann hatte ich geplant, es so aussehen zu lassen, als hätte der Prinz Hartung umgebracht. Der Prinz wollte sich den ganzen Kongo unter den Nagel reißen und damit die Rohstoffgeschäfte. Er hat allen etwas vorgemacht. Lucien Ndenga hatte ihn entlarvt.«

»Sie wurden am Tatort in Schleching gesehen«, sagte Martha.

»Sie meinen sicher den alten Mann? Ja, mit ihm habe ich gesprochen. Ich war mit den beiden verabredet«, antwortete Colteaux gelassen.

»Warum sollte gerade dieser Prinz sich mit ihnen verabreden?«

»Weil ich ihn davon überzeugt hatte, dass ich ihm im Kongo nützlich sein könnte. Dann wollte er unbedingt auf diesen Berg. Ich hatte ihm von meiner Bergerfahrung erzählt. Er fand es offensichtlich beruhigend, einen richtigen Bergführer dabeizuhaben. Sie werden es jetzt kaum glauben, aber ich habe ihn und seine Freundin Desiré von meinen guten Absichten überzeugt. Und wissen Sie was? Ich habe sie gemocht.«

Sperber sah zu Martha hinüber, und sie deutete mit dem Kopf an, dass sie Sperber allein sprechen wolle. Sie zogen sich in eine Ecke des Zimmers zurück. Leise fragte Martha: »Glaubst du ihm?«

In dem Moment sprang Jean Colteaux auf und rannte mit vollem Anlauf durch die geschlossene Terrassentür. Das Glas splitterte. Bevor die SEK-Männer reagieren konnten, war Jean Colteaux verschwunden.

»Hinterher!«, schrie Martha. Die beiden Beamten sprangen durch die zersplitterte Tür, Martha und Sperber rannten zum Haupteingang. Dort stand Huber zwei, er lief nach draußen, Sperber folgte ihm eilig zum Auto. Als sie auf die Straße kamen, sahen sie, wie Jean Colteaux auf einen der Beamten zustürmte. Seine Hände waren immer noch mit einem Kabelbinder gefesselt. Trotzdem hob er die Arme und schlug den Beamten mit beiden Fäusten nieder. Dann sprang er in den Einsatzwagen, ließ den Motor an und raste davon.

Huber zwei hechtete in seinen BMW, wo Sperber schon auf dem Beifahrersitz saß. Mit quietschenden Reifen fuhren sie Colteaux hinterher. Der Belgier fuhr mit Blaulicht und Höchstgeschwindigkeit auf der Prinzregentenstraße in Richtung Innenstadt, umrundete den Friedensengel, nahm die steile Serpentine bis zur Isar, vorbei am Haus der Kunst, und raste am Prinz-Carl-Palais vorbei.

An der Türkenstraße sah Sperber ihn rechts um die Ecke biegen. »Da, rechts, fahr rechts!«, schrie er. Huber folgte Colteaux, der mit quietschenden Reifen die Pinakothek der Moderne nach Norden passierte und dann, um sie abzuschütteln, nach links abbog und schließlich die Barer Straße Richtung Süden hinunterraste.

Huber zwei setzte das Blaulicht auf das Dach des BMW und verschaffte sich mit dem Martinshorn freie Bahn. Auf Höhe der Alten Pinakothek an der Barer Straße überquerte eine ältere Dame gemächlich die Fahrbahn und blickte äußerst konzentriert nach unten. »Vorsicht!«, schrie Sperber. Huber zwei lenkte abrupt nach links. Der BMW überquerte den Bürgersteig, setzte über die Rasenbegrenzung vor dem großen Gebäude der Pinakothek der Moderne und kam mit einem Knall zum Stehen. Der Motor lief, das Blaulicht blinkte immer noch, sie hingen in den Gurten. Bis auf den Schreck war ihnen nichts passiert. Der BMW steckte seitlich in den beiden verkeilten Autos, die Max Schoberbeck hier hatte aufstellen lassen.

»Huber zwei«, sagte Sperber ruhig, »du hast gerade einen Unfall kaputt gemacht.«

TAUWETTER

Sperber hatte die halbe Nacht in Anne Arendts Café verbracht. Nach der Schlappe bei der Verfolgung hatte er den total frustrierten Huber zwei hierhergeschleppt. Anne Arendt hatte ihnen einen Drink ausgegeben und einen Verbandskasten hingestellt, damit sie ihre Blessuren verarzten konnten. Nach drei Stunden und fünf Whiskys war Huber zwei nach Hause gegangen. Sperber war bis ein Uhr geblieben.

Martha, Huber eins und die Leute vom SEK hatten Jean Colteaux schließlich am Rotkreuzplatz gestellt. Er hatte sich ergeben und widerstandslos in Gewahrsam nehmen lassen, nachdem er elf Autos gerammt und den Polizeiwagen komplett zu Schrott gefahren hatte.

Nun saß Sperber an seinem Küchentisch. Er las die Schlagzeile in der »Abendzeitung«: »Pinakothek-Schrott durch Polizeiauto vervollkommnet!«.

Das Telefon klingelte. Es war Martha. »Na, Fritz, wie geht es dir heut? Schädelweh?«

»Du hast ja keine Ahnung! Mein Nacken fühlt sich an, als wäre eine Herde Büffel drübergerannt.«

»Ruh dich aus. Colteaux ist in Haft. Er leugnet weiterhin den Mord in der Kampenwand.«

Sperber zog die Stirn kraus und massierte seinen Hals. »Ich muss nachdenken.« Er legte auf und kochte Kaffee. Dann kroch er zu seinem Schreibtisch, öffnete seinen Rechner und las das letzte Kapitel von Desirés Tagebuch.

März 2008:
Ich bin zurück in Afrika. Mein geliebtes Afrika. Hier bin ich den Menschen näher. In Europa habe ich nie jemanden gefunden, der mich verstehen konnte. Männer hätten dort nichts mit mir anzufangen gewusst. Das ist mir klar. Das ist mir klar, seit ich zwölf bin.
Der einzige Mann, den ich einmal geliebt habe, war der Flori.

Aber auch er hat wohl gespürt, dass es so, wie er sich das vorstellte, nicht ging. Wenn ich heute an ihn denke, ist es eine warme Erinnerung. Mein Gott, ich hätte ihn so gern wiedergesehen. Aber er ist gestorben. Gestürzt, wie ich viel zu spät erfahren habe. Jetzt ist alles anders.

Wie?, dachte Sperber. Sie war innerlich versöhnt mit ihm? Merkwürdig. All die Jahre hatte sie gewusst, dass der Flori tot war, und sich beim Hias nicht gemeldet. Dann auf einmal kehrte sie dorthin zurück. Warum nur?

Ich habe Adele Gumumbali kennengelernt. Drei Tage durfte ich sie begleiten. Ich habe ein Interview mit ihr gemacht. Den Text habe ich gesondert abgelegt.

Hier gab sie einen Pfad auf ihrem Computer an.

Sperber kannte das Interview mit Gumumbali bereits aus ihrer Veröffentlichung. Nichts Spektakuläres, dachte er. Alles Dinge, die man über sie schon weiß, wenn man den Kongo kennt. Etwas zu sehr beweihräuchernd, erinnerte er sich. Trotzdem hatte Desiré diese Geschichte damals spannend aufbereitet. Er las weiter in ihrem Tagebuch.

Bei Adele habe ich einen Mann kennengelernt. Prinz Alphonso Nkuwu, den künftigen Mwami von Mwenga. Von Beginn an spürte ich eine seltsam warme Zuneigung zu ihm. Er verströmte Vertrauen und Zuversicht. Es ist merkwürdig. Mit diesem fremden Mann verband mich von Beginn etwas, aus dem schließlich Liebe wurde. Ich wusste, dass ihn als Afrikaner meine Besonderheit nicht stören würde, für ihn war sie selbstverständlich. Meine Gefühle, meine Freundschaft zu ihm sind seitdem jeden Tag gewachsen. Ich spüre es körperlich, wenn er in meiner Nähe ist. Er ist mein Mann, den ich endlich gefunden habe. Er ist der Mann, der mich so nehmen kann, wie ich bin.
Zum ersten Mal seit langer Zeit bin ich wirklich glücklich. Ich werde mit ihm dorthin fahren, wo ich als Kind ebenfalls glücklich

sein durfte. Unter die Kampenwand. Und ich werde den Hias wiedersehen, der wie ein Vater für mich war. Werde meinen Frieden schließen können mit ihm und der Vergangenheit. Und ich glaube, er wird sich freuen über mein Glück, denn er ist ein guter Mensch.

Sperber gingen Desirés Zeilen immer wieder durch den hämmernden Kopf. Die Desiré, der Flori, der Hias, die Hütte. Er nahm ein Aspirin und schluckte es mit viel Wasser. Dann rief er Martha an.

»Martha, wer kann mich begleiten?«

»Wohin?«

»Nach Schleching. Ich muss was überprüfen!«

»Fritz, wir sind hier voll beschäftigt mit den Vernehmungen. Huber eins und ich sitzen mit Colteaux zusammen. Er leugnet übrigens weiterhin. Aber wir werden ihn schon weichkochen. Huber zwei verhört den Leibwächter, der Sobotka um die Ecke gebracht hat. Und dann müssen wir uns gleich mit den beiden anderen vergnügen. Heute nicht. Mach du ruhig mal 'ne Pause. Morgen geht's weiter, Fritz. Entschuldige, ich muss!« Sie hatte aufgelegt.

Sperber lief zu seinem Strich-Acht, startete den Diesel und fuhr los. Nach neunzig Minuten war er in Schleching. Er parkte auf dem Hauptplatz und sah hinauf zur Kampenwand. Sie strahlte in der Sonne. Das Tauwetter hatte eingesetzt, die ersten Bäume waren ergrünt.

Ein älteres Ehepaar überquerte den Platz. Sperber sprach Sie an: »Entschuldigen Sie bitte, gibt es hier im Ort einen Arzt?«

»Ja natürlich. Wenn S' dorthin gehn …«, sagte der Mann und deutete mit dem Zeigefinger in nördliche Richtung.

»Wissen Sie, wie lange der hier schon seine Praxis hat?«

Der Mann sah seine Frau an, die meinte: »Ja, so drei, vier Jahr!«

»Ah, danke. Und vorher? Welcher Arzt war vorher hier zuständig?«

»Ja, des war der Dr. Wiesing, der wohnt jetzt in Marquartstein.«

»Wissen Sie, wo er dort wohnt?«

»Ja, direkt bei der Kirch. So a großes Haus. A gelbes Haus. Dr. Manfred Wiesing.«

»Danke für die Auskunft«, sagte Sperber und stieg in seinen Mercedes. Als er beim Hias vorbeifuhr, saß dieser vor seinem Haus, erkannte ihn und winkte ihm zu. Sperber winkte zurück, fuhr jedoch weiter. Noch nicht, dachte er. Später, Hias, später.

GOTTES GNADE

Er fuhr nach Marquartstein, parkte das Auto und suchte das gelbe Haus. Neben der Kirche gab es nur eines. Er klingelte. »Ja, bitte?«, schepperte eine ältere Frauenstimme durch die Sprechanlage.

»Guten Tag. Dr. Sperber mein Name. Ich möchte gern Herrn Dr. Wiesing sprechen.«

Die Tür ging auf. Sperber stieg ein Stockwerk nach oben. Dort stand ein älterer Herr in der Tür und wartete. »Sind wir Kollegen?«, fragte Dr. Wiesing.

»Nein, ich bin kein Arzt. Ich recherchiere in einem ganz bestimmten Fall für das Landeskriminalamt.«

»Haben Sie einen Ausweis?«, fragte Dr. Wiesing mürrisch.

»Nur meinen Personalausweis, keinen Dienstausweis.«

Wiesing grummelte. »Da könnt ja …«

»… jeder kommen«, ergänzte Sperber und lächelte.

Wiesing blickte streng. »Na gut, kommen Sie rein.« Er führte ihn in das Wohnzimmer und bat seine Frau, dem Herrn einen Kaffee anzubieten. »Oh, das ist sehr freundlich, aber eigentlich habe ich nur eine Frage.«

»Bei uns ist noch niemand hinausgegangen, ohne unsere Gastfreundschaft zumindest in Ansätzen genossen zu haben.«

»Äh, ja dann: Gern«, sagte Sperber schnell. Er versuchte es mit einem allgemeinen Einstieg. »Eine schöne Gegend haben Sie sich da ausgesucht als Arzt.«

»Ja, schön. Bisweilen auch schwierig. Die Menschen auf dem Land sind herzlich, zuvorkommend und freundlich. Solange sie dich kennen. Sie halten zusammen wie Pech und Schwefel, solange sie genau wissen, was der andere tut. Aber sie schreiben auch ihre Gesetze selbst. Bei allem, was kein Gesetzbuch regeln kann. Was untereinander zu geschehen hat. Wie man sich untereinander verhält. Wenn man sich da nicht eingliedern kann, dann kann man nur noch auf Gottes Gnade hoffen!«, sagte Dr. Wiesing und lachte. »Aber ich mag die Menschen hier. Sie sind zwar manchmal etwas mürrisch. Aber innen drin, da haben sie ein Riesenherz.« Seine Frau brachte den Kaffee und Kekse.

»Selbst gebacken?«, fragte Sperber. Die Frau nickte lächelnd. »Oh, vielen Dank.« Er kostete und brachte mit einem zustimmenden Geräusch seine Anerkennung zum Ausdruck.

»Und Sie? Was machen Sie als Preuß beim Landeskriminalamt?«

Sperber erzählte in wenigen Sätzen seine Geschichte.

»Ah, es geht um diese schauerliche Geschichte in der Kampenwand. Grausam. Wer tut bloß so was?«

»Dr. Wiesing, darf ich Ihnen eine Frage stellen?«

»Nur zu, junger Mann, nur zu«, sagte er und trank einen Schluck, wobei er Sperber über den Rand der Tasse im Auge behielt.

»Haben Sie damals vor Jahren den Tod von Florian Wallner festgestellt?«

Dr. Wiesing setzte seine Tasse ab. »Ja, das habe ich.«

»Ist er wirklich gestürzt?«

Wiesing schwieg. Dann sah er Sperber an.

»Dr. Wiesing, es ist sehr wichtig. Kann es sein, dass es anders gewesen ist, dass Sie vielleicht eine Fehleinschätzung gemacht haben?«

»Eine Fehleinschätzung? Eine Fehleinschätzung ist immer möglich.« Er trank noch einen Schluck.

»Und in diesem Fall? War es eine Fehleinschätzung?«

Dr. Wiesing ließ den Kopf sinken. Dann richtete er sich auf und sagte: »Wissen Sie, was dieser alte Mann durchgemacht hat? Er war sein ganzes Leben lang immer für alle da. Jedem hat Matthias Wallner geholfen. Ich weiß nicht, wie viele Leben er gerettet hat. Er hat in jungen Jahren seine Frau verloren. Und dann die Geschichte mit dem Flori. Der hat das Kind abgöttisch geliebt.« Er stockte, konnte kaum weiterreden. »Und dann … dann so was.« Er schüttelte den Kopf.

Seine Frau war mittlerweile aus der Küche ins Wohnzimmer gekommen. Sie saß jetzt neben ihm und legte ihre Hand auf seine Schulter und ergänzte: »Das war an Tragik durch nichts zu überbieten. Das ganze Dorf hat mit dem Hias gelitten. Furchtbar war das!«

»Was war denn wirklich passiert?«, fragte Sperber leise und vorsichtig.

»Der Flori hatte sich an einem langen Kabel erhängt«, ächzte Wiesing. »An einem Computerkabel. Am Hauptbalken oben auf dem Dachboden.«

Sperber schwieg eine Weile. Dann fragte er: »Hat er irgendwo geblutet?«

Wiesing dachte nach und versuchte sich zu erinnern. »So lang her. Ich glaube, er hatte eine kleine Wunde am Hals. So, als ob er mit einem Messer herumgeschnitten hätte. Nichts Großes. Die Wunde war nicht tief.«

»Und wie haben Sie die Leiche vorgefunden?«

»Der Hias hat mich angerufen, sagte nur, ich müsste schnell zu ihm kommen. Ich lief zu seinem Haus und rief nach ihm. Er antwortete von oben her, mit gebrochener Stimme. Ich stieg die Treppe hinauf und fand ihn am Boden sitzend, seinen toten Sohn Florian auf den Knien. Er weinte.«

»Und dann?«

»Ich habe mich sofort um den Flori gekümmert. Aber er war tot. Der Hias war ein Haufen Elend. ›Ausgerechnet die Desiré‹, rief er immer wieder. Ich fragte ihn, was denn los sei. Er sagte, der Flori habe seit einer Woche kaum gegessen und gesprochen, weil er doch so einen Liebeskummer gehabt hätte. Wegen dem Mädchen aus Belgien. Sie sei Hals über Kopf abgereist. Und dann hätte der Flori tagelang gelitten. Und sich dann aufgehängt.«

Sperber stieß laut die Luft aus.

»Der Hias hat mich angefleht. Er sagte, er wolle nicht, dass der Flori im Dorf als Selbstmörder dasteht. Ein Selbstmörder, das wär so gut wie ein Mörder. Die Leute würden seinen Sohn verachten, vielleicht dürfte er nicht einmal auf den Friedhof, denn der Pfarrer würde ihn doch sicher nicht beerdigen wollen. Er flehte und flehte, fiel vor mir auf die Knie. Ich hob ihn auf und versuchte ihn zur Vernunft zu bringen. ›Doktor, es war a Unfall, des alles is a Unfall‹, rief er immer wieder. ›Des hätt nie g'schehn dürfen! A Unfall is des!‹ Immer wieder.« Dr. Wiesing sah zur Seite. Er hatte zu kämpfen, und es quälte ihn. »Und dann hab ich den Totenschein ausgefüllt. So, als wäre der Flori die

Treppe heruntergestürzt und hätte sich das Genick gebrochen. Zwei Tage später war die Beerdigung. Niemand hat je Fragen gestellt.« Er wirkte traurig, aber erleichtert.

»Keine Polizei, gar nix?«

»Ach, es gab für die Polizei keinen Grund, mir nicht zu glauben.«

Sperber nickte.

»Wissen Sie, ich glaube, ich hab damals dem Hias das Leben gerettet. Wenigstens ihm. Er hätte zu seinem Kummer, den er hatte, das Gerede gewisser Leut nicht ertragen können. Er wäre endgültig zerbrochen.«

Sperber verstand. Er bedankte sich und fuhr zurück nach Schleching.

HOLZBALKEN

Der Hias war nicht zu Hause. Sein Auto war auch weg. Eine Staubfahne hinter sich, fuhr Sperber zum Almweg. Der Mercedes pflügte sich den Fahrweg hinauf bis zur Hütte. Da stand der Wagen vom Hias.

Der Hias saß vor der Hütte am Tisch, vor sich ein Glas. Daneben stand ein zweites Glas, und ein zweites Messer lag auch dort. In der Mitte des Tisches warteten ein Stück Speck, ein Kanten Brot und ein kleiner Käselaib.

»Servus, Hias. Wartest du auf jemand?«

»Auf di!« Als Sperber die Stufen hochstieg, schenkte der Hias ihm ein Bier ein. »Und? Host den Neger g'funden?«

»Ja, den haben wir. Der behauptet aber, dass er es nicht war. Er hat Desiré und ihren Prinz nicht umgebracht. Nur hängen sehen.«

Der Hias schwieg. »Wer soll's denn sonst g'wesen sein?«

Sperber gab keine Antwort und sah in den Himmel. »Der Flori und die Desiré. Die waren ein Paar.«

Der Hias schob das zweite Messer zu Sperber hinüber. Der nahm es in die Hand, rückte den Speck näher und begann zu schneiden. Als er eine Handvoll Scheiben beisammenhatte, gab er dem Hias die Hälfte ab. Dann schob er sich ein kleines Stück in den Mund und kaute. Er trank einen Schluck Bier und stieß einen genüsslichen Ton aus.

Ohne aufzusehen nahm der Hias ein Stück Speck und sagte: »Der Flori, der hat sie g'liebt. Das weiß i.«

»Ich hab Desirés Aufzeichnungen gelesen. So was wie ein Tagebuch. Sie hat den Flori auch geliebt.«

»Und warum is sie dann abg'haut? Hat ihn stehn lassen?« Der Hias hatte eine Träne im Auge.

»Was glaubst du?«, fragte Sperber.

Der Hias sah ins Leere. »I weiß net. Aber I denk, er hat was g'macht, was man net tut.« Er sah auf den Speck und schüttelte peinlich berührt den Kopf.

Sperber wartete. Die Luft war spannungsgeladen. Dann sagte er: »War es das wert, Hias?«

Der Hias hob den Kopf und sah Sperber an. »Was weißt du schon vom Leben? Der Flori war alles, was i g'habt hab! Und dann …«

»Dr. Wiesing hat mir erzählt, wie es war, Hias«, sagte Sperber.

Der Hias nickte. »Du weißt also, was passiert ist.«

»Ja, ich weiß, dass der Flori freiwillig gegangen ist.«

Erneut nickte der Alte. »I hab der Desiré geschrieben, dass er gestürzt wär, der Flori. Aber die Desiré hat si nie wieder g'meldet. Und an dem Tag stand sie plötzlich da. Das Mädel, das i gerng'habt hab wie mei eig'ne Tochter.«

»Hast du es nicht ertragen können, dass sie einen anderen mitgebracht hat?«

»An Neger!«, rief der Hias verächtlich. »Mein Flori hat's net g'wollt, und dann kommt's mit so einem daher! Am Abend schon is mir aufg'fallen, dass die zwei was hab'n miteinand. Heiraten wollt's den. Ganz glücklich hat's mir das g'sagt. Hei-ra-ten!«, schrie er voller Schmerz, wütend und verzweifelt zugleich. »An Neger!« Der Hias warf sich den Speck in den Mund, kaute und trank. »I hab im Leben alles ertragen. Mei Frau is g'storben, der Flori hängt si auf. Aber das. Das war zu viel.« Speichel tropfte ihm aus dem rechten Mundwinkel. »Und glücklich war sie. Und hat gedacht, dass i des auch sein sollt. Sie hat g'sagt, i bin ihre Familie. I sollt mi freuen! I bin raus. I geh ins Bett, hab i g'sagt. Und weißt was? Plerrt hab i, wie a kleins Kind, g'weint. Hinterm Holzstapel. Und als i leise z'rück bin in die Hütt'n, da saß der Neger neben ihr in der Stub'n aufm Bett und hat an ihr rum'tan. Ausgezogen hat er sie. Halb nackert war sie. I bin fast im Boden versunken. So widerlich. Mein Flori hat's net g'wollt, aber den schon!« Der Hias war immer noch voller Wut und Unverständnis.

»Und dann, am nächsten Morgen, hast du das Kabel eingepackt …«

»G'hört hab i sie, die ganze Nacht. Blöd rum'gackert haben's. Und i hob g'weint, die ganze Nacht. I konnt's nimmer aushalten. Da hab i den Sack g'sehn, wo das Kabel noch drin war. Ein'packt hab i das Kabel damals nach dem Tod vom Flori.« Er verschluckte sich. »Und seither nimmer aus'packt. Wia i des in der Nacht in die Hand g'nommen hab, war's wie a elektrischer Schlag für mi. I hab's g'nommen und in meinen Rucksack getan. Und dann am Gipfel hab i ihnen den Gipfelschnaps geb'n«, zischte der Hias voller Verzweiflung, »und sie betäubt. Mit einem Haufen Schlafmittel. An ganz'n Kast'n hab i voll davon. Und dann hab i die beiden aus'zogn und im Nebel in die Wand hinabg'lassen.«

Sperber nickte. »Hias, wie sie gestorben sind, das war grausam. Sie sind erfroren und erstickt zugleich, so wie du sie eingebunden hattest mit dem Kabel. So was überlebt man zwei oder drei Stunden, wenn man frei hängt. Und diese Zeit ist grauenhaft.«

»Nackert warn's. Verbunden in Ewigkeit«, zischte er gehässig.

»Hias, es war nicht so, dass sie den Flori nicht gewollt hätte. Sie hat den Flori geliebt. Und der Flori hat ihr nichts getan.«

Der Hias wandte seinen Blick zu Sperber und verstand nicht ganz.

»Hias, die Desiré war anders als andere Mädchen. Sie konnte gar nicht das tun, was sie vielleicht gern mit dem Flori getan hätte.«

Der Hias richtete sich auf. »Ah, wie jetzt?«

»Sie konnte nicht. Sie war als Kind in Afrika, hat sie das nie erzählt?«

»In Afrika, die Desiré? Na, des hat sie nie erzählt. In Afrika?« Er schüttelte erstaunt den Kopf.

»Sie ist dort schwer misshandelt worden. Man hat sie als kleines Mädchen … beschnitten. Verstehst du? Sie konnte nicht …«

Der Hias starrte Sperber mit Riesenaugen an und wandte sich ab. Er war sprachlos. Mit stierem Blick sah er auf seine Hände. Dann sagte er leise: »Mei Leben lang hab i die Leut g'rettet. Ausm Berg g'holt. Hab ihnen ihr Leb'n z'rückgeben. ›Der Lebensretter‹ ham sie mi g'nannt im Tal.« Er stand auf und schüttelte den Kopf, schaute Sperber an. »Und dann bin i durch'dreht.« Hias ging zur Tür, sagte: »Bevor wir fahr'n …« Er betrat die Hütte, holte zwei Gläser, stellte sie auf den Tisch und verschwand im Herzerlklo. Als er zurückkam, schenkte er seelenruhig ein.

Sperber war aufgestanden, er wollte sich ebenfalls erleichtern.

Kaum war er in dem kleinen Holzhäuschen, hörte er ein Schaben an der Tür. Der Hias hatte einen Holzbalken vorgelegt.

»Hias!«, schrie Sperber. »Lass mich raus!« Er klopfte mit aller Wucht gegen die Tür, aber es rührte sich nichts. Durch das Herzerl konnte er sehen, wie der Hias ins Auto stieg. Aber er fuhr nicht bergab, nein, er fuhr bergauf.

LEBENSRETTER

Nach fünf Minuten war es Sperber gelungen, das Dach hochzudrücken und nach oben auszusteigen. Er lief zu seinem Mercedes und fuhr dem Hias nach. Als der Fahrweg immer schlechter wurde und die Serpentinen immer steiler, ließ er das Auto stehen. Er nahm sich eine kleine Trinkflasche und ging zu Fuß weiter. »Hiaaaas!« Keine Antwort. Er versuchte es erneut. Dann suchte er mit den Augen die Gegend ab. Da, zweihundert Meter oberhalb. Der Hias stieg schnell auf. Er war schon kurz vor dem Wandfuß.

Sperber folgte ihm eilig. Nach einer Viertelstunde stand er keuchend vor der Wand. Er trank einen Schluck und rief erneut: »Hiaaaaaas!« Er sah den Alten über sich in einer Felsnische sitzen.

»Verschwind! Du hast hier nix zum Suchen! Des is net deine Welt!«

»Hias, komm runter. Ich will mit dir reden!«

»Da gibt's nix!«, rief er und stieg weiter nach oben.

Sperber kletterte ihm nach. Das Gelände war sehr steil, aber nicht sonderlich schwierig. Die Felsnische befand sich etwa zwanzig Meter über ihm. Zug um Zug kam er höher, an den Fingerspitzen und kleinen Tritten hängend. Er atmete schwerer, sah nach unten. Ein Fehltritt und … Keine angenehme Vorstellung.

Als er in der Felsnische ankam, zitterten ihm die Knie. Er ließ sich auf einen Stein sinken und rief aus Leibeskräften: »Hias, komm zurück!«

»Verschwind, lass mi in Ruh!«

»Hias! Das bringt doch nichts. Es wird keiner mehr lebendig, wenn du jetzt gehst!«

Der Hias hielt inne, schaute nach unten zu der Felsnische, wo Sperber sich jetzt aufgerichtet hatte. Er wusste, der Hias wollte dort sterben, wo sein Sohn, die Rosl und er glücklich gewesen waren.

Er musste ihn bei seiner Ehre packen.

»Hias, ich brauch Hilfe, ich komm hier allein nicht mehr runter!«

»Trottel!«, rief der Hias. »Dann verreck, wo'd grad bist!« Er stieg weiter nach oben. Der Fels wurde jetzt sehr steil.

»Hias!«, schrie Sperber und legte Angst in seine Stimme. »Hilf mir doch!«

»Verflucht!«, schrie der Hias und zögerte, offensichtlich unsicher geworden. Er war Bergretter! Was, wenn der Kerl wirklich nicht mehr konnte?

Er sah nach unten, schob das rechte Bein hinab auf einen tieferen Tritt. Dann kletterte er schnell nach unten. In zehn Minuten stand er neben Sperber in der Nische.

»Danke!«, sagte Sperber. »Hias, bitte bring mich runter! Ich kann es nicht allein.« Sperber verzog das Gesicht, als hätte ihn eine irrationale Panik erfasst.

»Idiot. Was tust dann hier?«, schimpfte der Hias laut. Er nahm eine Schlinge aus seinem Rucksack, legte sie wie eine Acht um Sperbers Beine und hängte einen Karabiner ein. Dann nahm er ein Seil heraus.

»Du hast ein Seil?«

»Alte Gewohnheit«, murmelte der Hias. »Immer im Rucksack.« Er band sich mit der alten Seiltechnik ein, legte das andere Seilende durch den Ringhaken in der Wand und machte Sperber mit dem Karabiner fest. Dann nahm er das Seil in die Hand, hängte es verschlungen in den Karabiner ein. Er ließ nun sich und Sperber langsam an der Wand hinab, indem er die Beine spreizte und sich abstützte. »Ja Himmel Sakra! Wirst wohl mitmachen!«, rief er und trat Sperber gegen den Fuß. »Spreizen, Preuß, spreizen!«

Sperber spreizte die Beine und glitt mit ihm die Wand hinab. Unten angekommen, löste Sperber den Karabiner. Er reichte dem Hias die Hand. »Jetzt hast du wieder einen gerettet, Hias. Auch, wenn es nur ein Preuß ist.«

Der Hias lachte leicht gequält. Tränen standen in seinen Augen. »Ich hab einen Riesenfehler g'macht«, sagte er niedergeschlagen.

Sperber sah ihn mitleidig an, ohne zu antworten.

»Glaubst, dass der Herrgott mir was gutschreibt?«

»Was der Herrgott macht, das weiß ich nicht, Hias. Ich kann mir vorstellen, dass er gnädig mit dir ist. Aber hier unten, vor unserem Gericht, werden nicht die geretteten Leben verhandelt. Hier zählen die Toten. Dafür wirst du dich verantworten müssen. Es ist gut, dass du zurückgekommen bist«, sagte Sperber und legte ihm die Hand auf die Schulter. »Weil es zu dir passt!«

Der Hias schwieg. Dann blickte er mit bitterer Miene in den Himmel. »Nimm mi mit zu deine Leut. I hab's net anders verdient.«

BAYERNHYMNE

Sperber und Martha hockten an Anne Arendts Bar und bewunderten den roten Punkt.

»Zwei Whisky«, rief Martha. »Die stehen uns zu, Silikon-Fritzzz …«

Schon wieder dieses Zischen in ihrer Stimme. Sperbers Nackenhaare stellten sich auf. Er lächelte.

Während der Rückfahrt von Schleching hatte er Martha angerufen. Der Hias hatte dann in ihrem Büro schnell ein Geständnis abgelegt. Huber zwei, der das Protokoll führte, war fassungslos gewesen. Der Hias! Sein Jugendidol. Auch Huber eins mochte es kaum glauben. Es hatte beiden schwer zu schaffen gemacht.

Jean Colteaux war bereits dem Gericht überstellt worden. Er würde wegen Mordes angeklagt werden. Im Laufe seiner Vernehmung hatte er sein ganzes Leben erzählt. Als Martha jedoch gefragt hatte, was mit seinen Zieheltern passiert sei, hatte Jean Colteaux brüsk reagiert und gesagt, er sei nicht für deren Leben verantwortlich und wisse es daher nicht. Aber für ihren Tod sei er vielleicht schon verantwortlich, hatte Martha bemerkt.

Colteaux hatte darum gebeten, die jungen Mai-Mai-Kämpfer anständig zu behandeln. Sie wären Getriebene, ausgelaugt, seelisch und geistig verarmt. Er jedoch sei zur Gänze verantwortlich für das, was er getan habe. Zu Martha sagte er, er wisse, dass er jetzt lange Jahre vor sich habe. Aber er glaube daran, wieder freizukommen. Nachdem Martha ihn schließlich in seine Zelle begleitete, hatte er sich auf die Pritsche gesetzt, zum Fenster hinausgesehen und leise gesagt: »Irgendwann, Adele, irgendwann!«

»Was werden sie mit ihm machen?«, fragte Sperber und sah versonnen in sein Glas.

»Ich weiß es nicht. Den Mord an dem vierten Mai-Mai an der Isar werden wir ihm nicht nachweisen können, solange seine Leibwächter schweigen. Für den Mord an Hartung wird er büßen müssen. Ich schätze, er bekommt lebenslänglich. Aber wer weiß, wie lange er tatsächlich sitzt.«

»Und der Hias? Was werden sie mit dem Hias machen?« Sperber nippte an seinem Whisky.

»Ich vermute, dass sie ihm seine schwierige Lebenslage und sein Engagement mildernd anrechnen. Aber die Tat war einfach zu kaltblütig und zu grausam. Schwer zu sagen.« Nach einer Pause fragte Martha: »Wieso hat der Prinz eigentlich Ngonsomo umbringen lassen? Was denkst du?«

Er zuckte die Schultern. »Er wollte das gesamte System Hartung erschüttern. Und er wollte erreichen, dass diese Adele Gumumbali noch besser ins Geschäft kommt, sobald Ngonsomos Drähte zu den anderen Rebellen gekappt sind.«

»Wir werden es nie erfahren, aber das klingt wahrscheinlich.«

»Was wird jetzt eigentlich aus der Hartung AG?«, fragte Sperber.

»Die ›Süddeutsche‹ hat im Wirtschaftsteil geschrieben, die Bayerische Staatsregierung habe sich von der Hartung AG und ihren Geschäftsmethoden mit Entschiedenheit distanziert. Alles deutet darauf hin, dass Robert Watabe in Zukunft eine wichtige Rolle spielen wird. Er soll wohl die Firma und das gesamte Konsortium zerschlagen und die Handelsbeziehungen neu aufbauen. Mit legalem Erz aus dem Kongo.«

Sperber lachte spöttisch. »Legales Erz aus dem Kongo? Dazu müsste man zuerst das ganze Land neu ausschreiben. Und Adele Gumumbali einsperren. Aber die sitzt so tief drin wie eine Zecke im Pelz.«

In dem Moment kam Anne Arendt um die Ecke und legte Sperber die Hand auf den Rücken. »Na, der Herr Nobelpreisträger?«, sagte sie zart. »Alles vorbei?«

»Ja, alles vorbei. Wir haben die bösen Buben erwischt.«

»Und eingekerkert«, sagte Martha stolz. »Und der Silikon-Fritz hat's aufgeklärt.«

»Da haben wohl ein paar mehr Leute dran gearbeitet«, erwiderte Sperber.

»Silikon-Fritz, lustiger Name für einen Bullen. Ich wusste es vom ersten Moment an«, sagte Anne Arendt.

Sperber musterte sie verwundert. »Was?«, fragte er neugierig.

»Dass du ein Bulle bist.«

»Bevor ich Bulle werde, wirst du zu Mutter Teresa.«

Anne Arendt tat erschrocken. »Da das für die nächsten hundertzwanzig Jahre völlig ausgeschlossen ist«, sagte sie kokett, »wirst du dir wohl einen anständigen Beruf suchen müssen.« Sie lachte.

»Vorsicht!«, meldete sich Martha. »Beamtenbeleidigung kostet Geld.«

»Gehen auch zwei Whisky?«, fragte Anne Arendt.

»Ja, natürlich«, meinte Sperber. »Bevor wir die Handschellen auspacken, lasst uns lieber noch einen trinken.«

»Was mach ma jetzt bloß mit dem Preuß?«, fragte Martha, stützte den Kopf in die Hand und sah Anne Arendt fragend an.

Sperber hob sein Glas und sagte: »›Dass mit Deutschlands Bruderstämmen, einig uns ein jeder schau.‹« Er prostete ihnen zu.

»Was war das?«

»Ihr könnt euch nicht rausreden: die Bayernhymne, zweite Strophe. Also habt mich lieb und nehmt mich einfach auf!«

Martha stellte sich auf die Zehenspitzen. »Komm her, du Preuß.« Sie packte ihn bei der Jacke, zog ihn zu sich und gab ihm einen Kuss auf die Wange. Anne Arendt machte dasselbe von der anderen Seite. »Jetzt bist du endgültig weiß-blau.«

»Das mit dem Weiß können wir ja verschieben, das andere kriegen wir heute noch hin!«, sagte Sperber und bestellte drei Whisky. Anne Arendt bedankte sich, schlug die Einladung jedoch aus und entschuldigte sich. »Ich geh mal die anderen Gäste kontrollieren«, flüsterte sie und verschwand mit einem Augenzwinkern.

»Sag mal, Fritz. Was hältst du eigentlich von unserem Direktor Müller?«, fragte Martha spitzfindig.

»Guter Mann. Klasse Kerl, könnte unser Vater sein!«

»Hm, Fritz … glaubst du, dass wir alles ernst nehmen müssen, was er sagt? Folgst du jeder seiner Anweisungen?«

»Ja, klar! Immer!«, schmunzelte er. »Es sei denn, du bist ermächtigt, eine aufzuheben.«

»›Und keine Mätzchen mit Martha‹, hat er gesagt.« In Marthas Blick lagen Prüfung und Versuchung zugleich. Er erinnerte sich natürlich an Müllers Spruch. Wollte sie ihn testen?

Sperber trat einen halben Schritt auf Martha zu. »Besser, ich hör auf das, was der Chef sagt«, flüsterte er ihr ins Ohr und setzte sich auf den Barhocker neben sie.

Sein Lächeln forderte sie heraus. Sie schob sich langsam hinter ihn, legte die Arme um seine Schultern und verschränkte die Hände. »Fritzzz …« Seine Nackenhaare stellten sich schon wieder auf. Martha gab ihm sanft einen Kuss auf den Hals.

Reflexartig rieb er sich den Nacken. Machete!, durchzuckte es ihn. Doch dann fiel ihm ein: Er war nicht mehr im Kongo.